SAMIRA AHMED • DHONIELLE CLAYTON • TESSA GRATTON • HEIDI HEILIG • JULIE MURPHY • MARK OSHIRO • REBECCA ROANHORSE • LAURA RUBY • V. E. SCHWAB • KAYLA WHALEY

**ZORAIDA CÓRDOVA & NATALIE C. PARKER**

ZORAIDA CÓRDOVA & NATALIE C. PARKER

Edição
Zoraida Córdova & Natalie C. Parker

Tradução
Guilherme Miranda

2ª edição

— Galera —

RIO DE JANEIRO
2022

EDITORA-EXECUTIVA
Rafaella Machado

COORDENADORA EDITORIAL
Stella Carneiro

EQUIPE EDITORIAL
Juliana de Oliveira
Isabel Rodrigues
Manoela Alves
Lígia Almeida

PREPARAÇÃO
Leonardo do Carmo

REVISÃO
Juliana Pitanga

DIAGRAMAÇÃO
Abreu's System

CAPA
Jessica Lauren Chung

ILUSTRAÇÃO DE CAPA
Adriana Bellet

TÍTULO ORIGINAL
*Vampires never get old*

---

CIP-BRASIL. CATALOGAÇÃO NA PUBLICAÇÃO
SINDICATO NACIONAL DOS EDITORES DE LIVROS, RJ

V296
2. ed.

Vampiros nunca envelhecem / edição Zoraida Córdova, Natalie C. Parker ; Samira Ahmed ... [et al.] ; tradução Guilherme Miranda. – 2. ed. – Rio de Janeiro : Galera Record, 2022.

Tradução de: Vampires never get old
ISBN 978-65-5981-087-1

1. Vampiros – Ficção. I. Córdova, Zoraida. II. Parker, Natalie C. III. Ahmed, Samira. IV. Miranda, Guilherme.

22-76609

CDD: 808.8375
CDU: 82-3:392.28

Meri Gleice Rodrigues de Souza – Bibliotecária – CRB-7/6439

---

Copyright © 2020 by Zoraida Córdova and Natalie C. Parker
"Seven Nights for Dying" copyright © 2020 by Tessa Gratton. "The Boys from Blood River" copyright © 2020 Rebecca Roanhorse. "Senior Year Sucks" copyright © 2020 by Julie Murphy. "The boy and the Bell" copyright © 2020 by Heidi Heilig.
"A Guidebook for the Newly Sired Desi Vampire" copyright © 2020 by Samira Ahmend. "In Kind" copyright © 2020 by Kayla Whaley. "Vampires Never Say Die" copyright © 2020 Zoraida Cordova and Natalie C. Parker. "Bestiary" copyright © 2020 by Laura Ruby. "Mirrors, Windows & Selfies" copyright © 2020 by Mark Oshiro. "The House of Black Sapphires" copyright © 2020 by Dhonielle Clayton. "First Kill" copyright © 2020 by Victoria Schwab.
Published by arrangement with Macmillan Publishing Group, LLC.

Todos os direitos reservados.
Proibida a reprodução, no todo ou em parte, através de quaisquer meios.
Os direitos morais do autor foram assegurados.

Texto revisado segundo o novo Acordo Ortográfico da Língua Portuguesa.

Direitos exclusivos de publicação em língua portuguesa somente para o Brasil adquiridos pela
EDITORA GALERA RECORD LTDA.
Rua Argentina, 120 – Rio de Janeiro, RJ – 20921-380 – Tel.: (21) 2585-2000,
que se reserva a propriedade literária desta tradução.

---

Impresso no Brasil

ISBN 978-65-5981-087-1

Seja um leitor preferencial Record.
Cadastre-se no site www.record.com.br e receba informações
sobre nossos lançamentos e nossas promoções.

Atendimento e venda direta ao leitor:
sac@record.com.br

A maldição do vampiro é solitária. A vida do ladrão de livros é muito, muito pior. Se roubar este livro, que seu refrigerante seja sempre choco, as pontas do seu cabelo sejam sempre duplas, seu hálito seja sempre péssimo e sua comida seja sempre insossa.

Para aqueles que têm sede de histórias estranhas e sombrias.
E também para Julie Murphy e Tessa Gratton, que aceitaram nosso pedido quando dissemos: "Sabe do que sentimos falta? Vampiros."

# SUMÁRIO

**INTRODUÇÃO** — 11

**SETE NOITES PARA MORRER • Tessa Gratton** — 13
Mitos de criação, ou "De onde vêm os bebês vampiros?" — 31

**OS GAROTOS DE BLOOD RIVER • Rebecca Roanhorse** — 32
Mordidas & sangue, ou "Por que os vampiros bebem?" — 60

**CHUPA, ENSINO MÉDIO • Julie Murphy** — 61
O caçador, ou "Quando eu disser 'Caça', você diz 'Vampiro'!" — 76

**O GAROTO E O SINO • Heidi Heilig** — 77
Tradições funerárias, ou "Por que as pessoas não confirmam se os cadáveres estão mesmo mortos antes de fecharem o caixão?" — 90

**UM GUIA PARA O VAMPIRO DESI RECÉM-TRANSFORMADO • Samira Ahmed** — 91
Vampirismo, ou "Mas é possível que vampiros existam de verdade?" — 107

**NA MESMA MOEDA • Kayla Whaley** — 108
A cura mágica, ou "Encarnando o mito vampírico" — 125

**VAMPIROS NUNCA DIZEM "MORRA"** •
Zoraida Córdova & Natalie C. Parker                            126
Servo, ou "Não eram bem esses os vampiros
que a gente estava buscando…"                                  146

**BESTIÁRIO** • Laura Ruby                                      147
Morcegos, ou "Os mais fofos e incompreendidos
roedores voadores"                                              168

**ESPELHOS, JANELAS & SELFIES** • Mark Oshiro                   169
Reflexos, ou "Mas antes vou tirar uma selfie"                   203

**A CASA DAS SAFIRAS NEGRAS** • Dhonielle Clayton               204
Caixões, ou "Como descansar sua beleza?"                        230

**PRIMEIRA MORTE** • V. E. Schwab                               231
Beija/casa/mata, ou "Os vilões que amamos amar"                 259

**AGRADECIMENTOS**                                              260

**SOBRE OS AUTORES**                                            261

# INTRODUÇÃO

Uma nota das editoras:

Vampiros são criaturas de imaginação. De mitos e luar. De terror e adoração. Quando nos sentamos para começar esta antologia, nenhuma de nós conseguia se lembrar quando ouviu pela primeira vez a ideia de vampiros. A presença deles em nossa cultura é tão profundamente arraigada que descobrir suas origens em nossa imaginação se revelou uma tarefa impossível. Conseguíamos nos lembrar das histórias que lemos na escola — Drácula de Bram Stoker e O vampiro de John William Polidori — e daquelas que descobrimos depois — Entrevista com o vampiro de Anne Rice ou Crepúsculo de Stephenie Meyer. Mas qual veio primeiro? Não fazíamos ideia.

Dos vampiros em nossa imaginação coletiva, que é obviamente centrada no Ocidente, quase todos estavam envolvidos em histórias de poder. Apesar de fortes subtextos LGBTQIA+ por toda parte e de extraordinários exemplos não brancos como The Gilda Stories, os vampiros eram predominantemente homens, brancos, cisgênero, heterossexuais e sem deficiências, e estávamos prontas para histórias que reimaginassem esse padrão.

Com as histórias desta coletânea, queremos provar que há diversas maneiras de escrever sobre vampiros. Afinal, um ser com a capacidade

## INTRODUÇÃO

de mudar de forma deve usar muitos rostos e contar muitas histórias. Aqui você encontrará histórias de vampiros que expandem e reinventam as narrativas tradicionais. Após cada uma delas, nós, suas editoras, apresentamos pequenos comentários sobre os mitos vampíricos e como nossos autores estão reimaginando os tropos que todos nós conhecemos e adoramos.

Nossa esperança é que esta coletânea inspire você a investigar as histórias que já foram contadas, a bela coleção de mitos que existem pelo mundo, e torcemos para que ela inspire você a fantasiar seus próprios monstros e interpretá-los por meio das lentes de suas próprias experiências. Vampiros podem não ser reais, mas as histórias os tornam algo que compartilhamos. Eles são eternos, renascidos e habitam em nossos pesadelos por toda a eternidade. Porque vampiros nunca envelhecem.

Ficamos muito felizes por você ter decidido se juntar a nós nesta jornada caixão afora e noite adentro.

Um brinde,
Zoraida & Natalie

# SETE NOITES PARA MORRER

## TESSA GRATTON

Esmael me disse que os melhores vampiros são meninas adolescentes.

Parecia uma cantada, mas ele já estava me pegando, então fiquei propensa a acreditar.

Ele tinha me encontrado por causa dos desenhos na parede do El Café, onde eu trabalhava. Eu tinha levado alguns desenhos e tentado colá-los nos tijolos expostos com massa de vidraceiro, depois fiquei resmungando até Thomas dizer que, se eu não conseguia dar um jeito de pendurá-los sem estragar a parede, talvez não merecesse ser artista. Pendurei um barbante do cabideiro até a estante e fixei meus desenhos nele. Dez pilas cada. Eu os fazia quando passava quase toda a noite sem dormir, enquanto assistia à TV com as luzes apagadas, ou depois da meia-noite, quando só conseguia ver com as luzes da rua que entravam pela janela. Mal dava para notar os erros assim, e eu podia colocar meus sentimentos no papel e vendê-los como gravuras sombrias. Sacou?

Eu sei o que estou fazendo.

Esmael entrou no fim da quinta-feira, dia em que ficamos abertos até dezenove horas, e era inverno, então o sol já tinha sumido fazia um tempo. Eu não estava lá — prefiro abrir o café, mesmo se tiver de chegar às cinco da madrugada, porque estou sozinha e vou ajeitando tudo, sem ter que limpar as coisas. Ligo a máquina de espresso industrial, coloco os banquinhos e mesas no lugar, escolho uma estação de rádio, faço um inventário do leite e tal, e espero a dona Tina trazer os muffins do dia. O sol nasce atrás do nosso quarteirão de lojas, então a luz meio que vai chegando devagar até a metade da manhã, momento em que sobe pelos prédios e se reflete nas janelas do outro lado da rua voltadas para o leste e praticamente cega meus olhos, mesmo de trás do balcão.

Pelo que me disseram, Esmael comprou seu cappuccino com uma pitada de canela em cima da espuma, o que lembrava sangue seco, e ficou segurando o copo enquanto contemplava meus desenhos. Comprou uma obra chamada *uivo* e pediu meu contato para encomendar alguma coisa. Thomas falou que ele só me encontraria na hora da abertura no fim de semana ou na terça-feira, quando eu entrava mais tarde na escola e trabalhava até nove da manhã.

Ele estava esperando no sábado quando destranquei a porta às seis e meia em ponto. Não era algo raro entre os fregueses. Também não levei a mal porque aquele vampiro era extremamente gato. Pequeno para um homem, mas se movia como um atleta, sabe, capaz de entrar em ação em um piscar de olhos. Ele estava com uma calça jeans justa, uma camisa de botão e um colete floral, que caíam bem nele. Pele muito bonita, ainda que pálida; cabelo loiro-escuro arrumado atrás da orelha; olhos verdes. Tipo, verdes de verdade. Verde-oceano. Verde-cauda-de--sereia. E suas mãos eram tão ponderadas. Ele tinha um estranho anel preto reluzente no indicador que pareceu flutuar no ar quando ele gesticulou ou me entregou dinheiro, ou quando colocou uma nota de dez no pote de gorjetas.

(Essa foi a primeira coisa que me fez acender um sinal de alerta.)

Além disso, ele era velho. Trinta, eu teria chutado, ou talvez 25 — até ver seus olhos, que o faziam parecer mais velho, pois ele não piscava, nem olhava muito ao redor. Aquele olhar simplesmente se fixava em mim, em meus desenhos ou na caixa registradora. Para onde ele olhava, ele *realmente* olhava.

Ele disse que curtiu meu estilo e perguntou como eu pintava — com cinzas no escuro, respondi — e ele riu baixo, pouco expressivo. Depois perguntou se eu tinha interesse em expor na galeria dele. Se sim, eu deveria dar uma passada lá, avaliar o espaço e trocar uma ideia.

Peguei meu celular e disse:

— Preciso tirar uma foto sua para mandar para a polícia se eu desaparecer.

Quando ergui o celular, ele sorriu, e mãe do céu, *que sorriso*. Peguei a foto e mandei para Sidney: "Se eu desaparecer esse cara chamado Esmael Abrams quer exibir minha arte numa galeria." Ao que ela respondeu: "Tomara que ele queira que você pague com o corpo" e uma linha de emojis de berinjela.

♦

A primeira vez que ele me mordeu foi na virilha, e não me importei porque ele era foda comparado a outros caras. Não com as meninas — meninas chupam melhor, especialmente Sid.

Enfim, acho que tem uma veia lá.

♦

Outra vampira, Seti, concordava que as adolescentes definitivamente tornavam-se as melhores vampiras, mas não pelos mesmos motivos de Esmael. Ela disse que é porque as adolescentes estão sempre putas da vida, mas também são muito adaptáveis, o que é uma combinação ideal para sobreviver aos séculos.

Perguntei quais eram os motivos de Esmael e ele disse "Sua arte", como se fosse óbvio. Ele estava apoiado na janela fumê de seu apartamento, o qual ocupava todo o andar superior da galeria (sim, ele realmente tinha uma galeria). Seu roupão era de seda, e caía em volta dele à moda vampírica. Ele pegou a mangueira de seu narguilé, deu uma baforada lenta e deixou a fumaça escorrer em volta de seus pequenos caninos como uma porra de um dragão. (Era tabaco rosa e suco de maçã na base, ácido demais para meu gosto.)

Seti revirou os olhos e jogou a cabeça para trás, fazendo seus cachos tingidos de ruivo cair por trás do dorso da chaise longue. Ela estava com um pé apoiado na almofada e o outro pressionado no chão; calçava botas de exército. Fora isso, ela estava praticamente nua, exceto pelo short de veludo vermelho e uma camisola que parecia feita de teias de aranha. Até a luz do fogo tocava sua pele marrom com cautela, como se talvez pudesse se queimar com o contato. Eu queria muito transar com ela também. Ela comentou:

— Esmael, você é um órfão da era vitoriana.

Para mim ela disse:

— É seu lóbulo frontal, ainda não está completamente desenvolvido. Então você praticamente sabe quem é, mas assume riscos grandes em troca de poucas recompensas. E as pessoas criadas como meninas nesse paisinho de merda são criadas para serem adaptáveis. Então ou vocês crescem ambiciosas... ou inúteis.

Eu tinha quase certeza de que Seti era de algum lugar do Oriente Médio, mas de um tempo muito, mas muito antigo. Seu nariz era o que imagino ter sido o nariz da Esfinge, e havia algo nas sobrancelhas dela. Sem falar no nome que usava. Pesquisei e era o nome de um faraó. Ela era mais jovem do que Esmael, tanto literalmente, por cerca de um século, como pela aparência — parecia ter uns dezenove ou vinte anos. Perguntei de onde ela vinha, e ela disse que seu povo já não existia mais, então não importava.

— Não espalho essa história à toa. Conto se você chegar aos cem anos.

💧

Eles me deram uma escolha. Viver para sempre como uma filha da noite (sim, Esmael usou exatamente esses termos) ou esquecê-los e viver o resto dos meus dias, seja lá quantos forem, sob o sol.

Na manhã seguinte, deitei-me ao lado da minha mãe e contei para ela, só para botar para fora. Minha mãe sempre disse que botar para fora poderia guiar você na direção certa. Depois que expliquei tudo, fiquei pensando que, já que eu tinha feito tanto alarde sobre não poder escolher com quem queria dormir — nasci assim etc., etc. —, que seria bom levar essa escolha verdadeira, sobre quem e o que queria ser, bem a sério.

◆

— Se você pudesse viver para sempre, você gostaria? — perguntei a Sid enquanto abríamos caminho pelo corredor até nosso horário livre. Quando estava frio lá fora, nós passávamos o horário no auditório com a dona Monroe, e eu costumava adiantar toda a leitura de biologia da semana. Assim não precisava carregar aquele tijolo de livro de volta para casa.

Sid inclinou a cabeça e ajeitou a cintura enrolada da saia plissada. Eu usava a opção de calça durante o inverno todo, mas Sid dizia que erguer a saia para que todo professor considerasse usar uma régua para checar a altura do uniforme no joelho era a única coisa que realmente a fazia se sentir católica.

— Como uma highlander, uma vampira ou em algum tipo de loop de relatividade ou coisa assim? — Sid conhecia esse jogo.

— Uma vampira. — Não me esforcei para fingir que era brincadeira, e a encarei como se quisesse cravar os dentes no pescoço branco dela.

Os lábios dela se curvaram em um sorriso, porque ela gostava de quando eu ficava estranhamente intensa, dizia que era minha *vibe* de artista, e abriu a porta do auditório com o quadril.

— Acho que sim. Tipo, uma vampira não precisa viver para sempre, então você poderia viver até quando quisesse. Você precisa matar pessoas?

(Eu tinha feito a mesma pergunta a Esmael. Ele tinha roçado os dedos na minha perna nua e dito: "Não, mas você *pode*.")

Balancei a cabeça para Sid.

— A única desvantagem é o sol?

Escolhemos uma fileira curvada de cadeiras velhas do anfiteatro e nos sentamos longe da maioria dos alunos do penúltimo ano que também tinham horário livre.

— E água benta e alguns tipos de magia.

— Magia, hum, então não é algum tipo de vampiro viral, mas o tipo demoníaco.

Seti e Esmael não me pareciam particularmente demoníacos, mas imaginei que tecnicamente era o caso.

— Sim.

— Acho que eu toparia, mas talvez esperasse alguns anos até atingir a maioridade. E talvez tentasse perder alguns quilinhos.

Meus olhos se arregalaram. Eu não tinha nem pensado nisso. Se a transformação mantivesse meu corpo exatamente como estava, eu teria essa pança e essa gordurinha em volta do sutiã para todo o sempre.

Escorreguei na cadeira do anfiteatro para encostar a cabeça no dorso e fiquei encarando o teto.

— Você vai viver comigo para sempre? — Sid sussurrou no meu ouvido.

Essa não era parte da escolha; os vampiros tinham deixado explícito. Apenas eu — e, se eu tentasse converter alguém nos primeiros cinquenta anos, eles nos matariam. Dei um beijo rápido nela.

— Óbvio — eu disse. — Vamos dominar a noite juntas e espalhar o caos pelo mundo.

🜂

Esmael me levou para uma longa caminhada naquela noite no bairro de Power and Light, onde os bares eram cheios de letreiros em néon e música, como se conversando em uma linguagem do amor. Casais com frio e grupos de caras corriam entre baladas, hotéis e estacionamentos com a respiração formando névoas densas em volta de suas cabeças, cobrindo as bocas com a mão, vestindo o casaco um do outro enquanto riam e xingavam a brisa gelada. Eu estava usando um casaco comprido e um cachecol, mas Esmael me deu um pouco do seu sangue pela primeira vez, então mal senti o frio. Essa magia me aqueceu de dentro para fora. Sete noites seguidas, essa era a base do ritual. Ele bebe o meu sangue; eu bebo o dele. Se quebrássemos no sexto, eu passaria mal por alguns dias, depois ficaria bem. Mas humana.

Caminhamos para o norte a partir da arena Sprint Center, passando por prédios escuros do centro da cidade até os bares ficarem distantes um do outro e haver mais moradores voltando para casa ou levando seus cachorrinhos para fazer xixi em meio metro quadrado de grama congelada do que baladeiros. Coloquei a mão no cotovelo de Esmael, o que ele achou encantador, e não me incomodei com minhas botas batendo na calçada enquanto as dele não faziam som algum. Ele era uma sombra sexy e poderia me proteger de qualquer coisa.

Fiquei pensando como seria atravessar essa rua sozinha e ainda assim não ter medo. Sem as chaves entre os dedos como um soco inglês, sem o coração acelerado e, se me chamarem de sapatão, eu poderia mostrar o dedo do meio sem me preocupar — ou, ainda melhor, cortar a garganta do maldito.

— Você está ansiosa — disse Esmael, baixo.

— Há poder nessa ideia.

— Sim. E perigo. Se você se tornar uma de nós, deve aprender a pensar não em como sobreviver ao amanhã, mas à próxima década e ao próximo século. Traçar planos, uma estrutura para a eternidade, para só então poder viver o agora. Você pode parecer humana, mas apenas se conseguir pensar como um monstro.

— O que isso quer dizer?

— Há câmeras por toda parte e telefones nos escutando. Sobrevivemos por nunca sermos procurados. Se quiserem encontrar você, encontrar um vampiro, eles vão encontrar. Não há esconderijo neste mundo, não mais, e por isso você deve ser uma pessoa.

— É por isso que você tem uma galeria.

— Para poder pagar impostos. Estou dentro do sistema.

— Parece um tédio.

Ele me abriu seu sorriso sincero, aquele que é bonito demais para ser descrito.

— Nada é um tédio se você entender.

— Que cantada barata — consegui dizer; eu estava realmente sem fôlego com aquele sorriso.

— Imagine o que você pode fazer com uma década para aprender. Imagine sua arte daqui a cem anos, quando tiver vivido na Tailândia e na Alemanha e em Nova Orleans. Imagine o que você pode saber. O que pode experimentar.

Chegamos perto do Rivermarket, onde os restaurantes vão ficando mais chiques ou, ao menos, tinham palavras extravagantes como *gastropub* no nome, e logo pensei em desenhar tudo: o ângulo da luz das vitrines à frente e o brilho das estrelas — um mais quente que o outro. Será que eu conseguiria desenhar algo como calor?

— Vale a pena o sol? — perguntei, baixo.

— Você aprende a criar seu próprio sol.

Pensei na Tailândia e em Nova Orleans, em dançar e mexer a língua em novos idiomas e novos conceitos. Pensei em todo sexo que poderia fazer. Toda música que poderia ouvir. Dava um aperto no peito.

De repente comecei a chorar.

As lágrimas congelaram um pouco no meu cílio, e a mancha estava fria e seca quando as sequei.

Esmael não fez nada além de segurar minha mão.

— Me leve até minha mãe — eu disse.

Seu suspiro foi extremamente melancólico, mas ele fez o que pedi.

♦

Contei para minha mãe o argumento ridículo de que pagar impostos mantinha os monstros vivos. Essa era a coisa favorita dela: encontrar humor na desolação. Mas, em vez de fazer piadas para ela, reclamei de como a vida era injusta. Afinal, minha mãe não adoraria ouvir todas as músicas do mundo e aprender todas as línguas? Era sacanagem que ela não pudesse ser uma vampira comigo.

Ou em vez de mim.

♦

Na noite seguinte à do ritual, depois que encostei um dedo no sangue do punho de Esmael e o levei à língua como uma droga sintética, Seti me chamou para sair.

— Esmael é inteligente, mas eu é que sei viver — disse ela.

Fomos a uma balada que era literalmente *undergroud*. Às vezes acontecia nas cavernas embaixo dos costões ribeirinhos, explicou Seti. E apesar de eu definitivamente ser menor de idade, ela deu um jeito de me fazer entrar.

Dancei e arfei, beijei e gritei e deixei aquela música me trespassar. Ela me deu uma dose de uma tequila cara que tinha gosto de doce de amêndoa e me deixou dançar com ela como uma promessa. Quando Seti cravou as unhas na palma da minha mão, fui com ela e a vi beber sangue da parte interna do cotovelo de uma mulher enquanto a mulher se roçava em Seti. Depois Seti me beijou, os lábios cheirando a sangue, e foi um pouco horripilante, para ser sincera.

— Quando você for uma de nós, este será o sabor mais glorioso do mundo — sussurrou ela, mais tarde, esparramada na cama de Esmael. — Sei que sentiu nojo. Você quer ser a criatura que anseia por ele? Você não vai sobreviver para sempre se odiar a si mesma.

Da poltrona perto da lareira, Esmael bufou de leve em discordância. Naturalmente.

Também me esparramei na cama, a cabeça pendendo para fora e as pernas estendidas sobre as dela, mas ainda conseguia vê-lo de ponta-cabeça. Meu sangue latejava agradavelmente em meu crânio, e em alguns outros lugares também.

— Por que eu? — perguntei.

— Sua arte — afirmou Esmael, distraidamente, encarando o fogo com um ar dramático. A mesma resposta que tinha dado quando perguntei por que ele achava que as adolescentes tornavam-se as melhores vampiras.

— Argh — respondi.

Seti riu.

Esmael me olhou de esguelha.

— Acho que a arte deve ser desenvolvida. Você é boa agora, mas, como eu disse, imagine o que poderá fazer em uma centena de anos.

De repente, Seti ficou de joelhos, agachada sobre mim. Ela estendeu o braço, agarrou meu cabelo e puxou minha cabeça para cima. Seus olhos castanhos vívidos estavam radiantes de paixão.

— Imagine o que você pode mudar em uma centena de anos!

Sentei-me como dava, ainda agarrada por ela. A intensidade dela se transferia de suas mãos para mim, e me senti como se estivesse à beira de um penhasco, tremendo.

— Do que você tem raiva? — indagou ela. — Podemos tornar as coisas melhores. Podemos moldar a história, porque podemos fazer um pouco por vez, garota. Um coração aqui, uma mente ali, depois outra e mais outra... em todo o mundo. Ter um objetivo... é assim que se sobrevive aos anos.

— Seti gosta de seduzir líderes comunitários e escrever posts de blog furiosos — comentou Esmael.

Ele estava bem atrás de mim, mais rápido do que seria humanamente possível.

— Isso funciona, seu fantoche pagador de impostos — rosnou Seti.

Ele apertou a garganta dela e ela me soltou. Rastejei-me para longe e pude ver que Esmael estava sorrindo.

—Vagabunda socialista — sussurrou ele.

Peguei uma manta no pé da cama e subi para o terraço enquanto a briga deles se deteriorava em sexo. Estava frio lá fora, mas muito, muito claro, e o rosa no leste, depois do resto da cidade, não era da cor de sangue coisa nenhuma.

💧

Fiz uma lista para minha mãe de todas as coisas no mundo que eu gostaria de mudar. Tinha apenas uma linha.

💧

Na quinta noite do ritual, Esmael veio para casa, um bangalô dos anos 1920 a duas quadras do cinturão milionário que cercava minha escola. Eu estava no quarto pintando tons pastel à luz de algumas velas de aromas variados de pinheiro, especiarias e suco de laranja. Ele franziu o nariz com repulsa.

— Minha vó deixou você entrar? — indaguei, entregando a ele o papel pesado. A maioria das pessoas pegava meus desenhos pelo canto, com cuidado, para não manchar os dedos de carvão, mas Esmael segurou o papel como o presente que era.

— Não, ela não sabe que estou aqui — respondeu ele, pensativo, observando os traços de preto e laranja-escuro. Era uma romã rústica, aberta por um corte denteado. Seu suco ralo escorria como sangue, e cinco gotículas forravam o pé da página, pequenas manchas vermelhas colocadas ali com o polegar. Se a luz fosse melhor, talvez desse para ver a sombra das minhas digitais nelas. Era minha intenção.

Os lábios de Esmael se entreabriram e ele inspirou, sorrindo para mim com ternura.

— Muito bem, minha Perséfone, venha para sua próxima semente.

Estendi a mão e ele a ergueu, lambeu minha palma, e inspirou, arrepiando os pelos finos do meu braço. Ele me puxou para perto e beijou meu punho, lambendo e chupando suavemente até meus joelhos estarem fracos e eu cravar os dedos no seu quadril. Meu desenho flutuou em sua outra mão enquanto ele o colocava sobre a cama e me mordia.

Depois, ele me colocou em seu colo enquanto seu sangue corria pelo meu corpo.

— Não precisa se despedir ainda — murmurou ele. — De nenhum deles. A menos que queira. Ou a menos que eles façam.

Era bom, pensei, saber que de todo modo eu teria uma despedida rápida. Depois de uma morte sugada lentamente. Uma morte que você sabia que estava por vir, ou uma despedida que sabia que estava por vir, adoçava tudo a ponto de doer. Esperar para se despedir seria assim. Rangi os dentes para parar de pensar no assunto.

—Você faz isso com frequência? — perguntei, de olhos fechados. Nós dois estávamos na minha cadeira de escritório, e a vela mais perto de nós tinha um cheiro vívido de uma árvore de Natal fresca sem decoração.

— Sim. — Seus braços me cercaram com delicadeza, acolhedores e frios. — A maioria não sobrevive ao primeiro ano, mas os que sobrevivem são quase sempre jovens mulheres. Vocês precisam viver, acho, por causa do que lhes foi negado. Você tem fome de viver, todas as jovens que conheci são assim… isso torna a transição mais fácil. Você sabe viver com essa fome. E essa raiva… Seti está certa em relação a isso. Não apenas qualquer raiva, não a velha raiva masculina, afiada e tóxica, mas a raiva verdadeira, o tipo que enche você de luz.

Eu disse:

— Não tenho raiva.

— Tem, sim.

♦

Abri o El Café na manhã seguinte e Sid veio para se apoiar no balcão e flertar enquanto tomava seu café americano e fazia a lição de cálculo atrasada.

Quando meu turno acabou, ela me deu uma carona para a escola. Àquela hora da manhã, o estacionamento estava lotado, então paramos em uma rua lateral e atravessamos a neve derretida rumo ao prédio principal.

— Qual é o problema? — perguntou Sid.

Encolhi os ombros. Havia tantas respostas possíveis.

Sid estava com um gorro de tricô abaixado sobre as orelhas, de modo que não dava para ver nenhum fio de seu cabelo curto. Seu casaco era comprido e suas botas tinham cano alto, mas seus joelhos nus estavam rosados e ressecados pela caminhada de dois minutos.

— Você tem raiva? — perguntei quando chegamos à escada de arenito, parando-a com a mão enluva em seu ombro.

— De você? Eu deveria estar? — Sua sobrancelha se arqueou.

— Não, não, só… só em geral. Raiva do mundo. Tipo, da opressão sistêmica e do patriarcado e… de como esse país é uma merda.

— Com certeza.

— Com certeza? — Apertei os lábios, quase *certa* de que, se sua resposta fosse "Sei lá", a verdadeira resposta era "Não". Subi a escada violentamente e abri a porta com força, empurrando seu peso.

Sid me alcançou.

— Isso é sobre sua mãe?

Rosnei, de verdade, como uma porra de uma vampira. Dentes à mostra.

— Cacete — retrucou ela, e passou me empurrado.

Enquanto ela se afastava, o balanço da saia curta do seu uniforme deixou evidente: "Agora estou com raiva, sua puta."

Pensei em Perséfone e suas seis sementes de romã. Ela acompanhava o deus da morte por metade do ano e, na outra metade, voltava para casa para ficar com a mãe. O melhor dos dois mundos. Talvez na verdade fosse *disso* que eu tinha raiva.

🝆

Naquela noite, a sexta, perguntei a Seti:

— E se eu *quiser* matar alguém?

— Mate com uma ferramenta que um humano poderia usar, para não chamar atenção. Beba um pouco, mas use uma faca na garganta.

Estremeci, cogitando se algum dia me tornaria uma monstra tão grande a ponto de poder falar algo assim com tanta facilidade.

— É difícil beber sangue suficiente para matar um homem adulto — ela continuou, me guiando escada abaixo para um bar clandestino. — A menos que você beba devagar. É raro tomarmos das artérias grandes porque elas são mais difíceis de controlar. Se o sangue jorrar com força demais, você vai acabar engasgando, e manchas de sangue nas roupas levantam suspeitas. — Ela passou o dedo no meu lábio inferior. Com uma voz sedosa, acrescentou: — É melhor para nós quando chupamos um pouquinho.

Dei risada.

— Certo, então você não se deixa levar pelo prazer e acaba drenando o sangue de alguém. E o que rola com alho, cruzes e tal?

— O alho entra na nossa pele e no nosso sangue e pode ser fortíssimo, mas não é perigoso. Cruzes, sal, água benta, essas coisas podem ser imbuídas por uma magia que perturba a nossa, mas que é rara hoje em dia. Quase ninguém mais pratica esse tipo de magia. Só feitiços de proteção em geral, contra olho gordo e bênçãos.

— Existe, tipo, caçadores?
— Sim, mas é mais provável que você seja atingida por um raio.
— Isso nos mataria?
— Aposto que sim.

Seti enfeitiçou o leão de chácara e roubou uma mesa, e nos sentamos em bancos altos tomando drinques esfumaçados em tacinhas vintage de cristal.

— E o sol? — perguntei.
— Letal.
— Por quê?
— Quebra a magia, ou mata o demônio em nosso sangue, algo assim. Você não vai entrar em combustão, mas todas as suas marcas e feridas desde que morreu voltam com força, e você envelhece. O sol quebra o feitiço, e você acaba morta como era para estar.
— Luz solar direta? Ou qualquer uma?
— Direta, senão tostaríamos sob a lua cheia também.
— Você assiste ao nascer do sol?
— No cinema.
— É melhor pintar o amanhecer enquanto posso.

Seti abriu um sorriso lento.

— Então você já se decidiu?

Naquele momento, quis sair correndo.

🜂

Quando voltamos ao apartamento em cima da galeria, um garotinho estava lá com Esmael. Onze ou doze anos, branco com o cabelo ruivo--ferrugem, *querubínicas* é como se descreveriam suas bochechas, e vestido como um adulto de calça jeans, mocassins engraxados, uma camisa azul de botão com as mangas arregaçadas até os cotovelos, e uma gravata verde-azul com florezinhas amarelas.

— Este é Henry — disse Esmael. Havia dois pontos bem rosados em suas bochechas, então ele estava eufórico, furioso ou muito cheio de sangue.

O menino me fez uma reverência como em um filme de época e ergueu suas enormes sobrancelhas castanho-claras. Então sorriu, e os caninos que pareciam pequeninos na boca de Esmael dominavam completamente os lábios delicados do garotinho.

— Saudações, senhorita.

— Um vampiro criancinha! — Não pude evitar a grosseria.

Seti bufou. Esmael tocou minha bochecha com uma mão e pôs os dedos no cabelo levemente ondulado de Henry.

— É um sinal, querida: Henry é minha progênie viva mais velha. Ele veio me ver, bem a tempo de conversar com você.

— Não foi você quem disse que meninas adolescentes eram seus maiores sucessos? — comentei, rindo um pouco. Eu estava chocada, e nervosa também. Ali estava um garoto muito pequeno que poderia cortar minha garganta em um piscar de olhos.

— Pessoas *criadas* como meninas foi exatamente o que eu disse — Seti me corrigiu, sorrindo. — Não é verdade, Hen?

O garotinho suspirou como um velho e foi até o aparador para se servir de um copo de uísque.

— Eu estava vivendo como padre na França no século XV — disse Esmael. — A Igreja era o lugar mais seguro para monstros naquela época. E eu servia à família de um pequeno lorde. Henry, o quinto filho do meu senhor, veio se confessar que tinha raiva de Deus e medo de desenvolver seios, quadris e ventre como as irmãs. Ele sabia que deveria ser um homem, era o que ele sonhava, várias e várias vezes, embora fosse pecado. Eu disse: "Não posso transformar o seu corpo no de um homem, mas posso tornar você tão forte quanto um e fazer com que nunca se torne uma mulher."

— Eu achei que fosse um milagre, e que padre Samuel fosse um anjo — mencionou Henry, cheio de ironia.

Sentei-me na chaise longue. Henry me trouxe seu copo de uísque e me deu um gole. Fiquei encarando-o e, então, fiz um milhão de perguntas sobre como era viver quase quinhentos anos como uma criança. Ele respondeu a algumas delas.

Algumas horas depois, deixei que Esmael me desse a sexta semente.

Fiquei olhando para Sid na aula de biologia, sentindo-me extremamente velha. Eu tinha pedido desculpas a ela, e ela tinha dado de ombros. "Depois você me compensa", ela falou, e prometi que sim. Mas fiquei olhando fixamente para ela, pensando se ela diria sim e se sentiria minha falta por muito tempo. Como seria se eu morresse? O que eles diriam?

Minha mãe dizia que a forma como as pessoas falam de você quando você morre é seu único legado verdadeiro. Eu não quis dar ouvidos na época. Agora era o que eu mais queria ouvir.

♦

Na sétima noite — a última — fui ao cemitério. Era fácil, como sempre, entrar às escondidas depois do anoitecer.

Não sei como, mas o desgraçado do Esmael sabia e estava esperando por mim. Ele estava apoiado no pequeno obelisco de granito a algumas sepulturas de distância da de minha mãe. O vento soprava a cauda de seu casaco e os cachos de cabelo em sua têmpora.

Parei, envolvendo-me em meus braços.

— O que impede você? — murmurou ele. O céu da noite parecia pegar a voz dele e trazê-la suavemente em minha direção.

— Ela merecia viver para sempre — sussurrei, tentando não chorar.

Por um bom tempo, Esmael não disse nada. Depois me respondeu apenas uma palavra:

— Merecia?

— Ela não tinha raiva, não era sacana, tentava sempre ajudar as pessoas. Eu não sou assim, então por que eu, por que não ela? A raiva não deveria ser a chave para a imortalidade, seu filho da puta. Deveria ser compaixão ou gentileza ou algo de bom, não?

— Seti diria para usar sua raiva para tornar isso verdade. Mudar o mundo, ela diz.

— O que você diz, Esmael?

Ele deu um passo para perto de mim, silencioso e cinza contra o céu da noite.

— Eu diria que a raiva é tão valiosa quanto a compaixão, se ela cria uma arte como a sua.

Bufei, cerrando os punhos. Pressionei-os contra os olhos até ver estrelas de faíscas vermelhas.

— Hoje — disse Esmael, perto demais agora. Suas palavras eram pouco mais do que um murmúrio. — Hoje é a última noite. Se vier até mim, tudo que tenho será seu. Se não, você nunca mais me verá novamente. Embora eu não possa prometer que não vá procurar sua arte pelo mundo.

Abri os olhos, mas ele já havia sumido.

🌢

Em setembro, enrolada em uma coberta que tínhamos roubado do hospital, minha mãe tinha dito:

— Você vai me manter viva, filhota. — Ela estremeceu, as pálpebras finas como papel se fecharam enquanto ela se recostava na poltrona. — Nas coisas que disser sobre mim. Na maneira como se lembrar de mim.

— É pressão demais! — Eu tinha gritado... tinha chegado a gritar com ela. — Responsabilidade demais. Só tenho 17 anos, mãe.

— Você carrega o peso do mundo em seus ombros — murmurou ela, pegando no sono. — Todas vocês carregam.

🌢

Certo, eu tinha raiva.

Não, eu tinha fúria, recostada na lápide da minha mãe, as pernas erguidas e os braços as envolvendo junto ao peito. Bati a testa nos joelhos, o rosto franzido.

Doía o quanto eu sentia falta dela. Uma dor física de verdade. E se me tornar uma vampira preservasse isso também? Esse sofrimento estava aqui *dentro*, o tempo todo. Uma parte de mim, em meu ser.

"Você vai se livrar das espinhas na testa, mas não da gordura na barriga", Seti havia dito quando perguntei. Ela estava rindo de mim. "A magia nos preserva como somos, no nosso estado mais ideal. Sinto muito se você pensa que ser gordinha não é ideal, mas você vai aprender com o tempo. Confie no sangue, na magia. O que ela deixar para você, lhe pertence."

Por outro lado, e se eu me transformasse e essa dor fosse embora? Como se *não* me pertencesse? E se a magia do sangue a levasse embora? Seria ainda pior essa perda.

♦

Abri a porta do apartamento sobre a galeria devagar e a empurrei com a ponta da bota de neve. Esmael esperava na cornija da lareira, encostado ali como um modelo de alta-costura. Seti estava de bruços na cama, as pernas erguidas, os pés balançando para trás e para frente. Ela sorriu para mim, triunfante.

— O luto é como a raiva? — indaguei. — Vou levar isso comigo?

— Venha aqui — disse Esmael — e, em vez disso, vou lhe mostrar como tudo é só amor.

Essa era *definitivamente* uma cantada, mas também acreditei.

# MITOS DE CRIAÇÃO
## ou "De onde vêm os bebês vampiros?"

# Zoraida Córdova & Natalie C. Parker

Assim como muitas criaturas sobrenaturais da noite, há regras sobre a criação de um vampiro. Essas regras raramente são as mesmas de uma história para a outra. Em certas tradições, basta uma mordida de vampiro e, em um passe de mágica, você se torna um demônio sugador de sangue! Em algumas, é preciso trocar sangue com um vampiro, em outras basta uma maldição e, em outras ainda, se um lobo saltar sobre sua sepultura você vai se levantar da cova como um vampiro. As histórias que mais conhecemos envolvem algum tipo de transformação: de humano para vampiro, de bom para mau, de vivo para morto-vivo. Às vezes a escolha não cabe àquele que passa pela transformação. O que amamos na história de Tessa é que a escolha é unicamente da heroína e que ela não precisa fazê-la em um instante, mas no decorrer de sete noites.

Se você tivesse essa escolha, gostaria de viver para sempre?

# OS GAROTOS DE BLOOD RIVER

## REBECCA ROANHORSE

—É só uma música, Lukas — diz Neveah, a voz cheia de desdém. — Ninguém acredita que os Garotos de Blood River vão aparecer de verdade se você cantar. — Ela apoia o quadril largo na jukebox antiga que ocupa o canto da lanchonete Landry's Diner e passa a unha azul-brilhante pela lista, buscando a música certa para nos embalar durante a faxina pós-expediente.

Eu apoio o esfregão nas mãos e a observo. Ela é tão confiante. Tão à vontade em seu corpo. Enquanto eu... não. Sou magrelo demais, desengonçado demais, alto demais. Algo entre um filhote de passarinho e o Slender Man, se o Slender Man fosse um adolescente espinhento de dezesseis anos cujo cabelo se recusasse a baixar, por mais gel que ele lambuzasse. Se o Slender Man não fosse nem um tiquinho descolado.

— Seu irmão acredita — respondo.

Ela meneia a cabeça.

— Sinceramente, Brandon é a última pessoa do mundo que sabe alguma coisa sobre a história de Blood River, que dirá sobre os Garotos.

Seus olhos se voltam para os meus e então desviam rapidamente. Sei que ela está evitando olhar na minha cara, como se não fazer contato visual significasse que ela não precisa reconhecer o hematoma arroxeado em volta do meu olho esquerdo. Como se não ver meu olho roxo significasse que não tenho um.

Mas não reconhecer a existência de alguma coisa não faz com que ela desapareça. Na maioria das vezes, torna a coisa ainda pior.

— Você não acredita nos Garotos, acredita? — pergunta Neveah.

Neveah trabalha aqui na lanchonete comigo, e é a coisa mais próxima que tenho de uma amiga, mas nem ela é minha amiga. Não de verdade. Ela é mais velha do que eu, quase formada na faculdade comunitária, enquanto eu ainda tenho um ano todo de ensino médio pela frente. Se eu frequentasse as aulas, digo. Estou bem perto de largar a escola. Neveah é inteligente, muito mais do que eu. Mas está enganada em relação aos Garotos.

— Brandon sabia todos os detalhes — contesto com nervosismo. Não quero que ela fique brava comigo. Ela é praticamente a única pessoa dessa cidade que se digna a falar comigo. Mas ela está enganada. Sei disso. — A fuga, o esconderijo deles perto da mina antiga, as coisas que fizeram quando o povo da cidade veio atrás deles.

— E a música? — pergunta ela, os olhos novamente concentrados na jukebox. — Você acredita nessa parte?

— Não. — Essa era a parte menos plausível. Mas, embora eu falasse não, desejava estar dizendo sim. — Mas...

— Shhh... Essa é a minha batida. — Ela aperta o botãozinho branco e, depois de alguns segundos, a música começa. Mas não é a que eu estava esperando.

O gemido baixo de uma rabeca sai da jukebox, acompanhado pelo tum de um *washboard* e depois um banjo, cordas dedilhadas tão suavemente quanto uma mulher aos prantos. E um homem canta: "Enquanto caminhava sob a lua, ao longo do rio moroso, espiei um simpático rapaz..."

Neveah franze a testa.

— Não foi essa a música que escolhi. — Ela bate com a mão na lateral do jukebox, mas a música continua a tocar.

"Ele tinha o rosto de um anjo, mas o coração tinhoso, e naquela noite de mim ele tirou a vida fugaz."

— É a música dos Garotos de Blood River — digo, a voz aguda de euforia. — Aquela de que a gente estava falando! — Eu nunca a tinha ouvido antes, mas só podia ser. Quando Landry colocou essa música no jukebox?

Um arrepio percorre minha espinha enquanto a rabeca se junta à melodia com uma nota menor, e não sei se é a música ou alguma outra coisa que faz o salão parecer mais frio e a noite mais escura do outro lado das vidraças finas.

— Não escolhi essa música! — Neveah reclama. Ela bate de novo com a mão no aparelho. — Ela começou sozinha. — Ela me lança um olhar desconfiado. — Se for algum tipo de piada de mau gosto, Lukas...

"Ele disse: 'Fúria é meu direito inato e pesar foi minha primeira manta, sangue para meu festim, pois sinto uma ausência tanta... A colheita está por vir, e você colhe aquilo que planta!'"

— Não fui eu! — protesto, rindo. — Foi você. Se alguém tá fazendo piada aqui, é você.

— Então *faz parar*! — A voz dela se ergue, em pânico, e percebo que ela está falando sério. Derrubo o esfregão, deixando-o cair no chão com estrépito, dou três passos rápidos até chegar perto o bastante para alcançar a parte de trás da jukebox e apertar o botão de emergência para desligar.

Por um minuto penso que não vai desligar, como se estivéssemos em um filme de terror e o treco tivesse vida própria, mas a máquina realmente desliga como deve.

Cai um silêncio. As luzes atrás do balcão perdem a força com a descarga elétrica, as placas de néon nas janelas piscam e, então, a energia volta com um zumbido agudo. E algo na noite lá fora uiva.

Minha pele formiga enquanto uma forte onda de medo percorre minhas costas. Eu e Neveah nos entreolhamos.

— Nunca mais vamos deixar Brandon nos contar histórias de terror — diz ela, passando as mãos nos braços, com nervosismo.

— Não mesmo — digo, distraidamente, os olhos voltados para a noite lá fora, buscando. Mas o que, e por que exatamente, já não sei. É apenas um pressentimento.

Neveah estremece como se estivesse frio.

— Acabo de falar que, se você cantar a música, aquelas aberrações aparecem, e daí você vai e coloca a música? Não acha que é um pouco demais?

— Falei que não fui eu.

— Mas foi alguém!

Uma sombra passa pela janela. Tem alguma coisa lá fora, se movendo pelo o estacionamento. Provavelmente um guaxinim ou um gambá. Só que maior.

— Provavelmente Brandon — murmura Neveah.

— No estacionamento?

— Quê? Não. Provavelmente foi o Brandon que colocou a música para tocar. — Ela espia pelas janelonas da frente. — O que você quis dizer com "no estacionamento"?

— Nada. É só que pensei ter visto uns bichos lá na lixeira. — Talvez fosse Brandon. Matar a gente de medo seria a ideia dele de diversão. Mesmo assim. Como ele teria colocado a música para tocar? E Landry nunca se envolveria nesse tipo de coisa. Ela é bem rígida com a jukebox.

— Quero ir para casa — diz Neveah, enfiando as mãos nos bolsos do moletom. — Isso é um pouco demais.

Suspiro. Também quero ir para casa. A noite parece ácida, como se estivesse rindo da nossa cara e nem soubéssemos o motivo.

Ela tira o celular do bolso, o desbloqueia e digita nele furiosamente.

— Cadê o Brandon? Era para ele ter esperado meu turno terminar.

— Posso te dar uma carona. — Enquanto falo, eu já me crispo. Talvez seja demais, presunção demais da minha parte. Como eu disse, não somos amigos de verdade.

Ela ergue o olhar, e consigo ver os cálculos passarem pelo seu rosto: surpresa, desconfiança, hesitação e, então, tudo isso perde para seu desejo de dar o fora daqui o quanto antes.

— Tá, vamos. Por que não.

Dou um sorriso, estranhamente aliviado. Talvez ser rejeitado por oferecer uma carona para casa me magoaria mais do que quero admitir. Não que eu goste de Neveah daquele jeito. Não gosto de nenhuma menina daquele jeito. Ela sabe disso. Mas eu sou o fracassado da cidade. Ninguém quer passar muito tempo com um fracassado. Vai que pega.

Ela se agacha e pega o esfregão que deixei cair, o devolve para mim. Aponto para o pano e o borrifador no balcão.

—Vai ser mais rápido se você ajudar.

Ela expira com ar de desaprovação, mas vai, cabisbaixa, até o balcão. Começo a esfregar, e limpamos em silêncio, nenhum de nós muito disposto a tentar usar a jukebox de novo. Mas não consigo tirar a música da cabeça e, quando dou por mim, nós dois a estamos cantarolando.

Percebemos ao mesmo tempo e paramos. Nenhum de nós ergue o olhar, um acordo tácito de fingir que isso não aconteceu, mas o pavor ainda paira na minha pele, na batida mais rápida que o normal do meu coração.

Por volta da meia-noite, achamos que está bom o bastante. Neveah me ajuda a guardar os materiais, e abro a porta para ela sair, trancando o lugar atrás dela. Paro no estacionamento, meus olhos buscam a sombra de movimento que vi mais cedo, mas não tem nada ali. Digo a mim mesmo que deve ter sido apenas um guaxinim, como pensei.

⬥

Meu carro velho vai engasgando pelas ruas de Blood River. Se pudesse escolher, nem teria um carro, mas preciso de um para levar minha mãe a suas consultas médicas semanais no hospital da cidade vizinha. Esse é o mesmo motivo pelo qual arranjei o trabalho na Landry's. Meu salário, por menor que seja, serve para terminar de pagar essa lata-velha, e o pouco que sobra é destinado às despesas médicas de minha mãe.

Blood River não é muito grande. Possui entre seis a sete quilômetros quadrados de ruas cruzadas. Estamos a dezenove quilômetros da estrada principal. É uma daquelas cidadezinhas que já foi importante um dia; quando a ferrovia passava por aqui e os silos de grãos estavam cheios, mas agora, com as grandes interestaduais, os aviões e quase nenhum cultivo de grãos, as pessoas não vêm para cá. Blood River é o que chamam de cidade moribunda. Quer dizer, tem a lanchonete, e os jogos de futebol americano da escola fazem certo sucesso nas noites de sexta-feira, e alguns lugares tentam atrair turistas para canoagem em águas espumosas ou pesca com mosca no rio da região, mas a única coisa pela qual realmente somos conhecidos, que dá nome ao lugar, é um massacre.

O que não faz lá muito sucesso entre os turistas.

Passamos pelo velho cemitério e atravessamos as ruas vazias, passando por quintais cobertos de vegetação e bangalôs térreos com a tinta descascando nas laterais fechadas por tábuas. Viro na esquina que Neveah me indica e chegamos a um trailer próximo a uma meia dúzia de carros velhos abandonados sobre o cascalho na beira da estrada.

— Eu fico aqui — diz ela.

Estaciono. Não falamos muito durante a viagem inteira.

Ela abre a porta do passageiro. A luzinha do teto se acende, e consigo ver seu rosto. Sua pele é branca, praticamente o oposto da minha pele escura, e seu cabelo é platinado, exibindo raízes mais escuras. Suas unhas são compridas e azuis brilhantes, com pequenas pedrinhas de strass coladas nas pontas. Ela para e coloca uma perna para fora do carro. Ela olha para mim, o lábio inferior entre os dentes, olhos anogueirados grandes demais.

— O que foi? — pergunto, desconfiado.

— Obrigada pela carona — diz ela. — Sei que as pessoas enchem seu saco na cidade por ser...

— Indígena?

— Gay.

Nós dois coramos, envergonhados. O silêncio se estende como mais um quarteirão solitário nesse lixo de cidade.

— Sinto muito pelo seu olho — comenta ela, rapidamente.

Meu coração acelera um pouco, mas franzo a testa como se não estivesse entendendo.

— Do que você está falando?

— Da surra que Jason Winters deu em você, das surras que ele e os Gêmeos Cururu vivem dando em você. Que esse é o motivo de você nunca ir para a escola. Quer dizer, isso e a doença de sua mãe.

Fico olhando para a cara dela, torcendo para ela calar a boca.

— Imagino que seja por isso que você gosta tanto da história dos Garotos de Blood River. É uma fantasia, né? A ideia de que aqueles Garotos vêm resgatar você dessa vida de merda nesta cidade de merda.

Meu rosto esquenta, o rubor se espalha pelo meu pescoço.

— Meu interesse pelos Garotos de Blood River não tem a ver com nada disso — minto na cara dura. — Só gosto de uma boa história.

— Tem certeza?

— Absoluta.

— Porque se fosse comigo...

E sei que ela não está sacando a deixa.

— Boa noite, Neveah — digo, estendendo o braço e abrindo a porta um pouco mais.

Ela franze o cenho.

— Boa noite! — repito.

Ela volta para dentro do carro e tenta pegar meu braço. Eu me encolho. É uma reação automática, não é pessoal, mas deixa a mão dela parada no ar. A luz do teto reflete o strass de suas unhas. Ela abaixa o braço e diz:

— Estou tentando ser legal com você. Tentando ser solidária.

— Guarda pra você — digo, seco, e me arrependo assim que as palavras saem da minha boca. Mas não sei o que significa o tipo de solidariedade dela. Para mim, tem cara de pena de menina branca, e não quero a pena de Neveah. Lanço um olhar carregado para seu trailer, a lata-velha em sua garagem. "Você não é melhor do que eu", digo, sem dizer nada. "Basta olhar ao redor."

O rosto dela se contorce, e sinto um frio na barriga. Estou agindo que nem um imbecil e sei disso, mas não vou voltar atrás.

Ela assente uma vez e sai do carro. Fecha a porta, e a luz do teto se apaga, me jogando na escuridão.

A vergonha me cobre e eu bufo, esfregando a mão no rosto. Por que fiz isso? Não é à toa que não tenho amigos. Não é à toa que Jason Winters gosta de me encher de porrada. Sou meio cuzão.

Espero até ela chegar à porta e, depois que ela entra, saio com o carro, o cascalho rolando sob os pneus. Já estou no meio do caminho, tentando desesperadamente não pensar no que Neveah disse, quando percebo que estou cantarolando a música de novo. A balada dos Garotos de Blood River.

Mais tarde, quando tudo isso acabar, vou me perguntar se as coisas teriam sido diferentes se eu tivesse dito alguma coisa. Pedido desculpas por ser escroto, admitido o que queria e por que os Garotos me fascinavam, como me sentia em relação à minha mãe e tudo mais. Talvez Neveah pudesse ter falado algo, oferecido algumas palavras ou um toque caloroso que tivesse mudado tudo. Mas não foi o que fiz, e não foi o que ela fez, e as coisas aconteceram como aconteceram em nossa cidade moribunda batizada em homenagem a um massacre.

🌢

Na manhã seguinte, me peguei cantando a música dos Garotos de Blood River no chuveiro. E depois enquanto cozinhava ovos para o café da manhã. E de novo enquanto preparava os medicamentos do dia para minha mãe, colocando-os em potinhos individuais para ela não ter que adivinhar a dosagem.

E sei que tenho que encarar a verdade. Neveah pode não acreditar nos Garotos de Blood River, mas eu acredito. Acredito neles com todo o coração. Um coração que parece se esmigalhar lentamente em meu peito, um coração tão machucado que às vezes acho um milagre que ele ainda tenha forças para bater.

No ano passado, achava que meu coração era normal para alguém da minha idade. Mas então meu primo Wallace morreu de overdose de drogas, meu amigo Rocky se mudou para longe, voltando para a casa do pai na cidade grande, e depois, assim que o ano letivo começou, minha mãe ficou doente. No começo, ninguém acreditou que a doença dela era grave, muito menos eu, mas em outubro ela já estava entrando e saindo de hospital, e os médicos lhe davam cada vez menos tempo, até que minha mãe se sentou comigo, certa noite, depois de ter passado especialmente mal, arfando e tossindo durante todo o jantar, e me jogou a real. Ela não iria melhorar. Na verdade, estava piorando. "Esse vai ser nosso último Natal juntos", disse ela, à queima-roupa, simples assim. "Você vai fazer dezoito anos em breve. É melhor se acostumar a se virar sozinho."

Mas a questão é: não quero ficar sozinho. Alguns adolescentes gostariam, eu sei. Veriam como independência. Liberdade. E não é que eu não queira isso algum dia, sabe? Só não neste ano. Afinal, já perdi Wallace e Rocky, e agora vou perder minha mãe. E acho que, se eu não tomar cuidado, vou acabar me perdendo depois.

♦

— Ei, Landry — chamo, enquanto coloco o bacon na grelha. — Quando você colocou aquela música dos Garotos de Blood River no jukebox?

Landry está tratando da contabilidade na sala dela, mas está com a porta aberta para ficar de olho nas coisas, ou seja, em mim. O cozinheiro ligou avisando que estava doente, então estou preso aqui cobrindo o turno do jantar na cozinha. A lanchonete é tão pequena que faço um pouco de tudo. Faxineiro, cozinheiro, garçom. Por mim, tudo bem. Significa mais dinheiro no bolso no dia do pagamento e mais remédios para minha mãe, e os gostos da maioria das pessoas daqui são simples. Desde que eu saiba fritar ovos e grelhar um hambúrguer, eu consigo me virar.

— Que música? — pergunta Landry, décadas de cigarro deixaram sua voz rouca. — A última vez em que coloquei uma música naquele troço foi antes do Ronald Reagan virar presidente.

— Não? — Encolho os ombros e pego o próximo pedido. — Vai ver eu só nunca a vi. Então quer dizer que tem algum problema na jukebox. Neveah estava tentando tocar a música dela ontem à noite e os fios se cruzaram. Tocou a música errada.

Landry soltou um resmungo evasivo. Eu me ocupo com o pedido e, quando finalizo, coloco o prato pela janelinha para a garçonete pegar. Toco o sino, e Fiona aparece, toda sorridente. Ela pega o prato e desaparece.

Viro para pegar o próximo pedido e Landry está ali, a centímetros da minha cara. Grito de surpresa, dando um pulo para trás.

— Jesus! Landry, não apareça assim do nada!

Ela me encara de perto. Vejo as rugas em seu rosto, a remela que cobre seu olho esquerdo.

— Aquela música só apareceu uma vez naquela jukebox e foi antes do menino Finley desaparecer. Dizem que ele pediu, e por isso ela veio.
— Ela estreita os olhos. — Você está a fim de ouvir aquela música? — pergunta ela, a voz dura. — Coisas ruins acontecem com garotos que cantam aquela música.

— Não — digo automaticamente. — Estava só contando o que aconteceu. E-eu não quero... — Esfrego uma mão na outra, nervoso. — Não canto aquela música.

Ela me encara mais um pouco.

— Certo. — E depois volta para o escritório, arrastando os pés.

— Por que ter a música na jukebox se não quer que ninguém cante? — murmuro e, se ela me escuta, me ignora.

♦

Estou fechando de novo e, desta vez, Brandon chegou a tempo de buscar Neveah.

— Ela tá no banheiro — digo, enquanto destranco a porta para deixá-lo entrar para esperar.

Ele responde com um resmungo que pode significar qualquer coisa. Ele estava de boa na outra noite quando falamos dos Garotos, mas agora mal olha na minha cara. Como eu disse, ninguém quer passar tempo demais com um fracassado. Mas o que Landry disse não sai da minha cabeça, então pergunto.

— Já ouviu falar de alguém chamado Finley? — pergunto, tentando manter a voz neutra.

Ele está mascando tabaco, e me observa, o maxilar se mexe como o de uma vaca ruminando.

— Dru Finley?

Encolho os ombros.

— Acho que sim.

— Todo mundo sabe sobre Dru Finley. Ele morava aqui, nos anos 1980. Grande astro do beisebol. Todo mundo achou que chegaria às ligas principais. Mas dizem que ele pirou certa noite e matou a mãe, o pai, as duas irmãs e um irmãozinho, só que ninguém nunca o encontrou nem vivo nem morto. Apenas a família, exangue. Sabe o que isso quer dizer?

Faço que não com a cabeça.

— Sem sangue — ele sussurra. — Alguém drenou todo o sangue deles.

— Como isso aconteceu? — digo, a voz trêmula.

— Vai saber... Mas a grande pergunta é: o que aconteceu com Dru? Vai ver ele fugiu quando os assassinos chegaram e nunca mais voltou. Vai ver foi sequestrado. Ninguém sabe. — Ele arregala os olhos com um ar teatral. — Por que você quer saber?

— Por nada. Comentaram sobre ele hoje.

— É, enfim, seja lá o que tenha acontecido, pelo menos ele se livrou desta cidadezinha de merda, certo? — Ele ri com a própria piada de mau gosto.

Neveah sai do banheiro.

— Está pronto? — ela pergunta a Brandon sem nem olhar na minha direção. Acho que ainda não me perdoou pela grosseria de ontem. Brandon meio que me cumprimenta com a cabeça e então segue a irmã.

Depois que o carro deles sai, tranco a porta de novo.

A jukebox brilha no canto.

Caminho até ela e encaro as listas de músicas. Meu coração bate forte, alto em meus ouvidos como um sino de alerta, mas passei o dia todo pensando nisso. Preciso saber.

Meu palpite é que não importa o botão que eu apertar, todos farão a mesma coisa. Então fecho os olhos e estendo a mão. Aperto um botão aleatório e espero.

Rabeca, bateria e banjo. E então aquela voz. "Enquanto caminhava sob a lua, ao longo do rio moroso, espiei um simpático rapaz..."

E, desta vez, escuto. Até o final. E, quando acaba, a toco de novo e, desta vez, acompanho as palavras com a boca, me lembro dos versos, da rima e do ritmo. E, na terceira, canto.

Deixo as palavras saírem borbulhantes da minha garganta, escorrerem pela minha língua e passarem pelos meus lábios e, quando acabo, elas parecem me inundar, como o rio de sangue que dá nome à cidade, uma força incontrolável, poderosa e antiga. E coloco tudo dentro dela. Tudo o que sinto sobre minha solidão, a injustiça que é Jason e seus amigos me perseguirem, minha mãe morrer, todas as partes feridas de mim. Meu coração em migalhas, se desfazendo em pó. E deixo tudo para trás.

Quando acaba, me sinto esgotado. Eu manco e caio no banco mais próximo, ofegante. Desejo um copo gelado de água, mas estou cansado demais para andar e pegar um.

E espero.

E... nada.

Espero trinta minutos, e depois mais trinta, e não tem movimento nenhum no estacionamento, nenhuma luz que se apague, nenhum calafrio. Só eu, algumas histórias de terror e meu tormento. Encosto a bochecha na fórmica fria e deixo as lágrimas escorrerem de meus olhos. Depois de um tempo, me sento e uso o pano de prato para secar as lágrimas.

Eu me levanto, meus ossos parecem ter mil anos. Chego ao carro. Dirijo pelas ruas vazias. Vejo como minha mãe está.

Caio na cama, nem um pouco diferente de como eu era quando comecei este dia horrível.

⬥

Ele vem no dia seguinte. Estou de volta na Landry's Diner. Está tarde, falta meia hora para fechar, quando o noto. Ele está na mesa mais longe da porta, a de quatro lugares perto da jukebox onde eu tinha chorado feito um neném na noite anterior. Ele está usando um chapéu preto de caubói, que é a primeira coisa que vejo, e uma jaqueta jeans escura. Está de botas, o que não é raro por essas bandas, e elas estão apoiadas no banco do outro lado. Elas também são pretas, e o couro reflete a luz e as faz brilhar.

A aba do chapéu está abaixada de um jeito que cobre seu rosto, então tudo que vejo é uma lasquinha de pele pálida e a linha de um sorriso fácil quando me aproximo dele.

— A cozinha fecha em meia hora — digo, quando paro na frente dele. Estou de garçom porque é a noite de folga de Neveah. Ergo minha caderneta de pedidos, a caneta a postos.

— Nada do que quero está no cardápio — diz ele, a voz levemente arrastada. Ele ergue o chapéu, mostra o rosto, eu inspiro em choque. Se você me pedisse para descrevê-lo, eu não conseguiria. Mas a curva de seus lábios, o desenho fino de seu nariz, a forma pronunciada de suas bochechas... Eram meio que a perfeição, isso eu sei.

— Você está na TV? — digo sem pensar. Porque nunca ninguém tão bonito como esse garoto veio a Blood River antes.

Ele ri, e até isso é bonito, como o sopro de um vento frio no primeiro dia de outono ou o som do trovão em uma noite quente de verão.

— Não — responde ele. — Não estou na TV.

Olho por sobre o ombro, em busca do quê não sei. Uma testemunha, uma câmera escondida. Jason e os gêmeos pregando uma peça em mim.

— Você me chamou, Lukas — diz ele, com a voz arrastada —, não se lembra? Você me chamou com minha música e esse seu coração empoeirado. — Ele abre os braços expansivamente. — Você chamou todos nós.

Olho para trás e, dito e feito, no fim do corredor estão outros três meninos, todos um pouco mais velhos do que eu. Todos usam roupas de caubói, chapéus e botas e jeans justos, exceto por um garoto que tem um boné de beisebol virado para trás e uma calça jeans larga.

— Permita-me apresentar meus irmãos — continua ele. — Esse é Jasper, e ao lado dele está o Willis. E aquele ali é Dru. E eu — diz ele, com uma inclinada do chapéu — sou Silas.

— Vocês são os...? — Mas não consigo completar a frase. Tenho medo de que, se eu falar em voz alta, eles vão rir da minha cara. Ou desaparecer.

— O que tem de bom nesta bodega? — pergunta Jasper, balançando o cardápio. Ele tem a voz grave e um sotaque que não consigo identificar. Sua pele é do mesmo tom que a minha, e ele tem uma cabeleira escura sob o chapéu.

— O cardápio é praticamente o mesmo aonde quer que a gente vá — diz Willis, aos risos. Sua pele é um tom mais escuro que a de Jasper, e ele tem cachinhos pretos sob o chapéu. Sua voz é aguda, nervosa, e seus olhos pretos perpassam o salão.

— Isso é verdade, irmão — comenta Silas, com um sorriso. Ele bate a mão na mesa. — Vamos para outro lugar. — E inclina a cabeça. — Vem com a gente, Lukas? Partilhar uma ceia.

— Eu? — pergunto.

Os meninos riem — bom, Jasper e Willis riem. O terceiro garoto, um ruivo, não diz nada. Ele parece agitado, o joelho treme sob a mesa.

— E-eu tenho que fechar — gaguejo.

— Então faz isso — diz ele. — Vamos esperar para comer com você.

Isso faz Willis rir, e o ruivo abana a cabeça, mas não entende a piada.

Então todos se dirigem à entrada, lânguidos e graciosos como gatos. Eu os observo ir, convencido de que estou alucinando e nunca mais vou vê-los novamente depois que eles saírem pela porta. O sininho sobre a entrada toca enquanto eles saem, um a um. Silas é o último e me cumprimenta com o chapéu enquanto atravessa o batente.

Meu coração bate forte no peito e não sei o que fazer, mas sei que preciso ir com eles. Sei que é arriscado. Não os conheço, e eles podem ter más intenções, mas algo me diz... não, algo dentro de mim *sabe* que eles não têm más intenções. Que são exatamente quem penso que são e que vieram porque os chamei e que devo ir com eles se quiser estar a salvo de verdade novamente.

— Cozinheiro — berro, dou a volta pelo balcão e tiro o avental. — Minha carona chegou — grito, torcendo para ele não lembrar que dirijo meu próprio carro. — Preciso ir.

— E a limpeza? — pergunta ele, parecendo indignado.

— Hoje não — digo, com um sorriso. — Fico te devendo uma.

— Você me deve umas cinco — murmura ele, mas sei que ele vai topar. Apesar da sua reclamação, nunca peço favores para ele.

— Valeu!

Paro um minuto para correr até o banheiro, olho meu rosto no espelho, desejo desesperadamente outro rosto, menos marrom, menos magrelo, menos propenso a acne, mas então me lembro do que Silas disse, que veio porque meu coração pediu. Abro a torneira, molho o rosto e passo a mão úmida no cabelo, tentando fazer com que ele se comporte, e saio pela porta...

... quando dou de cara com Jason Winters.

— Opa — diz ele, com seu riso falso, pegando-me pelos ombros. — Para que a pressa, Lukas?

Fico paralisado. Consigo sentir suas mãos, quentes demais, a pressão de seus dedos. Olho para o estacionamento ao redor, frenético. Onde estão Silas e os outros? Para onde eles foram?

— Você viu... — começo a perguntar, e então lembro com quem estou falando e fecho a boca.

Jason olha por sobre o ombro, e agora vejo que ele não está sozinho. Os Gêmeos Cururu estão saindo do banco de trás da caminhonete Chevette azul, riem e veem na nossa direção. Sinto um nó na garganta. Não, não, não. Não agora.

— Olha — digo, a memória de Silas esperando por mim em algum lugar me dando coragem. — Você pode me socar outra hora. Agora, tenho que ir.

Jason aponta para a lanchonete atrás de mim.

— Diz que a Landry's ainda está aberta por mais vinte minutos. Eu e meus parceiros só queremos comer uma coisa rápida. Você pode nos ajudar com isso. Não é seu trabalho, afinal?

Os gêmeos, Tyler e Trey, nos alcançaram e eles riem, aquela gargalhada automática que sempre dão para Jason. Como se ter um trabalho fosse uma piada.

— O cozinheiro ainda está lá. Ele pode ajudar vocês.

As mãos dele apertam meus ombros.

— Quero que *você* me ajude.

O jeito como ele fala comigo me deixa ainda mais paralisado que os dedos pesados cravados na minha pele. Seus olhos encontram os meus, azul-claros como o céu de verão, e ele sorri.

— Eu...

— Ai, meu Deus — um dos gêmeos diz, Tyler ou Trey —, ele vai tentar beijar você.

Não vou. É óbvio que não vou, mas meu rosto ainda assim queima como se estivesse em chamas. Abro a boca para reclamar, mas não tenho tempo.

O soco no meu estômago é tão rápido que só me dou conta que ele me acertou quando estou curvado, arfando. O segundo vem logo em seguida: um punho cerrado no meu rosto, logo abaixo de onde meu olho ainda está cicatrizando, que faz meus ouvidos zumbirem. Caio no cascalho com um baque, as pedrinhas cinza riscando minha bochecha.

Mais risos, e me preparo para o chute que está por vir.

— Algum problema aqui?

Estou tão concentrado na minha humilhação que levo um tempinho para reconhecer a voz. Viro a cabeça para o lado e ergo os olhos. Silas está lá, chapéu, jaqueta, botas pretas e aquele sorriso fácil.

Jason ri com escárnio.

— Cuida da sua vida, caubói — diz ele.

— Essa é minha vida. Lukas é meu amigo.

Os três colegiais riem.

— Lukas, o Fracassado? Ah, eu sei que você está mentindo, porque ele não tem amigos.

Agora vem o chute, bem no meu estômago. Não é tão ruim quanto poderia ter sido, quanto já chegou a ser, mas é o suficiente para me tirar o fôlego.

— Pensei que tinha pedido para você parar — insiste Silas, a voz grave e baixa.

— Ou o quê? — Jason se empertiga. Seus ombros largos de jogador de futebol americano têm quase o dobro do corpo esguio de Silas.

— Ou mato você.

Pisco, pensando que devo ter ouvido mal. Mas lá está Silas, frio como o ar da noite e parecendo despreocupado, como se não estivesse ameaçando, apenas expondo fatos.

Jason e os Gêmeos Cururu ficam boquiabertos, primeiro em choque, eu acho, mas depois como se fossem rir. Os outros Garotos de Blood River surgem do meio da noite. Jasper, quieto e sorridente, as mãos enfiadas nos bolsos. Willis, com seus olhos brilhantes, entoa "Matar pra valer, matar pra valer" com um riso rouco e agudo. Dru vem mais atrás, o boné virado para a frente, escondendo a maior parte do rosto nas sombras.

Jason não é idiota. Quer dizer, pelo menos não esse tipo de idiota. Ele faz as contas, percebe que são quatro — cinco se contar comigo, mas tenho certeza que ele não conta — contra ele e os gêmeos. Ele ergue as mãos.

— Certo. Beleza. Não quero encrenca. Só vim pegar alguma coisa para comer.

— Coma em outro lugar de agora em diante — exclama Jasper, com sua voz grave e rouca.

— Esta lanchonete está fechada… para você — Silas continua. — Para sempre.

Jason baixa os olhos para mim, e devo estar sorrindo porque seu rosto fica sombrio e furioso.

—Vejo você por aí, mané — murmura ele —, quando os palhaços dos seus amigos de rodeio não estiverem por perto. — E então ele e os gêmeos saem às pressas.

Rio, pouco me importando se isso faz os ombros dele tensionarem ou se com certeza vou levar uma surra ainda pior quando Silas não estiver por perto para me salvar. É bom ver Jason sentir o gostinho da humilhação que ele me causa o tempo inteiro.

Uma mão surge para me ajudar a me levantar, e a pego. A palma de Silas é fria, seca, e tão gelada que chega a arder. Sua pele parece escorregadia como vidro; sua carne, rígida. Ele me puxa para ficar em pé como se eu pesasse menos do que peso.

— Você está bem? — diz ele, me espanando. Suas mãos em meu corpo me deixam nervoso, mas ele age como se não se importasse. Ele parece preocupado, como se realmente se importasse com o que acontece comigo.

— Obrigado — respondo. — Você me salvou. — E é verdade, em vários sentidos.

Ele encosta a palma fria de sua mão em minha bochecha e, pela primeira vez, nossos olhares se encontram. Seus olhos são uma espiral de cores, um caleidoscópio infantil. Perco o ar e minhas pernas ficam bambas. Algo se passa entre nós, elétrico e intenso. Oscilo e ele me equilibra.

— Tudo por um irmão — diz ele, com o sotaque arrastado, a mão ainda segurando meu rosto.

— Deveria ter matado aqueles moleques — comenta Willis.

— Não agora — murmura Silas, por sobre o ombro.

— Ele tem razão — ressoa Jasper. — Agora vamos caçar. Preciso caçar. Agora.

Franzo o cenho.

— O que ele quer dizer?

— Nada. — Silas sorri para mim e sinto uma palpitação no peito, como se meu coração quisesse responder com um sorriso igual ao dele. — Precisamos ir. — Ele baixa a mão e se afasta. — Vejo você em breve, Lukas. Vai para casa. Cuida da sua mãe. Ela precisa de você.

— Como você sabe sobre minha mãe?

— Você me contou.

— Eu não...

— Até breve.

Então eles somem noite adentro, desaparecendo na escuridão como se nunca nem tivessem estado ali. Meu rosto lateja onde levei o soco e sinto uma dor leve no estômago, mas nunca estive mais feliz na vida. Tenho quase certeza que poderia voltar voando para casa. Mas, em vez disso, entro no carro e dirijo, cantando aquela música durante o caminho todo.

Quando entro na garagem, há alguém no pórtico. Meu coração bate mais forte, pensando que poderia ser Silas, embora eu tenha acabado de me despedir dele na lanchonete, mas é uma mulher. De meia-idade e parecendo cansada, o cardigã puxado com firmeza em volta dos ombros para protegê-la do frio do outono. Ela me parece familiar, mas não sei por quê.

— Você é Lukas? — pergunta ela, assim que me aproximo um pouco.

— Sim. Quem é você? E o que está fazendo na minha casa à meia-noite?

— Delia Day, e desculpa pela hora — diz ela. — Sou representante dos pacientes e assistente social do hospital da cidade de Bennet.

É de lá que a conheço. E só existe um motivo para ela estar aqui a essa hora da noite.

— Minha mãe? — pergunto, com um nó na garganta. — Minha mãe está bem?

— Infelizmente não, Lukas. É melhor entrar. — Sua voz é gentil. Gentil demais. É a voz que os profissionais usam quando estão prestes a dar uma notícia ruim.

Fico paralisado, sem querer me aproximar mais.

— Ela está no hospital? — pergunto. Estou tremendo. Quando comecei a tremer? — Posso vê-la?

Delia esfrega os braços.

— Por que você não entra? Podemos conversar lá dentro.

E eu sei. Nesse momento, sei exatamente o que ela vai dizer. E não quero ouvir, porque ouvir tornaria verdade.

Cambaleio para trás na direção do carro. Delia Day chama meu nome. Chego à garagem, volto para a rua. Não sei para onde estou indo, do que estou fugindo, para onde estou correndo. Só sei que estou correndo.

♦

O funeral é curto. Minha mãe foi adotada e não tinha nenhum irmão. Depois que cresceu, ela perdeu contato com a família adotiva, e meu pai nunca foi presente em nossas vidas, então éramos apenas ela e eu.

E agora sou apenas eu.

Ninguém vem ao funeral além de Delia do hospital, um oficial do condado para me dar um envelope que não quero abrir e algumas pessoas da igreja que nem conheço, mas que parecem boa gente. Landry manda seus pêsames, mas está na lanchonete, trabalhando.

Depois que todos vão embora e restamos apenas eu, a cova recente e o cair da noite, ele surge. Ele usa as mesmas botas, o mesmo jeans, o mesmo chapéu que segura nas mãos esguias. A brisa sopra seu cabelo preto como se estivesse brincando. O meu o vento só bagunça.

— Onde estão os outros? — pergunto antes mesmo de ele se aproximar.

Ele para perto de mim, os olhos no túmulo de minha mãe.

— Pensei que seria melhor ser apenas você e eu.

Olho para ele. Encaro a curva de seu nariz, a fartura de seus lábios. Perco o fôlego, e ele sorri.

— Os Garotos são um pouco demais às vezes — ele admite. — Desculpa se eles assustaram você.

— Eles me salvaram — digo às pressas. — Você me salvou.

— Jason Winters não vai mais incomodar você. — Ele diz com tanta convicção que quase acredito nele. Mas Jason me persegue desde que eu estava na quarta série. Ele não vai parar só porque um bando de caubóis mandou.

— Ele só vai esperar vocês irem embora — digo baixinho, sentindo que o estou desapontando ao falar isso.

Ele olha para mim, o cenho franzido.

— Você é mesmo diferente, Lukas. — Sua voz é melancólica, talvez irônica, mas não acho que ele falou como uma ofensa.

Ficamos em silêncio até eu dizer:

— Estou sozinho agora.

— Não precisa estar.

É o que eu queria que ele dissesse, mas não me atrevi a ter esperanças. Quero gritar para ele me levar embora, me tirar desta cidade, para longe da lanchonete, dos valentões e da minha casa vazia. Mas em vez disso pergunto:

— O que preciso fazer?

— Partilhar uma ceia.

— O que isso quer dizer?

Ele baixa os olhos, bate o chapéu na coxa.

— O que você acha que quer dizer, Lukas?

Fecho os olhos.

— Como? Como eu...?

Ele toca no meu ombro por um breve momento.

—Vamos cuidar disso. Só esteja na lanchonete hoje na hora de fechar. Vá se quiser se juntar a nós. Se não, sem problema, iremos embora.

—Vocês vão embora? — pergunto, assustado, minha boca subitamente seca. — Simples assim?

— Só se você quiser. Você nos chamou, lembra? E só ficamos onde somos desejados.

O alívio toma conta de mim, traiçoeiro e indesejado. Não consigo imaginar Silas longe agora. O que eu faria. Aonde iria. Algo nele me faz me sentir seguro, me sentir desejado. Me sentir menos sozinho.

O vento atravessa as lápides, soprando as folhas ao nosso redor. Ele volta a colocar o chapéu.

— Na lanchonete — diz ele outra vez. — Na hora de fechar.

E então ele se vai.

◆

Entro no estacionamento da Landry's faltando quinze para a meia-noite. As luzes estão baixas e o lugar parece fechado, mas tem gente circulando lá dentro, então sei que tem alguém lá. Avisto um vulto à espreita perto da porta e penso que deve ser Silas, mas, quando chego perto, vejo que é Dru. Ele balança um bastão de beisebol de um lado para o outro enquanto espera. Lembro de Brandon dizer que o filho dos Finley era um grande jogador de beisebol, e as peças se encaixam.

Dru me olha demoradamente, a pele pálida sob a luz das lâmpadas e o cabelo ruivo-escuro penteado para trás. Quando o vi pela última vez, ele estava usando um boné de beisebol, mas hoje está sem ele. Eu me ajeito incomodado sob o seu olhar.

— Por quê? — pergunta ele de repente, e é a primeira vez que o escuto falar.

Encolho os ombros, quase certo sobre o que ele está perguntando.

— O mesmo que todos, acho.

— Cada um tem um motivo diferente. Jasper topou por vingança, eu porque o time não entrou no estadual e pensei que queria morrer. — Ele ri baixo, como se não conseguisse acreditar que um dia foi tão ingênuo. — Willis perdeu a cabeça depois que mataram a mulher dele, e Silas...

— Mas por que você teve que assassinar sua família? — pergunto rapidamente, interrompendo-o. Não sei se quero saber por que Silas aceitou. E se for por motivos terríveis? Motivos piores do que querer uma família, não querer ficar sozinho.

Ele pisca.

— Você acha que matei minha família? Por isto? — pergunta ele, incrédulo. Ele solta um riso exasperado. — "Cinco sacos de sangue, um para cada um de vocês e dois para mim", Silas me disse.

Um calafrio perpassa meu pescoço.

— Silas não diria isso.

— O que você sabe sobre o Silas? — zomba ele. — Ele está pegando leve com você, não sei por quê, o que faz de você tão especial. — Ele engole em seco ruidosamente, os olhos perdidos na memória. — Comigo ele não pegou leve.

Franzo o cenho.

— O que você quer dizer?

Antes que ele possa responder, Silas surge na porta.

— Você veio — disse ele, seu sorriso expansivo, como se eu tivesse chegado na hora da festa. — Venha. — Ele me conduz pela entrada, deixando Dru nos seguir. Eu o escuto trancar a porta atrás de mim. Olho, alarmado. — Para não sermos incomodados — comenta Silas, colocando o braço ao redor dos meus ombros enquanto me guia para dentro. — Acho que você já conhece todos — continua ele, apontando para o interior da lanchonete. Dru com seu bastão e Willis e Jasper em banquinhos, recostados no balcão.

— Escuta — falo para ele, a voz firme com as palavras que treinei no carro durante o caminho. — Sei do que isto se trata. O que vocês são. — Pensando no que Dru disse momentos antes, acrescento: — Não precisa pegar leve comigo.

Silas para, inclina a cabeça para o lado para prestar atenção.

Continuo às pressas.

— Eu percebi. O que você disse sobre Jason não me incomodar mais e, antes, falando que o mataria se ele colocasse um dedo em mim de novo. Conheço as histórias, sobre o massacre. E a família de Dru. — Meus olhos se voltam rapidamente para ele. Seu rosto é duro como pedra, sem revelar nada e, por um minuto, penso que talvez eu tenha entendido mal, que o que estou dizendo deve parecer irracional, mas continuo mesmo assim. — E quero que você saiba que tudo bem por mim. Eu aceito... partilhar uma ceia.

Silas espera até ter certeza de que parei de falar, e então sorri.

— Eu sabia que você concordaria, Lukas. Não tem nada de errado em pegar leve com um homem que já sofreu muito. Algumas pessoas precisam ir devagar antes de beber.

Beber. Sinto um calafrio a contragosto. A maneira como ele fala faz parecer mais real de alguma forma. Mas digo a mim mesmo que Jason merece. Ele é cruel comigo desde sempre, provavelmente me mataria se tivesse a chance, então talvez eu só encha o menino de pancada. E, se isso significar que posso ficar com Silas, com os Garotos...

Willis e Jasper se levantam para revelar um corpo deitado no balcão.

Espero ver os ombros largos do futebol americano. Cabelo castanho irritante. Olhos azuis aterrorizados.

Mas, em vez disso, vejo raízes escuras, o brilho do strass, olhos anogueirados arregalados demais.

— Neveah?

Arfo, dou um passo para trás enquanto ela choraminga, olhos suplicantes voltados para mim. Willis passa a mão no cabelo dela como se estivesse acariciando um cachorro.

— Shhhh — diz Silas, me segurando com firmeza. — Pensei que você tinha dito que estava pronto.

— Não faça mal a ela — digo, virando para ele. Agarro sua camisa, implorando. — P-pensei que você estava falando de Jason. Ou dos Gêmeos Cururu. Não...

Perco o fôlego na garganta.

Não a única pessoa na cidade que chegou a tentar ser legal comigo, não Neveah, com sua faculdade barata, seu trailer e suas unhas azuis. Que me deixou levá-la para casa. Que tentou ajudar.

— Não vamos fazer mal a ela, Lukas. — Sua voz é baixa. Firme. E, por um minuto, tenho esperança. — Você vai.

Sinto um frio na barriga. Balanço a cabeça, horrorizado.

— Se quiser se juntar a nós, você precisa partilhar uma ceia.

— Eu sei! Estou aqui, não estou? Na lanchonete.

— Não é esse tipo de ceia que comemos, irmão — comenta Jasper. Olho para ele e ele está cutucando os dentes, os caninos, com a unha comprida.

— Você não entendeu? — intervém Dru com a voz áspera. — Ou você bebe o sangue dela e se torna um de nós, ou se torna um doador de sangue também. Ela já é um caso perdido, e você está a uma decisão ruim de se tornar um também. Não tem como sair dessa.

— Dru está falando a verdade — diz Jasper, a voz grave como naquela música. A música que começou isso tudo, quando tudo que eu queria era alguém que me resgatasse para eu não ficar sozinho.

Meneio a cabeça.

— Não, não consigo. Ela é minha amiga. Qualquer outra pessoa.

— Você prefere que um estranho morra por você? — pergunta Silas. — Melhor que seja um amigo. Cortar seus últimos laços. Assim, você realmente é um de nós.

— Não... não quero isso. — Mas é uma mentira. Eu quero. Quero tanto que está me fazendo tremer. Mas os olhos de Neveah estão concentrados em mim e ela está chorando, lágrimas pousadas em seu nariz, se acumulando no balcão.

— Você pediu para virmos — Silas me lembra, a mão quente nas minhas costas, a respiração suave em meu ouvido. Sinto seus lábios em meu pescoço, um toque levíssimo, mas que faz um calor percorrer meu corpo e quase me deixa de joelhos.

— Ele tem uma queda por você, Silas — diz Willis com um sorriso sagaz.

— O que me diz, Lukas? — continua Silas. — Podemos nos banquetear, e, depois, eu e você vamos para algum lugar reservado. — Sua mão aperta minha cintura. — Você nunca mais vai precisar ficar sozinho.

É tudo que quero. Porque não posso voltar àquela casa, às travessas de comida bem-intencionadas do pessoal da igreja, aos quartos vazios e aos frascos de comprimidos organizados, e a tudo que o assessor do condado vai revirar na semana que vem para levar.

— Não quero ficar sozinho — sussurro.

— Você não vai ficar — diz Silas.

E então a jukebox liga e a rabeca toca e aquele homem canta: "Ele tinha o rosto de um anjo, mas o coração tinhoso…"

— Tome o que é seu, Lukas — diz ele —, e se torne um de nós.

Dou um passo à frente.

— Não! — De repente, Dru está lá, entre nós. Ele balança o bastão de beisebol na direção de Silas, quase rápido demais para os meus olhos acompanharem. O bastão acerta o lado da cabeça de Silas, partindo-se em lascas. Silas cai no chão.

— Corre! — grita Dru, e dou dois passos hesitantes na direção da porta, meu cérebro tentando entender o que está acontecendo.

Jasper se lança na direção de Dru, mas o ruivo está pronto, e avança com um pedaço do bastão de beisebol, acertando o peito de Jasper. Jasper se desfaz em cinzas sem emitir um barulho.

— Corre, idiota! — grita Dru novamente, enquanto Willis pula em cima das costas dele e crava os caninos ferozes no pescoço. Ele grita enquanto o sangue escorre, um rio tão vermelho quanto seu cabelo jorrando sobre a garganta.

Neveah está em pé. O que quer que a estivesse fixando ao balcão, medo ou algum tipo de feitiço, parece ter se quebrado quando Jasper se desintegrou. Ela pega minha mão e me puxa para a porta. Cambaleio atrás dela, os olhos ainda em Willis, que rasga a garganta de Dru. Dru cai no chão, os olhos se turvando no vazio, a cabeça pendendo como a de um boneco quebrado.

Grito. Willis se vira na minha direção, o rosto não mais o de um lindo menino maníaco, mas o de um monstro. Ele dá um passo na nossa direção enquanto Neveah destranca a porta e saímos cambaleando para o estacionamento. Antes que ele venha atrás, uma mão o detém.

É Silas.

Ele perdeu o chapéu, e sua mão está empapada por seu próprio sangue, mas seu rosto está inteiro. Qualquer que seja o estrago que o bastão fez já cicatrizou. Ele me encara com aqueles olhos como um redemoinho da cor do arco-íris manchado de óleo que entrevi antes.

Ele diz algo para Willis, que joga a cabeça para trás e urra, um som que sacode a lanchonete e chacoalha até as janelas de meu carro. Mas ele não nos segue. Nem Silas. Apenas observa.

Meu quadril bate no para-choque do meu carro. Pisco. Não me lembro de ter atravessado o estacionamento. Neveah está chorando de soluçar e gritando para que eu dê as chaves para ela. Consigo ouvir a música na jukebox, o lamento metálico de uma rabeca saindo pela porta da lanchonete.

E percebo que não quero ir. Ir embora significa abandonar Silas. Se eu for embora agora, sei que nunca mais o verei de novo.

— Neveah — sussurro, mas ela não me ouve enquanto implora sem parar. Mais alto, depois. — Neveah!

— Quê?! — responde ela, esbaforida e aterrorizada.

— Vou ficar. — Eu me volto para ela, deixo que ela veja. Minha convicção. Minha vontade. — Vou ficar — repito. — Mas pode ir.

Jogo as chaves para ela. Ela estende as mãos, mas as deixa escapar e elas caem com estrépito no chão. Com um soluço, ela se agacha para apanhá-las e, quando as encontra, abre a porta do carro e se senta no banco do motorista. Ouço o barulho da ignição, e então ouço o motor, e ela sai do estacionamento, mal me dando tempo para sair da frente.

Assim que ela vai embora, penso em mudar de ideia.

Mas estou aqui, e Silas está lá, do outro lado da vidraça.

E sei o que preciso fazer.

Ele espera que eu vá até ele.

Abro a porta, as mãos tremendo. O corpo de Dru jaz imóvel aos meus pés e Willis arfa como um animal, os olhos fixos em mim. Mas continuo focado em Silas, lembrando o que ele me disse.

— Quero que vocês vão embora — digo, pouco mais alto do que um sussurro. Minha voz soa patética aos meus ouvidos, limpo a garganta e tento de novo. — Quero que você e os Garotos vão embora.

Silas inclina a cabeça. A jukebox passa para o verso seguinte. E meu coração se parte um pouco.

— Você está dizendo que não somos mais bem-vindos aqui?

Faço que sim, por mais que me doa.

— Certo.

Ele se agacha para pegar o chapéu. Depois o coloca firmemente na cabeça.

— Era só me dizer, Lukas. — Ele faz sinal para Willis, que se abaixa e, com uma força inumana, pendura o corpo de Dru sobre os ombros. Silas abre a porta e Willis a atravessa. Silas começa a seguir, pausa para olhar para trás. — Mas você me deve uma pelo Jasper — diz ele, a voz dura como não estava antes — e vou ter que cobrar um dia.

Eu os observo ir. Observo até desaparecerem na escuridão, até eu ter certeza de que não há ninguém no estacionamento, nem mesmo guaxinins. E então me deixo cair no chão.

⬥

Landry me encontra no chão na manhã seguinte e me dá um sermão sobre álcool e bebedeira. Mas nós dois sabemos que não bebo, e ela me prepara uma pilha de panquecas e uma caneca enorme de café. Operários vêm para levar a velha jukebox antes do meio-dia, e não falamos mais sobre o assunto. Neveah nunca mais volta à lanchonete e, algumas semanas depois, Landry conta que Neveah se mudou, entrou em uma faculdade com moradia em algum lugar fora da cidade. Jason e os

Gêmeos Cururu aparecem no mês seguinte, exangues. Boatos circulam por um tempo sobre as drogas bizarras que devem estar no mercado, e a história deles chega a um dos programas de mistério do horário nobre, a relação com as mortes da família Finley, estranha demais para ser ignorada. Os podcasts de conspiração vão à loucura. Chamam de "Assassinato em Blood River", o que causa uma sensação por um tempo, mas as pessoas não fazem ideia. Não de verdade.

Às vezes cantarolo aquela música, especialmente quando estou estudando para me formar no ensino médio ou preparando a casa para vender, mas nunca canto de coração. No fim das contas decidi sair desta cidade de merda. Vou para Dallas, Denver ou algo assim. Tentar seguir meu caminho, ver o que acontece.

Fico pensando se Silas algum dia virá cobrar a morte de Jasper, como disse que faria. Sei que basta cantar para ele com o coração. Mas não vou fazer isso. Não por enquanto. Não até estar pronto. E, enquanto espero, vou sonhando com um lindo menino de cabelos escuros e chapéu de caubói e manchas de petróleo no olhar.

# MORDIDAS & SANGUE

ou "Por que os vampiros bebem?"

## Zoraida Córdova & Natalie C. Parker

Convenhamos: vampiros são os pernilongos do mundo sobrenatural. Eles espreitam em lugares escuros e se movem com uma furtividade antinatural — e, quando você menos espera, eles mordem. Criaturas míticas que bebem sangue aparecem em histórias do mundo todo, desde a deusa babilônica Lamastu, que consumia a carne e o sangue de crianças, às histórias indianas de *rakshasas* e de seres meio morcegos, meio humanos, os *vetalas*. Então por que os vampiros bebem sangue? Resumindo: sangue é vida. É essencial para os vivos... e para os mortos. Há um motivo por que se chama "pacto de sangue". No mundo real e no mundo mágico, sangue é tudo. Na história de Rebecca, Lukas tem de participar de um ritual de sangue extremo para se tornar um dos Garotos de Blood River. O processo envolve escolha, mas também sacrifício violento. Para se tornar um vampiro, Lukas tem de tomar algo que não lhe pertence.

    O que você sacrificaria para viver para sempre?

# CHUPA, ENSINO MÉDIO

## JULIE MURPHY

A cidade de Sweetwater, no Texas, é muito conhecida por seus moinhos de energia eólica ao longo da interestadual I-20, entre Forth Worth e Odessa, e pelo Rodeio de Cascavéis de Sweetwater, que é um evento dedicado a medir, pesar, tirar veneno, decapitar e esfolar cobras. Temos até um concurso de Miss Encantadora de Serpentes, em que cada participante faz todas as coisas normais de um concurso de miss e também corta a cabeça de uma serpente. Tia Gemma diz que o rodeio é desnecessariamente brutal, mas minha mãe diz que brutalidade é a única forma de sobreviver em um lugar como Sweetwater. Nossa cidadezinha guarda muitos segredos.

Além de cascavéis, a coisa pela qual *deveríamos* ser mais famosos é algo pelo qual você nunca vai nos reconhecer, e há um motivo simples: as mulheres da minha família são para lá de boas em nosso trabalho. Somos basicamente as pessoas que salvam o mundo quando o mundo nem sabe que precisa ser salvo. Guerra nuclear. Magnicídios. Alienígenas hostis do espaço. Alguém em algum lugar está trabalhando em uma base fortificada para salvar o mundo enquanto o resto de nós vive em uma ignorância que é sinônimo de felicidade, digitando sem parar em nossos aparelhinhos de celular.

O que minha família é tão boa em extinguir, a ponto de as pessoas de Sweetwater nem saberem da existência? Imortais. Sanguessugas. Filhos da noite. Vampiros.

No rodeio, todo ano recebemos uma meia dúzia de manifestantes gritando sobre maus tratos aos animais e extinção de cascavéis. Se você parar para pensar, é meio deprimente. Cascavéis são monstrinhos, óbvio, mas não saem rastejando pelas ruas à noite, atrás de presas humanas, como alguns vampiros que já conheci. Já a extinção dos vampiros? Bom, é como o título da canção favorita da minha mãe, "Sweet Dreams (Are Made of This)". Seria realmente meu sonho. Um vampiro de cada vez.

Meu nome é Jolene Crandall, e sou a mais nova caçadora de vampiros de Sweetwater, Texas. Aos treze anos, jurei proteger esta cidadezinha casca-grossa com minha vida. A menos que os vampiros sejam extintos por algum milagre. Posso ter entregado o resto da minha vida à causa, mas nada no meu juramento dizia que eu não podia entrar para o time de líderes de torcida. Buffy que se cuide.

— Prontos? Okay! — grito no megafone. — Ei! Ei! Mustang! Força! Força! Força! Essa é a nossa força!

Talvez isso me torne um clichê, mas tem poucas coisas que amo mais do que me matar de torcer em uma noite fresca de novembro sob o céu estrelado do Texas numa cidadezinha aleatória em que esta noite, este momento, é a coisa mais importante de toda a semana. As saias curtas e plissadas, as folhas amassadas sob nossos pés e o movimento contínuo para espantar o frio. É uma energia frenética que eu gostaria de guardar numa caixinha como um pequeno lembrete diário quando a única coisa que quero é sair deste lugar e desta vida. Minha mãe sempre diz que, para amar algo de verdade, é preciso odiá-lo um pouco também.

Atrás de mim, meu time entra em formação, e largo meu megafone com os pompons enquanto caminho para assumir meu lugar na base da pirâmide.

— Ei! Ei! — grito de novo, a multidão cantando junto e a banda tocando também.

Paro em uma postura de afundo, enquanto Karily, uma menina branca e pequena, sobe em minhas coxas grossas e cheias de curvas, uma líder de torcida após a outra se erguendo cada vez mais alto.

Sou o que chamam de cheinha ou gorda. Meu corpo não é esbelto e esguio como a maioria das pessoas esperariam que fosse o de uma caçadora. Sou uma menina branca robusta com quadris e coxas largas e quase nenhum busto. Puxei a bunda do meu pai, que a puxou da mãe dele. Tenho o tipo de flexibilidade que me torna uma ótima base de pirâmide, e minhas voadoras causam um bom estrago. A verdade é que caçadoras de vampiro não precisam ser gordas ou magras ou nada em particular, desde que saibam meter porrada.

Meu esquadrão repete o grito da torcida várias e várias vezes, até Karily pular com as pernas abertas no ar e cair nos braços das amigas.

— Vaaaaaai, Mustang! — gritamos.

— E parece que é isso, pessoal — diz o narrador pelos alto-falantes. — Mais uma vitória para os Bulldogs em casa.

A multidão aglomerada nas arquibancadas de visitantes à nossa frente começa a resmungar.

Ao meu lado, Peach solta um suspiro gutural.

— Qual é a dificuldade? — ela berra para o time de futebol americano. — Qual? Estamos aqui literalmente fazendo acrobacias mortais e o único trabalho de vocês é correr com uma bola pelo campo. É só isso!

Peach é minha melhor amiga — uma coreana baixinha com o cabelo platinado e uma personalidade ácida. No ano passado, ela foi ao rodeio vestida de cobra ensanguentada e ficou gritando sobre crueldade animal para quem quisesse ouvir, até o xerife a botar para fora. Ela é a única que sabe que minha família é diferente. Só não sabe os detalhes. Coloco o braço em torno do ombro dela.

— Pelo menos ainda somos a espécie superior na escola.

Ela ri.

— Hum, isso sim. Sem discussão!

Landry cruza os braços diante do logo dos Mustang gravado em vermelho e branco no uniforme de líder de torcida.

— Hum, sim. Gosto de pensar no time de futebol de Sweetwater como *nosso* show paralelo. Todos sabem que são estes pompons que realmente levam o público à loucura. — Ele dá um tapa nas duas bandas da própria bunda caso houvesse alguma dúvida sobre a quais pompons ele estava se referindo.

Wade Thomas, um rapaz branco de peito largo, se vira no banco de reservas do time de futebol americano.

— Sabem que a gente consegue ouvir vocês, né? — diz ele.

— Que bom — responde Peach. — Vocês precisam de um banhinho de realidade e menos lambeção de cu.

Wade flexiona o bíceps e pisca.

— Você beija sua mãe com essa boca, Peach?

— Beijo qualquer um, menos você — retruca ela.

A pontuação no quadro diz VISITANTES: 11 CASA: 48. A única coisa mais deprimente do que isso é ver tia Gemma tentando preparar o jantar com as sobras acumuladas dos deliveries que pedimos ao longo da semana.

— Essa foi por pouco, garotos! — alguém grita na plateia.

Reviro os olhos. Por pouco? Por que todo mundo fica tão preocupado em dar estrelinhas douradas para meninos como Wade por fazerem o mínimo? Quer saber o que realmente foi por pouco? Aquele vampiro desgarrado que quase jantou Wade na semana passada quando ele estava fazendo um turno solitário no posto de gasolina do pai. O grande e fortão Wade, que está no banco há duas semanas, mas ainda tem um ego do tamanho de um trator? Pois é, ele não faz ideia de como chegou perto de virar mais uma bolsa de sangue.

Mas salvar Wade não adiantou muito, porque não matei o desgarrado e, três dias depois, tia Gemma encontrou três caminhoneiros em uma vala nos arredores da cidade com a garganta rasgada.

—Vamos guardar tudo, pessoal! — grito para o restante do time.

— Entendido, capitã — diz Landry, enquanto algumas garotas do time oposto assobiam para ele. Landry é gostoso. Não apenas para os padrões do Meio do Nada, Texas, mas para os padrões da vida real. Ele é um sonho bissexual de um metro e oitenta e três com a pele negra bem escura e tranças nagô perfeitas. O mundo todo só tem olhos para ele, mas nos últimos tempos ele só tem olhos para Peach... pena que ela nem nota.

Juntamos as placas, pompons e bolsas de academia. No ônibus, visto a calça de moletom por baixo da saia e coloco o agasalho.

— Ei, Karily — grito no ônibus escuro. — Bom trabalho com aquele salto!

— Sim! — alguns outros elogiam.

—Valeu, gente — diz sua voz fina de caloura no fundo do ônibus.

A dona Garza, nossa orientadora, embarca por último no ônibus com um livro romântico embaixo do braço.

— Certo, dona Rhodes — diz para a motorista do ônibus. — Vamos lá.

Dona Garza se senta na fileira da frente com sua luz de leitura e seu livro enquanto descemos pela estrada.

Eu me sento em um banco sozinha enquanto Peach e Landry se acomodam do outro lado do corredor, os dois curvados sobre o celular de Peach, assistindo à vlogger de beleza favorita deles revelar os detalhes de seu término muito tumultuoso e muito público.

Nunca vou saber a sensação de não saber que vampiros existem e que devem ser temidos, mas são momentos como este em que chego mais próximo do alívio da ignorância. Neste ônibus, não sou responsável pela vida de todos em um raio de dezesseis quilômetros. Neste ônibus, estamos correndo pela estrada mais rápido do que qualquer vampiro consegue se mover. Adoro a segurança deste ônibus enquanto voltamos para casa tarde da noite depois de mais um jogo fora da cidade, e onde posso simplesmente baixar a guarda.

Mesmo se eu quisesse me esquivar das minhas obrigações em Sweetwater, minha anatomia nunca me permitiria. Os vampiros desencadeiam algum tipo de reação dentro de mim. Meu próprio sexto sentido. É como quando você sabe que esqueceu algo, mas não sabe o que exatamente, ou aquela sensação de acordar no meio da noite e lembrar que não fez um trabalho que é para o dia seguinte. Toda essa energia se acumula dentro de mim, e só fico satisfeita quando ela é liberada. De repente, todas as horas frustrantes de treinamento com minha mãe e tia Gemma entram em ação, e todos os outros desejos e preocupações desaparecem até restar apenas meu único propósito: proteger Sweetwater.

Mas aqui, neste ônibus escolar amarelo, descendo pelas estradas rurais, a sensação desaparece. Nem um sugador de sangue à vista.

Ninguém sabe ao certo quem chegou aqui primeiro: o Lar de Ressurreição para Almas Perdidas ou a cidade de Sweetwater. Ou talvez a cidade de Sweetwater simplesmente tenha começado como um bando de almas perdidas. Seja como for, as regras são simples: elas não saem do terreno do Lar de Ressurreição, e minha família permite que continuem usando seu encantamento para se disfarçarem de abrigo para a juventude pentecostal nos arredores da cidade. Não é um acordo perfeito, mas fazemos dar certo há mais de cem anos.

Gosto de pensar no lugar como uma casa de acolhimento e reabilitação para vampiros, aonde os sanguessugas vão para aprender a se controlar e bebem saquinhos de sangue de doadores privados. O único problema da reabilitação é que apenas três tipos de vampiros passam por ela. Primeiro, os vampiros bem-comportados, que passam por Sweetwater depois de uma estadia bem-sucedida no lar. Depois, tem os vampiros a caminho do lar, buscando sua última dose em um ser vivo. E, por fim, tem aqueles que **passam pelo Lar de Ressurreição e** reprovam, saindo piores do que entraram.

O ônibus passa ruidosamente pelo cascalho à beira da estrada, me acordando com um susto, e só então percebo que estava cochilando. O ônibus para.

— Parece o ônibus da torcida de Sweetwater — diz a dona Rhodes, enquanto espia pela janela do motorista, apontando para o ônibus estacionado à frente com o pisca-alerta ligado.

A sensação me atinge como um soco no estômago. Adrenalina. O que quer que haja naquele ônibus, não é coisa boa. E tenho um pressentimento de que tudo dentro dele está morto ou é imortal.

Dona Garza se levanta.

— Deve ter quebrado. Vai ver podemos ajudar para não terem que enviar outro ônibus.

Dona Rhodes puxa a alavanca, a porta pneumática se abre para o campo escuro feito breu ao longo da estrada.

Eu me levanto de repente.

— Esperem.

A equipe inteira olha para mim. Essa não é a primeira vez em que me levantei no meio de uma multidão ou gritei "Parem!" ou tentei provocar algum tipo de distração. Se você perguntar pela cidade, as pessoas vão dizer que as mulheres da família Crandall são "peculiares em um sentido especial, mas não machucariam uma mosca". (Teoricamente.) Nada de peculiar em nós, exceto pelo fato de que sabemos mais sobre o que está acontecendo embaixo do nariz dos mortais do que qualquer humano deveria saber.

— Eu, hum, vou com você. — Tipo, sério, o que a dona Garza vai fazer na frente de um vampiro? Jogar seu romance erótico nos caninos dele? Acho que não, hein.

Dona Garza faz um sinal para eu sentar.

— Jo, fique no ônibus. Você acha que eu deixaria uma aluna sair deste ônibus à beira da estrada no meio de sabe Deus onde? Não, senhora!

Ela desce os degraus antes que eu consiga dizer mais uma palavra.

Vou até a frente do ônibus, parando perto da escada. Toda vez que rola um jogo fora da cidade, há um ônibus escolar que leva a torcida. Você não precisa ser um aluno para entrar no ônibus. Cacete, acho que não é necessário nem mostrar a identidade. Afinal, Sweetwater é o tipo de lugar onde todos os rostos são conhecidos. Então, basicamente, qualquer pessoa ou coisa pode estar naquele ônibus.

— Para trás. Você ouviu a professora — adverte dona Rhodes.

—Tá, tá, tá — murmuro. Vamos torcer para que eu seja mais rápida do que seja lá o que esteja esperando por mim naquele ônibus.

Observo enquanto ela avança pela beira da estrada, prendendo o fôlego. Se estivéssemos um pouco mais perto, nossos faróis poderiam se estender o bastante para que eu visse que diacho está naquele ônibus.

Está silencioso demais. Esta é a verdade sobre pessoas: onde tem gente, tem barulho. Já os vampiros, com vidas que se estendem por muito tempo, desejam coisas que fazem o tempo passar. Silêncio. Escuridão. Para as pessoas, quanto mais gente, mais seguro. "Sacou, dona Garza?"

Enquanto dona Garza bate na porta do outro ônibus, presto atenção em cada barulho ao meu redor e tento me concentrar nela. "Não entre no ônibus, não entre no ônibus, não entre no ônibus."

Ela entra no ônibus. É óbvio que entra.

"Fala sério, dona."

Decido contar até dez. É o que pessoas sensatas fazem. Elas contam até dez. "Um, dois, três, quatro — foda-se." Desço correndo os degraus, pensando na doce e ingênua dona Garza em uma poça de sangue, um vampiro agachado sobre seu corpo inerte.

Subo os degraus e dona Garza dá um grito quando a pego de surpresa. Imediatamente, jogo meu corpo na frente do dela.

Olho ao redor, mas... não há nenhuma gota de sangue à vista.

— Jo, falei para você ficar no ônibus — diz ela com a voz doce entre dentes enquanto passa por mim.

— Eu vim... — "Salvar sua vida", estou perto de dizer, mas meu olhar se fixa no ônibus quase cheio de torcedores do Mustang, a maioria rostos conhecidos.

— Ah, graças a Deus! — diz o sr. Bufford, orientador do ônibus da torcida. — Dona Garza convidou todos para irmos no ônibus da equipe de líderes de torcida. Isso inclui você, Deidra! — diz ele para a motorista do ônibus.

Alguns gritos de comemoração vêm do fundo do ônibus.

— A cidade vai mandar um reboque de manhã — continua ele. — Agora, alunos, por favor, confiram seus itens pessoais. Não vamos voltar para buscar nenhum celular ou mochila.

Bom, me sinto extremamente ridícula. Mas não consigo deixar de lado aquela sensação. Observo cada pessoa do ônibus, mas está escuro demais para eu notar se existe alguém fora de lugar.

Enquanto entramos no ônibus, volto ao meu banco e, com mais gente, somos todos obrigados a dividir espaço. Quase todos os passageiros do outro ônibus encontram lugares sem que eu tenha de ceder metade do meu banco, até a dona Garza dizer:

—Ah, aqui estamos! Alma, pode se sentar com a Jolene.

Uma garota alta e magra com a pele marrom clara e o cabelo preto sedoso amarrado em uma trança de escama de peixe se senta ao meu lado. Sua pele toca na minha e inspiro fundo, segurando a raiva. O mesmo encantamento que protege o Lar dos olhos mortais esconde os caninos pontudos e delicados em seu sorriso perfeito. Mais uma vantagem do trabalho: sou imune a encantamentos.

Quando eu era criança, havia uma igrejinha nos arredores da cidade que se metia com cobras. Sabe, o tipo de babacas que acham uma boa ideia jogar cobras de um lado para o outro para mostrar que Deus vai protegê-los de serem picados. Óbvio, talvez seja Deus e talvez ele proteja as pessoas, mas não acho que tenha nada na Bíblia que proteja contra burrice. Certa noite, minha mãe e tia Gemma foram lá sondar, e me lembro de ouvir do corredor enquanto elas conversavam na cozinha. "Parecia um pesadelo", minha mãe disse. "Como ver um bando de gente ignorante dançando à beira de um precipício."

A sensação é exatamente a mesma do momento em que a dona Garza para diante de nós no corredor e a dona Rhodes liga o ônibus.

— Jo, essa é Alma. Ela é nova em Sweetwater. Eu a recebi ontem no quarto período. Não é mesmo, Alma?

— Sim, senhora — diz a menina, com a voz fofa.

— Bem-vinda a Sweetwater — digo, cuspindo cada sílaba.

— Que... recepção calorosa — responde Alma, enquanto dona Garza se senta ao lado do sr. Bufford.

No momento em que saímos e o barulho da estrada é alto o suficiente para abafar nossas vozes, eu me viro para ela.

— Eu deveria matar você.

Ela ri:

— Como é que é? — pergunta Alma. — Cadê sua educação?

— Você me escutou. — Ela está se fazendo de sonsa, mas sabe exatamente quem sou eu. Esses instintos de que sou dotada não são unilaterais.

— Discrição — replica ela. — Esse não é um dos pilares dos caçadores? Tenho certeza que quem quer que você chame de chefe adoraria saber que você matou alguém como eu em um ônibus escolar cheio de mortais.

—Você é do Lar — deduzo. — Chegando ou partindo?

— E como você sabe que não sou apenas uma passante? Talvez eu só esteja drenando lentamente meu caminho até Los Angeles?

Rio com escárnio.

— Certo, a bordo de um ônibus da torcida escolar de Sweetwater?

Ela bufa, jogando o corpo contra o dorso do banco de uma forma que é tão completamente humana e familiar que chega a ser perturbadora. Essa criatura já foi uma pessoa, e meu estômago se contorce de culpa ao pensar na pessoa que ela pode ter sido.

— Ou talvez eu só sinta falta de estar entre os seres vivos? Talvez só queira ser uma adolescente normal por uma noite? — diz ela, a voz juvenil.

O silêncio entre nós se estende por um momento, antes de eu soltar um riso nervoso. Ela não me deixa nervosa. Por que eu estaria nervosa? Nunca fiquei nervosa na frente de um vampiro antes.

Mas, enfim, acho que eu nunca tinha trocado mais do que cinco palavras com um deles. E definitivamente nunca com uma tão... adorável. Abano a cabeça. Uma vampira adorável. *Até parece*.

Ela me olha com uma percepção penetrante.

— Uau. — Sua voz é esbaforida, e sua expressão vacila um pouco. — Você acha mesmo que somos todos monstros com sede de sangue? Nem todos destruímos cidadezinhas como um bando de pré-adolescentes na internet sem controle parental.

— Vocês precisam de sangue humano para viver, não precisam? Pois é. Fim de papo. Além disso, você está numa evidente violação do acordo do Lar.

— Vocês precisam de comida para viver, certo? Mas não saem por aí pilhando todos os mercados em que batem os olhos. Vocês fazem refeições. *Preparam a comida*. Alimentar-se não precisa ser um frenesi. — Sua voz é inebriante. Deliciosa, até. Mas ainda preciso me sentar em cima das mãos para não meter um soco na cara dela.

— Você não é a única que quer ser uma adolescente normal — digo, baixando a guarda devagar. Afinal, eu não poderia matá-la na frente de toda essa gente.

— Foi assim que a caçadora malvadona veio parar em uma minissaia como capitã de um time de líderes de torcida? Ela só quer ser uma menina normal?

— Como você sabe que sou capitã?

— Consigo farejar liderança — comenta ela.

— Sério? — Admito que haja muitas coisas que não sei sobre vampiros.

Ela solta um riso melodioso, inclinando a cabeça para trás e expondo o pescoço comprido, adornado por uma gargantilha tribal, como aquelas que se acham no shopping. Me lembro de roubar um pacote delas de uma loja de bijuteria quando eu e Peach fomos a uma excursão em Dallas no ensino fundamental.

— Não no sentido literal — diz ela. — Mas você parece o tipo de menina que ou está no comando ou não participa.

— Eita! — exclamo, com um riso sincero. — Um pouco na mosca demais.

— Além disso, está escrito CAPITÃ no seu moletom.

Baixo os olhos para o bordado em cursiva sobre o peito.

— *Touché*.

Ela pousa as mãos no colo enquanto fecha os olhos, ficando completamente exposta.

Eu me sinto como uma cientista comportamental, e essa é minha única chance de *conhecer* meu tema de estudo a fundo. Um momento fugaz.

— Posso fazer uma pergunta?

— E se eu disser não?

— Vou perguntar de qualquer jeito.

— É óbvio que vai — diz ela.

— Quantos anos você realmente tem?

Ela sorri, os olhos ainda fechados.

— E se eu disser que tenho centenas... não, milhares de anos? Daria uma boa história, não?

— Você não respondeu minha pergunta.

Seu sorriso se fecha.

— Meu corpo tem dezessete anos para sempre. Mas tenho dezoito anos e cento e oitenta e quatro dias. Bem sem graça, hein?

— Mé. Um vampiro é sempre um vampiro.

— Um caçador é sempre um caçador. — A repulsa em sua voz é palpável.

— Ei, pelo menos estou viva — eu a lembro.

— E eu não acordei um dia e decidi virar vampira. Minha humanidade foi roubada violentamente de mim. Estou seguindo em frente, do único jeito que posso. — Sua voz é doce. Inocente.

Isso basta para me silenciar por um momento.

— Não tive muita escolha sobre meu destino também, sabe. — E é verdade. Por mais que eu odeie admitir, eu e Alma temos isso em comum.

— Você não parece muito desapontada com ele. — Ela estende a mão, e meu corpo todo fica tenso em defesa enquanto apanho seu antebraço, preparada para quebrá-lo no meio. — Calma, gatinha. Só vou abrir a janela.

Solto um pouco a mão, e ela empurra a alavanca na janela, uma rajada do vento fresco de novembro entra e o ar parado do ônibus se dissolve imediatamente. Alma inspira fundo pelo nariz.

Um fio de cabelo do meu rabo de cavalo balança na frente do meu rosto, e Alma tira um grampo de sua trança. Em um movimento fluido, ela coloca meu cabelo no lugar, girando-o rapidamente com o dedo, e coloca o grampo no lugar.

— Então me diga, cara caçadora, se você está tão comprometida com seu destino, por que está perdendo tempo na equipe de líderes de torcida?

Toco o cabelo onde sua mão estava há pouco, e levo um longo momento para encontrar as palavras que estou buscando.

— Sempre vou ser uma caçadora. Até o dia da minha morte. Mas só vou ter esses anos de ensino médio. Respondi à sua pergunta. Minha vez agora. Você não chegou a me responder. Lar de Ressurreição para Almas Perdidas. Você está indo ou voltando?

Ela suspira.

— Ser um criador é meio como ser pai. Qualquer um pode, mas nem todos deveriam. Daria para dizer que o último ano foi... uma experiência de aprendizado. Ouvi falar do lar e pensei que talvez eu encontrasse o que estou buscando lá. E daí... — Ela fecha os olhos e balança a cabeça, como se o que fosse dizer em seguida fosse muito, muito ridículo. — E daí, eu vi sua escola e não consegui me lembrar de como era ser apenas... uma adolescente. Eu me distraí. Mas não preocupe sua cabecinha linda, caçadora. Próxima parada: Lar de Ressurreição. Sem pit stops. Juro. — Ela ergue três dedos em sinal de promessa.

O ônibus começa a diminuir a velocidade enquanto entramos na cidade. Como paramos para buscar os passageiros do ônibus de torcida, a equipe de futebol americano se foi faz tempo, e somos o último grupo a ser deixado na escola, onde alguns poucos carros estão espalhados pelo estacionamento.

— Sem paradas — digo a Alma antes de pensar duas vezes em deixá-la ir. — É melhor eu não ver você de novo.

Ela pisca antes de sair correndo do ônibus.

— Sem paradas.

Alma desaparece antes que eu consiga ver em que caminho seguiu, só para ter certeza de que ninguém cruzará com ela hoje sem querer. Fico sentada no capô do meu carro, esperando todos saírem devagar, até a dona Rhodes levar o ônibus para a garagem. Dona Garza me fala para ir para casa, mas são Peach e Landry que enrolam mais tempo. Finalmente, depois de relembrarmos os pontos altos da noite, Landry pega as chaves do carro e oferece uma carona para Peach. Peach me observa por um momento antes de me fazer jurar que vou mandar mensagem para ela quando chegar em casa. Um dia vou dar as respostas que ela merece ouvir, mas por enquanto gosto dela me tratando como uma menina normal que deveria ter cuidado com os homens à noite e outras coisas que vagueiam na escuridão.

Depois que eles saem, espero mais alguns minutos por algum sinal de Alma antes de tirar as chaves da mochila e destrancar o carro.

Eu não deveria tê-la deixado ir. Só consigo pensar naqueles três corpos que minha mãe e tia Gemma encontraram. Se eu tivesse sido mais rápida ou mais forte do que o vampiro que quase atacou Wade, outras três pessoas estariam vivas.

De costas para o estacionamento vazio, o vento faz cócegas em meu pescoço, e, ao me virar, encontro Alma a menos de dois centímetros de mim. Fios soltos de cabelo sopram na frente do seu rosto, roçando minhas bochechas. Em um movimento rápido, aperto seu pescoço com uma mão e a giro, imobilizando-a contra meu Dodge Néon vermelho-cereja.

— Falei para voltar para a academia. Sem paradas. — Eu a puxo para a frente e bato seu corpo contra o carro mais uma vez para dar ênfase, depois levo a mão para a janela do motorista e pego a estaca que sempre deixo ao lado da porta.

— Não respondo bem à autoridade — ela sibila e calmamente agarra meu punho. Vejo a vampira nela agora. Está em sua postura e na maneira como todo o seu corpo está pronto para briga. Ela passa a língua nos caninos. — Além disso, tenho uma proposta para você.

Aperto a ponta afiada da estaca no ponto logo acima da sua caixa torácica, o ponto que conheço tão bem.

— Não negocio com vampiros.

Ela engole em seco e sinto o nó em sua garganta contra a palma da minha mão.

— Me dá o último ano do ensino médio. Tudo que eu quero é o último ano que nunca tive. No minuto em que aceitar o diploma e atravessar aquele palco, vou embora; senão, sou toda sua.

Eu a observo com atenção, procurando a brecha.

— Por que o último ano? O ensino médio é um saco. Você tem toda a eternidade para reviver esse último ano. Por que Sweetwater?

— Tente viver toda uma eternidade no meio do ensino médio. Sem nunca chegar ao último ano. — Ela me olhar com um ar jocoso, como se eu não estivesse prestes a enfiar um pedaço de madeira no seu coração inerte.

Bom, realmente parece horrível. Eu acho.

— Além disso, gostei daqui. Gostei... das pessoas.

Aperto sua garganta ainda mais e, pela primeira vez, seus olhos se arregalam com o desconforto.

— Quando eu atravessar os portões do Lar de Ressurreição, sei que... vou mudar. Tudo vai mudar. Ainda me sinto humana agora. Mas, depois que eu estiver lá... no meio da minha espécie... não vou ser mais a mesma. Quero fazer isso enquanto ainda consigo entender. E, se eu sentir o cheiro de algum vampiro saindo da linha, chamo você na mesma hora.

— Se você encostar em qualquer humano vivo antes da graduação, o acordo está desfeito.

Ela revira os olhos.

— Beleza.

— Como você vai conseguir sangue?

— Do mesmo jeito que consegui no último ano e meio. Bancos de sangue.

Só temos um banco de sangue em Sweetwater. Ela vai ter que ser discreta.

— O último ano — diz Alma mais uma vez. — É tudo que quero.

Tem tanta coisa a se considerar. Minha mãe. Tia Gemma. O estoque de sangue. Outros vampiros de passagem. Mas as palavras de Alma ressoam em meus ouvidos. "Minha humanidade foi roubada violentamente de mim. Estou seguindo em frente, do único jeito que posso." Se uma caçadora estivesse por perto para salvar Alma, ela seria como qualquer outro estudante do último ano do ensino médio e nada mais. Como Peach. Ou Landry.

Solto sua garganta e afasto a estaca. Seu corpo todo relaxa contra o carro. Meu punho fica tenso na estaca enquanto estendo a outra mão para selar o acordo. Isso vai dar merda.

Alma pega minha mão, mas, em vez de apertar, me puxa junto a ela, nossos lábios estão tão próximos que sinto o gosto do seu brilho labial de cereja.

— Prefiro selar com um beijo.

Meus lábios roçam os dela e, em poucos segundos, estou usando o quadril para imobilizá-la contra o carro por motivos completamente diferentes daqueles de momentos atrás. Suas mãos apertam minha cintura, usando minha saia de líder de torcida para me puxar ainda mais para perto.

Dentro de mim, endorfinas estouram como bolhinhas de sabão, como uma série de torcida perfeitamente cronometrada em uma noite fresca. Descubro que beijar uma vampira pode ser tão bom quanto matar uma.

# O CAÇADOR

## ou "Quando eu disser 'Caça', você diz 'Vampiro'!"

## Zoraida Córdova & Natalie C. Parker

Assim como o vampiro, o caçador de vampiros teve muitas versões ao longo do tempo, desde Van Helsing a Buffy Summers e Blade. Embora haja muitas formas de matar um vampiro, o caçador é a contraparte humana do vampiro, o equilíbrio de sua força, velocidade e sentidos sobrenaturais. O caçador, escolhido por meios sobrenaturais ou não, descobriu os segredos dos vampiros e sabe como frustrar os planos deles ou matá-los com uma estaca, qualquer que seja o caso. Eles nem sempre são líderes de torcida, mas tendem a ser pessoas magras (ou fortemente musculosas!), cisgênero e sem deficiências. Na história de Julie, viajamos para o ensino médio, onde uma caçadora gorda encontra seu par em diversos sentidos. E é essa bela tensão entre vampira e caçadora que torna a relação entre elas matadora!

Qual escolhido é você? Vampiro ou caçador?

# O GAROTO E O SINO

## HEIDI HEILIG

Era uma noite de tempestade, escura e fria, o vento soprava tão alto nas folhas que Will quase não ouviu o toque delicado do sino.

Um som incongruente no cemitério — ao menos a esta hora da noite. Sob a luz forte do sol, os sinos da igreja tocam ao meio-dia ou para chamar os paroquianos para o culto... ou para anunciar a chegada de um novo ocupante do cemitério. Mas esse som não tem o tom grave de bronze do carrilhão. É mais baixo, quase petulante. O som para chamar um servo — um som que teria feito Will sair correndo em uma vida passada.

Mas isso ficou para trás.

Então ele para, deliberadamente imóvel nas sombras escuras entre as árvores que rodeiam um dos lados do cemitério. Não é fácil. Embora seu corpo esteja imóvel, ele não consegue diminuir o ritmo do seu coração. Quanto mais ele espera, maior é o risco de ser pego — pego no flagra, com sua pá e seu carrinho de mão e os calos em suas palmas. É especialmente perigoso hoje à noite, quando o enterro foi tão recente — parentes podem ter deixado guardas para afugentar ladrões de corpos como ele. Mas ele preferiria enfrentar a recriminação de um cidadão furioso — ou mesmo uma surra de um parente enlutado — a responder ao sino.

Blim blim, blim blim, blim blim. O cheiro de terra revirada é tão forte que é quase como se um torrão de lama estivesse alojado em sua garganta, e o frio do vento do cemitério passa os dedos gélidos nos remendos desgastados de sua jaqueta. Mas, quando ele ouve o sino, parte dele está de volta no casarão da Cherry Street. O farfalhar das folhas se assemelha demais ao balanço de suas antigas saias enquanto ele corre, e no vento ele quase consegue ouvir o som agudo e fino da sra. Esther chamando seu nome — seu antigo nome. Um nome pelo qual ele nunca mais vai atender.

O coração de Will não está acelerado apenas pelo medo da descoberta.

Seus lábios se contorcem; ele range os dentes. Ajeita a pá sobre o ombro. Por fim, o sino para de tocar. Quando o som desaparece, a voz da sra. Esther também se desfaz, e Will consegue voltar a respirar.

O vento cortou o manto esfarrapado que cobria a lua anêmica, cobrindo o cemitério de prata, eliminando as sombras. Sob a luz, a fonte do som se torna imediatamente aparente. Um sininho de bronze brilha como um pequeno farol sobre uma armação de madeira erigida em cima de um monte de terra fresca. Há uma corda amarrada ao sino que está enrolada em uma roldana e desaparece por um tubo que desce até o caixão enterrado.

Uma engenhoca estranha, mas Will a reconhece. Uma daquelas novidades — um "caixão de segurança" — feita para alertar aos vivos caso o infeliz ocupante do túmulo tenha sido enterrado com vida por engano. Will só tinha visto aquele dispositivo em fotos, desenhado em quadros de giz na universidade, onde ele troca os frutos de seu roubo noturno por um lugar nos fundos do anfiteatro onde ocorrem as dissecações. Nos últimos meses, a faculdade ficou em polvorosa com conversas sobre sepultamento de pessoas vivas depois de uma série de tragédias na Pensilvânia.

O primeiro caso relatado foi o de uma jovem tomada por uma nova variante de tuberculose — definhando em um desfalecimento letárgico, ficando mais e mais pálida até o rubor da febre em suas bochechas se assemelhar a sangue sobre a neve. Quando até isso passou e seu corpo esfriou, seus pais a enterraram no mausoléu da família. O luto ainda era recente quando o irmão mais novo foi entregue ao mesmo estupor. Semanas depois, quando abriram o mausoléu para enterrá-lo ao lado da irmã, ela saltou para fora em uma fúria desvairada, os olhos vermelhos e se retraindo diante da luz do sol.

Alguns chamaram a sobrevivência dela de milagre, mas logo ficou evidente que seu enterro prematuro a havia ensandecido. Ao menos, a família conseguia pagar por uma vaga no hospício de Kirkbride, na Filadélfia, aonde todos os ricos enviam seus loucos. E é lógico que o irmão foi poupado do mesmo destino. Mas dizem os boatos que ele também foi afligido — ou pela própria doença ou pelo sepultamento da irmã. Ele acordou de seu desfalecimento, mas, semanas depois, sofreu de perda de apetite e insônia reincidente — ao menos segundo o médico que o trata, que leciona duas vezes por mês na faculdade.

Outros boatos de sepultamento vivo surgiram nesse meio-tempo, alguns tão malucos que eram inegavelmente ficcionais. Um corpo se dissolvendo em fumaça, um lobo envolto por uma mortalha fugindo de uma tumba aberta. Dezenas de caixões encontrados vazios quando iam ser exumados — mas Will sabia o motivo.

Mesmo assim, alunos e professores espalharam as histórias do sepultamento vivo enquanto tomavam cerveja ou café. Os mais empreendedores dentre eles engendraram soluções e as patentearam, desde tampos de vidro a pás guardadas ao pé do caixão e torres de sino pessoais, como essa. Havia até um projeto com uma despensa contendo marzipã, frutas enlatadas, linguiça e conhaque, bem como pratos e talheres. Mas apenas os ricos podiam bancar precauções tão caras. Muito mais em conta era pedir a um amigo que cortasse sua cabeça antes de pregar o caixão.

Óbvio que com o restante do país em polvorosa por aquele romance de Stoker, esse pedido também poderia chocar alguns. Conversas sobre o livro fantasioso — e a ideia do vampiro — também varriam a universidade, embora os estudantes o levassem muito menos a sério do que o problema do sepultamento vivo.

Will entende o motivo. O século está acabando e, com ele, antigas formas de pensar. De ser. Sob o brilho claro e firme das luzes elétricas, a superstição se torna estupidez; sob a prova de fogo do motor à combustão, crenças falsas são reduzidas a pó. E, sob o bisturi e o microscópio, a forma humana se revela muito mais próxima à dos animais do que à dos anjos. Nos espaços ocultos, o homem descobriu células, não almas. A morte se tornou definitiva; vida eterna não existe. Como metáfora, o sepultamento vivo é algo com que as pessoas se identificam mais do que com a história do vampiro.

Blim blim, blim blim. As chamadas vêm de novo, trazendo Will de volta ao presente. Ele estreita os olhos. O toque é insistente demais para ser o vento: tem alguém se mexendo naquele caixão. Alguém desesperado para sair. Mas, apesar do fascínio crescente de Will, tudo nele se rebela para não responder. Sua antiga vida está morta e enterrada, e ele havia se esforçado demais, gastado demais, ido longe demais para atender ao som de um sino.

Mas enfim, talvez poderia haver uma recompensa em salvar uma vida. Especialmente uma cuja família tinha dinheiro para comprar um caixão tão caro. E, com mais alguns vinténs, talvez Will pudesse comprar um casaco novo, uma camisa decente, uma calça sem tantas manchas. O pensamento faz o coração de Will bater mais forte — afinal, muitas vezes são as roupas que fazem o homem.

E, com um terno novo, quem sabe? Talvez ele pudesse assumir um lugar na sala de aula — algum na primeira fileira. Onde Will realmente conseguisse ver as dissecações em vez da cabeça dos outros rapazes. Onde poderia ver o anatomista revelar os mistérios que ele queria tanto solucionar: como os corpos funcionam? E por quê?

Além disso, essa não é a primeira parte de ser médico? Salvar vidas?

Mesmo assim, Will só consegue se mover quando o sino fica em silêncio. As nuvens se cerram sobre a lua como cortinas, encobrindo seu caminho das covas de indigentes até a baixada verde ao lado da igreja. A proximidade a Deus, assim como as precauções de sepultamento, é apenas mais um bem reservado aos ricos. A cova recente cria um montezinho cicatrizado na grama, encimado por aquela torrezinha de sino sobre a lápide:

MAXWELL THADDEUS HAWTHORNE, 1880–1899, FILHO AMADO.

Em sua mente, Will consegue ver o garoto. Eles só se encontraram uma vez — se é que dá para chamar de encontro. A sra. Hawthorne tinha levado o filho consigo quando foi fazer uma breve visita à sra. Esther; Maxwell havia atormentado o gato enquanto Will atendia às duas mulheres. O chamado agudo da sra. Esther era ainda pior do que o elogio da sra. Hawthorne — "Que boa menina você tem!" — mas apenas por pouco.

Blim blim, blim blim. Deliberadamente, Will desvia os olhos do sino, observando a pedra em vez disso. É surpreendentemente modesta para o descendente da família Hawthorne — mas é óbvio que é apenas temporária. Esta parte do cemitério é cheia de estátuas elaboradas —, as colunas quebradas de vidas interrompidas, os anjos lamentadores de luto sem fim, as urnas cobertas representando a imortalidade. O que quer que Maxwell deveria ter, levaria tempo para esculpir. Será que o escultor devolveria o pagamento se o ocupante da cova o pedisse pessoalmente?

Will contém o riso. Como se Maxwell Thaddeus Hawthorne se rebaixasse a falar diretamente com um negociante!

Por fim, o repicar cessa. Com um gemido, Will tira a pá de cima do ombro, cortando a terra com a lâmina de aço afiada. A cova é nova; a terra, macia. É uma noite perfeita para um roubo de túmulos, escura e triste, o frio mantendo as pessoas honestas dentro de casa com as cortinas fechadas. Encobrindo também o cheiro de putrefação. Normalmente, Will tem um estômago forte, mas uma vez por mês é atormentado por um humor indisposto: uma cólica dolorosa na barriga, um esgotamento de energia.

Hoje os efeitos do catamênio estão particularmente fortes, e não demora para Will estar suando. Mesmo assim, apesar da maré indolente em sua barriga, o sangue em suas veias zumbe enquanto cava e escava, cava e escava. Ele encontra um ritmo na batida do seu coração. Sente perfeitamente a força bruta do músculo do tamanho de um punho, apertando enquanto bombeia seu sangue pela vasculatura tão complexa e ramificada quanto as raízes na terra. Em toda dissecação, é o coração que mais o fascina. O primeiro órgão a se desenvolver — a morada da alma — ao menos, é o que dizem os que acreditam em almas. O que nos diz o que queremos — quem somos.

    Será que o coração de Maxwell bate na mesma velocidade? Não pelo esforço, mas por medo? A claustrofobia se insinua dentro dele junto com o pavor da mortalidade? Há quanto tempo ele estará esperando? Será que reza enquanto puxa a corda? Rico ou não, Will começa a ter pena do garoto no caixão; mesmo assim, ele para de escavar toda vez que o sino toca.

    Will consegue notar o momento exato em que Maxwell Thaddeus Hawthorne o ouve: o sino começa a balançar como se estivesse possuído. Mais uma vez, Will aproveita a oportunidade para recuperar o fôlego, apoiando a pá na lápide e pressionando os dedos na lombar. Depois de um tempo, a cólica passa e o sino para, e Will pega a pá novamente. Mas quase a derruba quando escuta a voz em seu ouvido.

    — *Rápido!*

Will se apoia na beirada da cova; a voz tinha vindo pelo tubo de ar.

    — *Você ainda está aí, rapaz? Por que parou?*

O tom é ainda mais imperioso do que as palavras. Para alguém que foi enterrado vivo, o jovem sr. Hawthorne parece mais irritado do que apavorado. O sino toca outra vez, e a pena se desvanece do peito de Will. Por um momento, ele considera deixar Maxwell Thaddeus Hawthorne passar o resto da noite tentando sair sozinho da cova. Mas a maior parte do trabalho já está feita. Por que jogar tudo fora por despeito? Engolindo seu orgulho — e lembrando-se da primeira fileira no anfiteatro —, ele encosta a boca no tubo e fala:

    — Esse cano parece bastante estreito. É melhor conservar o ar.

    — *Como é que é?* — responde Maxwell Thaddeus Hawthorne, no tom de um homem que nunca teve de conservar nada em sua vida. — *Este é o melhor caixão do mercado.*

Os lábios de Will se curvam. Somente os ricos poderiam estar mais preocupados com a opinião pública sobre o sepultamento do que com o sepultamento em si. Ao menos, ele parou de tocar o maldito sino.

    — Mesmo assim — resmunga Will, voltando à sua pá. — Ele é feito para sustentar a sobrevivência, não uma conversa.

## O GAROTO E O SINO

— Como você sabe?

— Sou médico — responde Will. A afirmação escapa, mais esperança do que verdade. — Ou, melhor dizendo — acrescenta ele —, pretendo ser.

— É mesmo? — A voz que sobe pelo cano parece achar graça. — *Foi assim que você me encontrou? Ia roubar meu cadáver para a aula de anatomia?*

Will vacila diante da acusação. O roubo de corpos tecnicamente não é ilegal — os políticos sabem que é um efeito colateral necessário do avanço da ciência, e são muitos os médicos ricos que conseguem pagar para que eles façam vista-grossa. Mas a prática é extremamente malvista, sobretudo entre os pobres, que correm maior risco de serem anatomizados. O próprio Will já levou inúmeros indigentes dos campos de argila para o anfiteatro — viu sua carne ser mutilada, seus corpos transformados em espetáculo, todos roubados do único descanso que já lhes foi concedido.

Certo, poucos ressuscitadores tiveram a audácia de roubar o corpo de um rico. Será por isso que esse homem rico em particular parece ver tanta graça no risco de anatomização? Será para ele uma aproximação cintilante da realidade dos plebeus? Será que poderia ser divertido ironizar um pouco mais com a cara dele?

— Um relato de uma vítima de sepultamento vivo será muito mais interessante para os estudantes — diz Will enquanto volta a escavar.

— Um relato? — O humor na voz de Maxwell desaparece. — *Eu é que não vou desfilar diante de um anfiteatro ou estampar os jornais.*

— Os jornais vão ficar sabendo de qualquer forma — diz Will. Depois da fanfarra de um funeral da alta sociedade, uma ressurreição milagrosa será difícil de esconder. Mas a voz que atravessa o cano é dura.

— *Não por você.*

A pá de Will acerta a tampa do caixão com um barulho oco — enfim, a recompensa. Mas ele hesita, o estômago se revirando. A resposta de Maxwell soou quase como uma ameaça. O vento sopra. Uma coruja pia na escuridão.

— *Sem dúvida você entende a importância da discrição* — acrescenta Maxwell, mudando o tom outra vez. Desesperado agora, e cheio de promessa.

83

— *Pode imaginar como seria ser transformado em espetáculo? As pessoas apontando e encarando você? Ter conversas em que os assuntos mal conseguem disfarçar a curiosidade lasciva nos olhos dos outros?*

A barriga de Will se revira de novo — não pela cólica, mas por um medo compreensivo.

— Consigo.

— *Vou fazer seu silêncio valer a pena* — a voz responde com nervosismo. Mas os dedos pálidos de Maxwell já estão atravessando a madeira lascada da tampa do caixão. — *Só me tire daqui!*

Will joga a pá na grama e se ajoelha no buraco para ajudar a abrir a tampa do caixão. Ele toma mais cuidado do que o normal; mesmo assim, Maxwell se esquiva das pontas lascadas das tábuas, e dos torrões de terra que caem pela abertura denteada.

Em outras encomendas noturnas, Will costuma pendurar uma corda embaixo do cadáver e puxar o corpo duro pelo buraco. Mas Maxwell consegue subir sozinho depois que o buraco está grande o bastante. Cuidadosamente, ele se levanta, limpando um grão de terra da lapela.

— Por que demorou tanto? — questiona o garoto, com menos gratidão do que Will desejava, embora fosse exatamente o que estava esperando. No espaço restrito do buraco estreito, a proximidade entre eles é perturbadora, ou talvez sejam as diferenças gritantes entre eles. Maxwell é mais alto, óbvio. E só o seu terno de sepultamento é caro o bastante para bancar um ano de faculdade, enquanto as flanelas puídas de Will tinham custado um dólar na loja de segunda mão, e isso foi antes de estarem cobertas de lama da cabeça aos pés.

Will coloca as mãos na tampa da cova e se ergue para ficar sentado ali. Ele se sente melhor olhando de cima para o outro menino.

— Tirei você o mais rápido que pude — diz ele, sua barriga fisgando de novo. — É um trabalho árduo.

Maxwell curva os lábios com a palavra *trabalho*. Quando ele faz isso, a lua se mostra outra vez, fazendo os dentes do garoto cintilarem, úmidos e brancos. Seu riso de desdém é repulsivo, assim como seu rosto pálido — bonito demais. Como se tivesse sido esculpido em mármore, como uma das estátuas espalhadas pelo cemitério.

— Você deveria ter trazido ajuda — responde Maxwell.

— Pensei que você preferisse discrição — Will o lembra. Melhor do que mencionar que ajuda custa dinheiro. — É importante na minha linha de trabalho.

— Sem dúvida. — Com um olhar de desprezo, Maxwell estende uma mão lisa e sem calos. — Me tire deste buraco.

Will ergue uma sobrancelha. Mas, se ele se recusar a agir como um lacaio do garoto, Maxwell é capaz de lembrar mais da insolência do que da intervenção. Rangendo os dentes, Will pega a mão do garoto. Então se retrai com um calafrio.

— Você está frio como um defunto!

Maxwell se empertiga por um momento.

— Não é nenhuma surpresa. Estava deitado nesse caixão há horas.

O menino estende a mão de novo, impaciente, mas Will hesita. Ele já teve que lidar com um bom número de cadáveres, e há algo de familiar demais no toque frio e úmido da pele do garoto. Portanto, desta vez, quando ele pega a mão de Maxwell, não o ergue para fora da cova. Em vez disso, pressiona dois dedos no punho branco-azulado.

— O que é isso? — questiona Maxwell, que tenta puxar o braço, mas Will tem mãos fortes de tanto cavar. Ele apalpa e aperta, busca, mas sem encontrar. — O que você está fazendo?

— Verificando seu pulso.

Com isso, Maxwell retrai o braço, mas já é tarde. O exame de Will pode ter sido superficial, mas o diagnóstico está se encaixando — a pele pálida, os dentes brilhantes, a notável ausência de pulso. A recente onda de sepultamentos vivos — mas não. Aqueles corpos estavam mortos, afinal.

A mente de Will está acelerada — não pelo preço dos caixões de segurança ou pela ideia de um lugar na primeira fileira do anfiteatro, mas pelas memórias do riso estridente dos estudantes na dissecação da semana passada. O cadáver tinha vindo em dois sacos, em vez de um, como de costume, e, quando a cabeça foi erguida para exibir os músculos da garganta, uma cabeça de alho havia caído sobre a mesa. Will também havia rido naquele momento. Era tudo superstição. Medo e folclore eram coisas de romancistas, não de médicos. Ao menos era o que ele pensava, antes de colocar as mãos em volta do punho sem vida de Maxwell.

E, se o mito do vampiro fosse verdadeiro, o que mais pode haver? Existiria uma alma dentro da célula? Existiria um Deus que ouve os sinos da igreja soarem?

O coração de Will bate tão forte que parece que ele o ouve com um estetoscópio. Ele encara o garoto na cova, tentando resistir ao impulso de limpar as mãos no casaco imundo.

— O que é você?

— Eu poderia lhe fazer a mesma pergunta. — Maxwell ergue uma sobrancelha, e seu riso de desdém ressurge. Seus dentes parecem muito longos. Não o ricto de gengivas comprimidas de um cadáver, mas os caninos longos e pontudos de um predador. — Tenho quase certeza que a faculdade não permite que *mulheres* pratiquem medicina.

Com a palavra, os olhos de Will se arregalam; seu estômago se revira com o equívoco. Ele se repele ainda mais.

— Não sou mulher — diz ele entre dentes, mas o sorriso de Maxwell se alarga ainda mais.

— Consigo sentir o cheiro, sabe. Do sangue. — Maxwell encolhe os ombros quando o estômago de Will se revira mais uma vez. — Parece que a discrição pode ser mais útil para você do que para mim.

Blim blim — o vento toca o sino, e as folhas sussurrantes têm o mesmo som do farfalhar de saias. Ou será apenas um eco na cabeça de Will? E agora, em vez do lugar na primeira fileira do anfiteatro, Will se vê na mesa, seu corpo um objeto de curiosidade, os outros meninos apontando e encarando.

— Você não pode contar para ninguém — diz ele, e, embora o vento esteja soprando, parece que é ele quem está no caixão, o ar se esvaindo.

— *Não posso?* — Maxwell inclina a cabeça, como se nunca tivesse ouvido essas palavras antes. — Talvez eu não conte. Pode ser útil conhecer um médico.

O tom da voz dele é cortante — a maneira como pairam sobre a cabeça de Will. *Talvez.* A sra. Esther fazia o mesmo. "Talvez você possa dormir depois da festa; talvez compremos um vestido novo para você

no Natal; talvez você possa comer depois que os convidados saírem."
Há uma barganha nela — mas o que Maxwell quer? Will não tinha lido o livro de Stoker, mas tinha ouvido falar o suficiente para saber que o menino não tinha nada a temer da doença.

— Para quê?

— Minhas refeições — responde Maxwell simplesmente. — Preciso comer, menina.

— Meu nome é Will. — Sua voz é um rosnado; ele vocifera o próprio nome entre dentes. — E, se você pensa que vai beber meu sangue, está redondamente enganado.

— Seu sangue? — Maxwell estremece. — Prefiro algo mais limpo. Fino. Os hospícios em Kirkbride, talvez. O lugar é limpo, e o sangue, azul. E ninguém vai acreditar em nenhuma... reclamação.

— Não planejo trabalhar com os loucos — afirma Will, mas Maxwell apenas sorri.

— Mude seus planos — diz Maxwell, com tranquilidade. — Ou corra o risco de ser internado junto com eles por sua *confusão*. E quem sabe? Disseram que minha espécie pode mudar de forma. Morcegos. Lobos. Névoa. Sem dúvida, a forma de um homem não é algo inalcançável. Talvez, se você me servir bem, terá o corpo que realmente quer.

*Talvez.* A palavra ecoa na cabeça de Will quando Maxwell estende a mão mais uma vez, e Will não consegue dizer se é para pedir ajuda para sair da cova ou para selar um pacto com o diabo. O jovem médico já lidou com gorduras liquefeitas, órgãos em putrefação, cabelos longos que caem em tufos de crânios podres, mas todo o seu ser se retrai diante do toque da mão de Maxwell. Dane-se o dinheiro — dane-se o terno — dane-se a primeira fileira do anfiteatro.

— Eu tenho um corpo de homem — diz ele. — E você pode sair desse maldito buraco sozinho.

Will recolhe as pernas, mas a mão de Maxwell dispara em um piscar de olhos. Unhas feitas se cravam no tornozelo de Will; seu quadril estala quando o menino rico o puxa de volta para baixo, até a metade do buraco. Will livra o pé, rastejando para trás sobre a tampa da cova enquanto uma chuva de terra se espalha da campa do caixão oco.

— Um corpo de homem? Talvez no seu carrinho de mão. — Maxwell crava os dedos pálidos no solo, saindo do buraco como uma aranha. Will cambaleia para trás, tropeçando na pá. A dor sobe por suas costas quando ele cai com o cóccix na grama. Maxwell rasteja na direção dele, os olhos vermelhos brilhando sob o luar. — Você corta o cabelo e veste essas calças esfarrapadas, mas não pode me enganar. Por baixo da terra e do suor, seu sangue cheira como o de uma...

A frase termina de um gorgolejo úmido quando Will crava a lâmina da pá na garganta pálida do menino. As mãos de Maxwell se erguem para a ferida enquanto ele cai para trás na própria cova — aquelas mãos macias, imaculadas, agora manchadas por coágulos grossos de sangue escuro.

Nenhum ser vivo sangra assim.

Urrando, Will acerta o pescoço com a pá — uma, duas, três vezes — até a cabeça ser cortada por fim. Exatamente como no livro de Stoker. Quando o cadáver finalmente cai imóvel, o peito de Will arfa. Será que alguém ouviu o grito? Ou viu Will cortar a cabeça de um homem rico com uma pá? Ele considera sair correndo, mas então o vento fica mais forte. Blim blim, blim blim.

Will não vai correr ao som de um sino.

E esse corpo definitivamente será de interesse para a universidade.

Por isso, apesar do medo que percorre sua espinha e das cólicas que reviram seu estômago, Will volta a entrar na cova para enrolar a corda sob os ombros do cadáver. Ele puxa o corpo para fora do buraco e o enfia em seu saco, arrastando-o até o carrinho de mão que ele deixou no arvoredo. Ele precisa fazer uma segunda viagem para buscar a cabeça. Enquanto a ergue pelos cabelos, Will observa as bochechas de alabastro — agora ainda mais esculturais em sua imobilidade — e os dentes brancos, como os caninos de um cão. O que o romance de Stoker dizia? Uma única mordida poderia espalhar a infecção, transformando um homem vivo em um vampiro.

Will observa os dentes, considerando essa transformação.

Mas, ali parado, ele consegue sentir seu coração bater — aquele órgão poderoso, a morada da alma no centro de seu ser. A coisa que lhe diz o que e quem ele é.

## O GAROTO E O SINO

Um homem. E um médico. E seu objetivo é salvar vidas, não tirar o sangue delas.

Por isso, ele enfia a cabeça no saco e a joga no carrinho. Respirando com dificuldade, empurra sua recompensa para a universidade, parando de tempos em tempos para tentar ouvir — para confirmar se o som do sino está apenas na sua cabeça.

Blim blim, blim blim, blim blim.

# TRADIÇÕES FUNERÁRIAS

## ou "Por que as pessoas não confirmam se os cadáveres estão mesmo mortos antes de fecharem o caixão?"

## Zoraida Córdova & Natalie C. Parker

Há tantas superstições antigas sobre como garantir que alguém não se tornará um vampiro na cova! Por exemplo, você pode enterrar alguém de cabeça para baixo, enfiar um dente de alho na boca da pessoa, fincar o corpo no chão com uma estaca ou até decapitá-lo. Isso sim são funerais *extremos*. Mas os vitorianos levaram essas tradições a outro nível. Em alguns casos, enterravam seus entes queridos com um sino na mão e um tubo que se estendia até o caixão para que, se a pessoa acordasse, ela pudesse tocar o sino para pedir socorro. Para sermos justas, eles tinham mesmo um probleminha pequeno (bem pequeno) de enterrar pessoas que eles *achavam* que estavam mortas, mas estavam vivinhas da silva. Eles também tinham problemas com ladrões de corpos, ou "Ressucitadores", que entravam nos cemitérios na calada da noite para roubar cadáveres recém-enterrados a fim de vender para faculdades de medicina. Mas apenas os ricos podiam pagar qualquer tipo de proteção. A história de Heidi pega todas essas ideias e as torna ainda mais assustadoras fazendo a pergunta: e se a pessoa que toca o sino não é um humano enterrado por engano, mas sim um vampiro mimado e faminto *de verdade*?

Em quais contextos os vampiros são um símbolo de privilégio?

# UM GUIA PARA O VAMPIRO DESI RECÉM--TRANSFORMADO

## SAMIRA AHMED

Vampersand™

Salaam, namastê e olá, meu caro.

Pare.

O que quer que você faça, NÃO SAIA.

Sente-se.

Feche os olhos. Descanse a mente. [Ver: Introdução à meditação: Toques, truques e táticas para iniciantes.]

Agora respire. (Não literalmente, mas vamos tratar disso depois.)

Você está confuso. Sua memória está nebulosa. Parece dia, parece que você deveria estar se preparando para a escola, mas você não está em casa. Você está numa choupana ou um armazém escuro sem janelas.

Nós sabemos. Nós colocamos você aqui. Nós salvamos sua vida. (Não tem de quê.)

Durante toda a sua vida você ouviu que não deveria dar atenção a estranhos. E, vamos falar a verdade, mais estranho do que isso impossível. Mas confie em nós. A única coisa que você tem a perder é você mesmo.

Vamos começar de novo, do jeito certo.

Parabéns! Mubarak! Badhaaee ho!

Você é um vampiro agora. Bem-vindo à vida após a morte!

Queríamos poder trazer barfi e gulab jamun e outros doces e cobrir seu pescoço com guirlandas de jasmim e rosas, mas não temos tempo para isso.

Além do mais, seu pescoço deve estar doendo ou coçando um pouco. A última noite é uma memória confusa. Você não se lembra onde dormiu. Sua última recordação é daquele turista britânico de pele clara — sabe, o angrez que pediu informações ou indicações do melhor lugar para tomar "chá chai" (o que fez você se crispar, mas você não o corrigiu porque ninguém tem tempo para isso) ou talvez como se pronunciava a bebida que ele estava segurando na mão em "indiano", e você fez com a boca, bem devagar: "CO-CA CO-LA." Está se lembrando? Ótimo. Guarde isso para você — logo vai se lembrar de mais.

Você também deve estar entrando em pânico porque ficou na rua até bem depois da hora de voltar para casa e sua ummi vai matar você. Boa notícia: tecnicamente, você já está morto! Isso pode diminuir a ferocidade das ameaças da sua mãe. (Hahaha brincadeira — até parece que algo tão banal quanto a morte pode poupar você da fúria por ter descumprido o horário de voltar para casa. Faça-me o favor.)

Má notícia: como você tem que evitar o sol (sim, essa parte é verdade), você provavelmente vai passar muito mais tempo em casa com seus pais, que vão ficar resmungando sobre carma ou destino ou que agora você dificilmente vai virar um cirurgião cardíaco importante porque nenhum hospital agenda uma ponte aorto-coronária para o meio da noite. Advocacia também está fora de questão agora. (Ninguém quer um advogado que só trabalhe depois do pôr do sol. Os tribunais nem estão abertos a essa hora.) Já vou logo avisando, provavelmente vai haver um coro parental persistente de "ay ay ay" ou "tobah tobah tobah" para expressar a vergonha deles e definitivamente vários "mas como vamos mostrar a cara em público outra vez?".

Você provavelmente vai desejar que sua última refeição como humano tivesse sido um bocado de biryani delicioso em vez de, por exemplo, aquela versão aguada e ligeiramente suspeita do pani puri (ou seja lá qual for o nome que você prefira dar às bolinhas fritas recheadas e crocantes que definem nossa comida de rua) que você comeu naquela barraca de comida ligeiramente duvidosa na praia de Juhu ou no Sultan Bazaar. Você é um local; deveria saber das coisas — não tinha ninguém na fila! Mas você imaginou que deveria arriscar porque o frango vindaloo intensamente apimentado da sua khala jaan não passa de uma forma segura de desenvolver um estômago de ferro. Mais um engano.

Nós entendemos. Você está confuso. Nós também estivemos. Uma vez. Há muito, muito tempo. Em uma galáxia muito, muito distante. Brincadeira! Não somos alienígenas. Você precisa relaxar. Vai aprender que o bom humor será útil na sua jornada de vida após a morte como vampiro desi. Assim como ajudou quando você era um bom e velho desi humano.

Uma galáxia muito, muito distante.

Ai, ai. Precisamos de um momento para me lembrar do jovem Luke Skywalker, nosso primeiro crush em um menino branco, que persiste embora ele esteja velho e grisalho enquanto nós ainda somos beldades sem rugas. Um amor como esse nunca morre.

Desculpa. Nós nos distraímos muito facilmente com imagens de Luke nos segurando em seus braços e saltando conosco por aquele abismo gigante para escapar do avanço dos Stormtroopers.

Onde estávamos? Certo. Éramos exatamente como você! Também queríamos ter passado nossa última noite humana no Taj Lake Palace sendo cobertos por pétalas de rosas como um turista mimado e excessivamente mole (que pensa estar tendo um gostinho da "verdadeira Índia") em vez de estar comprando um lota novo para o banheiro da sua nanni. Não que isso seja exatamente o que estávamos fazendo. É só um exemplo. Mas escolher o recipiente de água de latão perfeito para a higiene pessoal é de importância crucial. E alguém precisa comprá-lo. Você pode se sentir invencível, mas fique sabendo que ainda precisa de um lota.

Não importa. Você é imortal agora! O mundo é seu Koh-i-Noor (por mais que os britânicos o tenham roubado). E, óbvio, você tem perguntas, ainda mais porque seu criador deu um fora em você. Ele não esperou para, ah, sabe, assumir a responsabilidade ou explicar ou talvez até pedir desculpas por ter violado todas as regras da etiqueta vampírica. Aquele cretino.

Normalmente gostamos de ser organizados com esse tipo de coisa, mas, em nossa experiência, há dúvidas cruciais e imediatas que todo bebê vampiro tem, portanto, vamos resolver algumas delas para deixar você em paz:

- **Virei o Drácula agora?** Não, besta, aquele cara era pálido pra caramba. Sua melanina não vai desaparecer magicamente por causa do vampirismo.
- **Tenho que deixar de comer dosas e chaat porque beber sangue é meu único alimento?** Provavelmente, mas ainda há esperança. [Clique aqui para pular para: O que você deve comer?]
- **Ainda posso morar em casa?** Óbvio. Você tem o que, dezessete? Dezoito anos? E não se casou ainda, certo? Então onde mais moraria? Quer fazer sua mãe ter um ataque cardíaco? Quer dizer, mais um? Mas não se preocupe, sua casa não é para sempre. [Ver: Hamara Ghar: Novos lares para novos vampiros.] Assim que você se estabilizar, pode bater suas asas.
- **Posso voar?** Apenas em voos comerciais, mas não é indicado. Ah, espera, você quer dizer voar como o Super-Homem? Não, óbvio que não — você virou um vampiro, não um kryptoniano.
- **Eu brilho na luz?** Sério. Não. O sol vai matar você. Morto. Puff. Acabou. Fique longe dele.

[Também estamos aqui para suas perguntas específicas. Clique para acessar o chat.]

## UM GUIA PARA O VAMPIRO DESI RECÉM-TRANSFORMADO

Você pode estar praguejando muito agora, mas não há motivos para se desesperar; não é nenhuma tragédia. Aqui não é *Honrarás tua mãe*. Como assim, você ainda não viu esse filme? É um clássico. Não importa, você tem todo o tempo do mundo para ver os filmes que perdeu. Literalmente. Você vai poder rever todos os oitenta e poucos filmes do Shahrukh Khan. Fique à vontade.

Enfim, estamos desviando do assunto. (O que podemos fazer se o rei Khan é o melhor dos assuntos?)

Este panfleto prático é seu guia de campo, seu roteiro, seu próximo livro de receitas. Estamos aqui para separar mito e realidade.

Vampiros, zindabad!

## QUEM SOMOS NÓS?

Não estamos tentando ser existenciais aqui. Contudo, uma transformação da noite para o dia em um morto-vivo "demoníaco" é obviamente motivo para uma longa discussão sobre o sentido da existência, mas há tempo para isso depois. Além do mais, saiba que nos ofendemos com o uso da palavra *demoníaco* ou *demônio*. É marginalizante, depreciativa e totalmente errada. O Ocidente que fique com sua terminologia estratificada; nós somos 100% contra o sistema de castas especista. Por ora, vamos viver na esfera do literal. Figurativamente falando.

Chame-nos de Gumnaam.

Isso mesmo. Anônimos. Mas não *aqueles* Anônimos. Não vamos expor seus dados. A menos que você mereça muito, mas muito mesmo. Somos um coletivo. Pense em nós como as tias descoladas que sempre se dispuseram a lhe emprestar uma nota de 2 mil rupias. Com a exceção de que, neste caso, rupias são conselhos. Não vamos lhe dar dinheiro nenhum de verdade. E tecnicamente não somos suas tias. Na verdade, somos adolescentes, assim como você. Mas somos adolescentes há décadas, alguns de nós há mais tempo ainda, por isso às vezes nossas referências de cultura pop são meio desatualizadas. Não nos critique. Um dia você será como nós.

E, não, nem todos os vampiros desis são adolescentes. Nós procuramos vocês. Toda vez que um adolescente desi é transformado, nossa tecnologia **Vampersand™ (Conectando bebês vampiros à comunidade desde 2014!)** descobre sua localização e alguém é enviado para transferir você a uma situação segura, ou mais segura. Porque não podemos exatamente deixar que você acorde como um bebê vampiro no Portal da Índia ou no Taj Mahal ou no Charminar. Você destruiria o lugar. Agora, sabemos o que você está pensando: "Mas eu nunca baixei **Vampersand™**." É certo que não. Trata-se de um spyware acoplado a todos os aplicativos de redes sociais no seu celular. Inteligente, não? Somos gênios da tecnologia. Afinal, somos indianos. Mark Zuckerberg vive tentando aliciar nosso pessoal de TI. Podemos ser sanguessugas, mas não somos fascistas. Foi mal, Zuck. Não é não!

Então aqui vai uma regra importante. Desde os Acordos de Paris de 1975, a Lei Vampírica Internacional proíbe transformar indivíduos com menos de dezesseis anos. Mas as regulamentações da Índia, de toda a Ásia Meridional, na verdade, vão além. Vampiros desis não transformam ninguém com menos de dezoito anos. A dura verdade é que você é um vampiro menor de idade, e um turista britânico angrez deve ter convertido você. Ilegalmente. Desde o Brexit, tem havido uma onda de transformações ilegais. O Conselho Vampírico Britânico parece incapaz de manter seus confrades em ordem. Há queixas por toda a Ásia sobre turistas vampiros angrezes desrespeitando a lei e tomando liberdades excessivas. Nenhuma surpresa, não é? Eles sempre tiveram dificuldade para respeitar a soberania de outras nações. Colonialismo: sugando seu país e deixando que você se esvaia em sangue desde 1600! E ainda dizem que os vampiros somos nós.

A situação ficou tão fora de controle que recentemente os vampiros britânicos da comunidade BAME (sigla inglesa para negros, asiáticos e minorias étnicas) debandaram — formaram sua própria coalisão para aderir a acordos internacionais, por mais que seu país não consiga fazer o mesmo. Papo reto? Eles se separaram do Conselho Vampírico Britânico porque o conselho insistia em políticas pautadas em imperialismo, orientalismo e uma triste intolerância a alimentos apimentados. Você pode até cruzar o caminho de um vampiro BAME vigilante tentando deter transformações ilegais. Eles são basicamente uns fodões com sotaques fofos.

Enfim: Gumnaam está aqui para apoiar você.

Nós nos reunimos quando percebemos que não é apenas um ou outro vampiro bêbado violando a lei; é uma tendência perturbadora. Não surgiam novos vampiros adolescentes há décadas, e os antigos normalmente ficam na deles e são, bem, parecidos com aquele tio-avô que sempre pede ajuda com o celular porque baixou nosso sistema operacional, e sem querer também apagou os dados e agora não consegue achar as mil fotos borradas que tirou no casamento de não sei quem.

Viemos para preencher esse vácuo! Estamos aqui para responder a suas perguntas, e mais importante, para ser sua comunidade. Para dizer que você não está sozinho. Vampiros Desi Saath Saath.

## QUEM SÃO VOCÊS?

Bom, além de vampiros recém-transformados... Vocês têm religiões diferentes ou, talvez, nenhuma religião. Falam línguas diferentes. São de regiões diferentes. Alguns de vocês pensam que suas almas foram condenadas. Alguns podem acreditar que são antinaturais por algum motivo. Que são criaturas sobrenaturais antigas dos mitos e religiões desis.

Vamos parar um momento para compreender.

Você não é um jinn — eles são metamorfos de fogo sem fumaça.

Você não é um rakshasa — muitos também são metamorfos, nascidos do sopro de Brahma, guerreiros.

Você não é um ghul — ok, eles também são considerados mortos-vivos, mas são mais de comer carne do que de chupar sangue. Além disso, eles têm a habilidade bacana de assumirem a forma da pessoa que comeram recentemente. E também são metamorfos. Infelizmente, você não pode fazer isso. Bem que a gente queria.

Você não é um demônio. Lembre-se: somos contra esse termo e essa teoria. Sua alma não foi devorada por uma entidade maligna — tipo, você não foi subitamente transformado em um CEO americano bilionário que pensa que pode governar um país, nem em um capitalista que suga a força vital das pessoas e vai de jatinho para Davos a fim de lamentar o aquecimento global e não entende a ironia. Você é um vampiro.

Você é o que sempre foi. Se foi um nerd estudioso na vida humana, adivinha? Você ainda é! E que bom que se esforçou tanto para passar no vestibular. Se tudo parece ter sido em vão, não se desespere! Estamos negociando com o ministro da educação para permitir que você faça as provas, ainda que não haja nenhuma faculdade que possa frequentar. Ainda. Se você foi uma pessoa matinal que adorava mais do que tudo uma corrida ao nascer do sol, sentimos muito. Vai doer de tirar o sangue, e não de um jeito bom.

Vampiros são criaturas da noite — a luz do sol não é nossa amiga. Muitos de nós dormem ou leem durante o dia ou tentam organizar o armário de temperos da cozinha antes que as mães digam que o garam masala de sete anos atrás em um saco plástico turvo ainda está bom, obrigado, de nada. Ou abanam os daddis ou nannis no calor escaldante com aquele pankha de mão bordado vintage que eles têm desde antes de os carros serem inventados. E não podemos deixar de destacar a importância das suas habilidades de escapar agora que você vai passar o dia todo em casa e sem dúvida vai ficar doido para fugir das várias tarefas "especiais" que seus pais inventam para você. "Beta, já que você não pode sair de casa mesmo…" é uma frase que você ainda vai ouvir muito.

Estamos brincando, mas, sério, um conselho: se você era um dacoït imprestável, inútil, sem-vergonha e sem respeito pelos mais velhos na sua vida antiga, pode cair fora. Você provavelmente será pior agora, e esta comunidade não precisa de mais drama ou bandidagem.

Você é um imortal. E isso pode ser magnífico e aterrorizante ao mesmo tempo. Seu mundo virou de cabeça para baixo. Dia é noite. Muitos entes queridos evitarão você. Chamarão você de intocável. Mas existe um mundo para você descobrir — no qual o tempo não é mais seu inimigo. Exceto quando se trata dos mortais que você ama, que vão morrer de velhice.

Correção: o tempo não é mais o inimigo da sua vaidade pessoal. Ele ainda é um ladrão. Mas, pelo menos, não vai roubar sua beleza. E, meu bem, você está uma graça.

## O QUE VOCÊ DEVE COMER?
O seu colonizador.

## MAS VOCÊ ESTÁ MORRENDO DE FOME AGORA
É óbvio que está. Está vendo essa garrafa térmica ao seu lado? A prateada com a palavra "Gumnaam" sobreposta contra o contorno verde da Ásia Meridional? Beba. Agora. É sangue. Você provavelmente vai sentir repulsa e, ao mesmo tempo, uma forte atração por essa ideia. A vida vampírica é cheia de contradições. Portanto, basicamente, nada diferente da vida humana. Confie em nós, beba. E não matamos por ele; foi doado. Voluntariamente, por aliados.

Assim como este panfleto útil, a garrafa térmica foi trazida a você pela **Vampersand™** e nossa rede wala de sangue inspirada na rede dos dabbawalas.

[Ver: Valores nutricionais relativos por tipo sanguíneo.]

Ei, é um sistema de seis sigma. Em time que está ganhando não se mexe. (Não revire os olhos. As alegrias das matáforas são eternas.)

## MAS, SÉRIO, VAMOS FALAR DE COMIDA
Muitos de vocês são vegetarianos. Muitos seguem a alimentação halal. Alguns de vocês levam a vida de acordo com o princípio ahimsa: não cause dano, não faça mal. Todo ser vivo tem uma centelha do divino. Seja qual for sua religião ou suas crenças pessoais, é simplesmente um fato que, sendo de uma família desi, você provavelmente tratava as refeições com as virtudes da moderação — coma o que é simples e natural. A menos que seja um casamento, nesse caso, obviamente, a moderação NÃO se aplica.

Odiamos muito ser os portadores de más notícias, ainda mais quando não estamos aí para aliviar o golpe com um lassis de manga recém-batido nem poder tranquilizar você com uma versão de nossa cantiga de ninar favorita, "Chanda Hai Tu", mas é de dia, então ficamos tristes em não poder estar com você. Mas os vampiros se desenvolvem ao matar pessoas. Morder o pescoço delas e sugar seu sangue. Você notou os dentes afiados, certo?

Você vai querer fazer isso. E provavelmente também vai resistir. Você está em guerra consigo mesmo. Nós entendemos. Não é justo. Você não deveria ter que negar a essência do seu ser. Você consegue subsistir à base de sangue animal, mas todo o seu corpo vai se atrair por sangue humano, e um dia você vai se sentir especialmente faminto e não vai mais conseguir resistir. E vai se sentir culpado. Muito culpado. Nós sabemos. Já passamos por isso.

### Uma breve pausa para este aviso de utilidade pública

Regra indissolúvel: Nada de bebês. Nada de menores de idade. Nada de pessoas que passam por necessidades. Nada de pessoas jogadas na sarjeta e marginalizadas. Não faça com os outros o que fizeram com você.

Lembra o estilo desi de nutrição? Coma o que está disponível, causando o menor mal possível ao meio ambiente. Sua memória de ontem à noite está ficando mais lúcida agora? O que aconteceu? Quem fez isso com você, sem seu consentimento? Lembra-se do turista britânico? Aquele que parecia especialmente pálido e provavelmente vestia algum tipo de kurta com calça jeans e chappals de borracha achando que estava se passando por local? Até parece.

Agora você entende? Sua diretriz principal de alimentação: coma os colonizadores primeiro.

É um fato simples e inegável: turistas britânicos brancos estão prontamente disponíveis. Para não restar dúvidas, estamos nos referindo aos britânicos britânicos: os angrezes. (Afinal eles não veem ninguém mais como britânicos mesmo.) Já foi à praia Baga durante as férias de inverno? Eles estão praticamente caindo um em cima do outro no Mackie's Saturday Night Bazaar tentando convencer um pobre vendedor de bugigangas a dar desconto. Ou no Taj Mahal durante, ah, literalmente qualquer estação, trombando um no outro para tirar a foto perfeita do Taj e, sabe-se lá como, esquecendo que se trata na verdade de uma tumba — o lar do descanso final de uma rainha e seu amado. Imagine como reagiriam se milhares de desis aparecessem na cova do Churchill, de ressaca e reclamando de diarreia por causa da comida. É óbvio que é uma hipótese; sabemos que nenhum de vocês iria lá a menos que fosse para cuspir na cova do homem que matou alguns milhões de bengaleses de fome.

Mas estamos divagando.

Des está cheia de turistas angrezes, e sugerimos que, depois de alguns momentos de observação cuidadosa, você decida qual é mais detestável. O hooligan. O mais bêbado e grosseiro com todos ao seu redor. Aquele que se ouve reclamar em alto e bom som sobre as condições anti-higiênicas ou de como comer com as mãos é incivilizado ou que os britânicos fizeram um favor (!) à Índia quando a colonizaram. Você sabe de quais estamos falando. Confiamos no seu bom senso.

Você pode estar se perguntando como ir atrás das vítimas. Essa na verdade é a parte mais fácil. Use seu charme. Ofereça um acordo a eles. Mostre o caminho para a melhor loja de bhang lassi. Diga que você conhece o melhor enrolador de beedi da vizinhança. Atraia-os e deixe que seus instintos tomem conta. Já passou a língua nos seus dentes? Notou que seus caninos estão mais pontudos do que o normal? Prontinho! Abra suas asas de vampiro!

MAS.

A última coisa de que precisamos são vampiros turistas dominando a Índia. E, sim, caso você morda um humano e tome parte do sangue dele, seu vampirismo se espalhará (enzimas transferidas do contato direto entre a saliva e o sague) e você os transformará. E, evidentemente, não é sustentável continuarmos transformando mais e mais vampiros que, por sua vez, diminuem a população humana, eventualmente isso levará a existência de apenas vampiros, que morrerão todos de fome. Não gostaríamos que isso acontecesse. Especialmente entre os angrezes, porque então eles simplesmente recolonizariam a Ásia Meridional com os mortos-vivos britânicos.

Não. Uma regra simples a se seguir é: quando for atrás de uma vítima, ela deve ser sangrada por completo. Todos os cinco litros. Não será fácil, nem é para ser. Você viveu a vida de maneira pacífica, provavelmente sem nenhuma violência, até este momento. A simples ideia de tirar uma vida pode ser abominável para você. Afinal, não foi isso que colocou você nesta situação? Sua vida violada; seu livre arbítrio usurpado. Você pode não querer perpetuar o ciclo. Mas você talvez não tenha escolha.

Temos que salientar: não completar a tarefa, tomando apenas, digamos, um litro para se saciar, gerará apenas um novo bebê vampiro. Por isso, você precisa matá-los. Bem mortinhos. Acha cinco litros demais? Sugerimos agir em duplas caso esteja com receio de não conseguir absorver todos os cinco. Além disso, caso se depare com vampiros britânicos neocolonialistas, pode ser preferível não os confrontar sozinhos. Eles costumam perambular em bandos, como se o time de futebol deles tivesse acabado de perder e eles tivessem saído em busca de vingança. Portanto, formar duplas é prático. A união faz a força e tudo mais. O aplicativo **Vampersand™** tem uma funcionalidade útil de Buscar Seus Amigos, que já deixamos ativada para você; portanto, ao cair da noite, vá em frente e localize seu novo melhor amigo mais próximo. (Quer experimentar? Vá em frente, só não, sabe, saia na rua se ainda for de dia.)

Uma coisa para a qual queremos preparar você: alguns turistas angrezes são insípidos pra c*ralho. Eles são criados à base de uma culinária nacional que inclui grandes sucessos como torrada com feijão na qual o sal é seu principal tempero. (Alguém realmente precisa contar para eles que sal é um mineral, não um condimento.) Ao lado da sua garrafa térmica, você vai encontrar um pequeno pacote de especiarias. Antes de beber, sugiro colocar um pouco dele na língua; vai fazer o sangue descer bem mais fácil. Fique à vontade para mudar os temperos! Viva o melhor da vida!

Ainda está ouvindo a voz na sua cabeça dizendo que matar é errado? Mas também se sentindo incapaz de negar sua sede de sangue? Não se preocupe, estamos trabalhando em uma solução — uma resposta menos humana aos seus desejos. Muitos vampiros ex-alunos do ilustre Instituto Indiano de Tecnologia estão trabalhando em parceria com a Universidade Nacional de Ciências e Tecnologia no Paquistão para criar sangue sintético. Os primeiros protótipos se revelaram ácidos ou amargos demais. Portanto, nossos cientistas estão trabalhando noite e dia (literalmente!) para aperfeiçoar a fórmula. O nome dessa maravilha moderna é — adivinhe só: Rooh Afza. É espesso. É viscoso. Parece sangue em todos os aspectos. Só não misture o original com nossa imitação. E vai gerar muito menos desconfiança sobre Vampmercados que logo serão abertos. Não precisa se desesperar. Você terá opções em breve. Mas, até lá, as sangrias vão salvar sua vida. Você estará eliminando pelo bem de todos e poupando seus compatriotas desis do destino verdadeiramente terrível de ouvir um turista angrez tentar pronunciar "namastê" ou "as-salaam alaikum" enquanto faz todos os gestos errados com as mãos.

## CASAMENTEIRAS

Se você pensa que a transformação em vampiro vai lhe dar uma justificativa conveniente para evitar a pergunta eternamente temida — "E aí, Beta, quando você vai se casar?" —, está prestes a se desapontar. Pode ser que você não tenha um perfil no shaadi.com, mas a rede de tias imortais está vivinha da silva, porque ser morta-viva nunca impediu uma tia determinada de casar todo mundo.

Isso mesmo. Você pode ser um vampiro adolescente, transformado indevidamente, mas o que não faltam são vampiras de meia-idade que estão por aí há anos — imagine ter décadas para aperfeiçoar o aperto na bochecha e a arte de destilar veneno desi como um ladoo doce e viscoso. Imagine ser capaz de lançar o olhar de escárnio de tia de meia-idade *para sempre*. Vampiros novos são festejados e paparicados porque representam sangue novo. Novos projetos. E não existe projeto maior do que o casamento arranjado.

Agora, é verdade. Você não está na idade de se casar. Ainda. Mas, daqui a alguns anos, no que seriam seus anos de faculdade, você começará a ouvir as perguntas. Formulários de biodados com fotos de desconhecidos elegíveis vão aparecer misteriosamente na sua mesa de cabeceira ou no seu desktop. O lado bom? Você nunca se preocupará de alguém ter photoshopado a foto para parecer mais jovem. *Porque não envelhecemos nunca.* Você é o sonho das casamenteiras! Nem vai importar se você não é médico. Mesmo quando você for velho, você ainda será jovem e bonito. E, confie em nós, se não encontrar um parceiro adequado em breve, isso não impedirá a rede de tias porque você é elegível... para sempre! Se essa ideia fizer você sair correndo para as colinas, não se preocupe. Existe um ashram no sopé do Himalaia, de todas as denominações, para jovens vampiros que só precisam de tempo. Há até viagens noturnas no trenzinho para levar você até lá. Estamos aqui para apoiar você.

Se por acaso você encontrar seu par ideal, o casamento desi dos seus sonhos pode ser seu. A menos que seu sonho seja o casamento de Priyanka e Nick... nesse caso, sinto muito, mas, mais épico que aquilo, é impossível. Mas existe todo um mundo de planejadores de casamentos, joalheiros e floristas que estão prontos para atender você. Perto de Chandni Chowk, em Déli, e de Juhu Tara Road, em Mumbai, há mercados noturnos florescentes, escondidos dos olhos mortais por encantamentos antigos feitos por tântricos vamp-friendly de Mayong. (Alerta: você é um bebê vampiro, então fique longe de magias. Por enquanto. Elas são poderosas e não devem ser subestimadas. Você já é eterno; essa magia não basta?)

Imagine o casamento desi mais magnífico ao qual você já foi — algum palácio no Rajastão talvez? Uma casa flutuante em Kerala? Uma tenda colorida ao ar livre em Shimla? Milhares de pétalas de flores vibrantes dispostas em um degradê cercando o caminho do casamento. Mehndi tão intricada que parece renda. Zaiwar cheio de pedras preciosas. Tudo isso ainda pode ser seu. Se quiser. E só *se*. Sim, as tias vão tentar persuadir você, mas é isso que elas fazem. Você ainda tem o poder de escolha e ele é só seu.

## ENTÃO E AGORA?

Você já tem o básico. Comida. Comunidade. Casamento. Fique longe do sol. Colonialismo é a verdadeira sanguessuga etc. E o que você deve fazer agora? Tipo, literalmente agora.

> **Observação**
>
> Se não quiser seguir o caminho tradicional de trocar biodados por meio das tias, **Vampersand**™ fez um contrato com a <u>TrulyMadly</u> para criar uma comunidade apenas para vampiros protegida por senha no site deles. Pode parecer que a sua vida acabou, mas você ainda pode deslizar para a direita e para a esquerda para satisfazer o seu coração que já não bate mais.

Encontre pessoas como você. Diga a sua verdade. Viva a sua vida.

Não queremos tratar esse assunto com leviandade. Quer dizer, queremos, um pouco. Tentamos suavizar o golpe com sarcasmo e piadas ruins. A questão é que é difícil viver sua vida. Era difícil antes. É difícil agora. Você não pediu por isso. Isso foi jogado em cima de você. Talvez, se você tivesse escolha, teria sim escolhido essa vida. A imortalidade é uma droga e tanto. Mas o fato é que não lhe deram escolha. E agora tudo o que resta é continuar vivendo. Siga em frente. Ou encontre seu criador e se vingue, deixando que ele queime no sol. Enfiar uma estaca e decapitar também funciona. Portanto, sério, faça o que achar melhor, a escolha é sua. Apoiamos suas escolhas.

E você *ainda* tem escolhas. Seu futuro não está escrito. Você tem o poder de fazer isso. Na verdade, talvez mais do que nunca.

Papo reto? Você ainda tem os mesmos sentimentos de antes. Eles não desaparecem. Lembra o que dissemos? Você não é um demônio. Você ainda é você. Só que tem mais sede de sangue e é imortal. Mas, no fundo, você é o que sempre foi. E este momento, agora, pode ser aterrorizante. E dilacerante. E enfurecedor. Mesmo que o potencial do amanhã seja infinito. Mesmo que amanhã você se sinta livre e consiga levar uma vida desimpedida. Hoje, tiraram de você algo que você não estava disposto a entregar. Família e amigos. Amores, antigos e novos. Sonhos. Tudo isso vai mudar. Boa parte vai morrer. O tempo avança mesmo quando você para. Se antes você poderia ter se sentido cercado, e às vezes sufocado, por sua família barulhenta, irritante, intrometida e amorosa, agora está sozinho. Não é mais humano. É odiado e incompreendido por muitos. Mas você é amado. Você está aqui. E nós também estamos. Estamos vendo você. Acreditamos em você. Você é o suficiente.

Quando sair deste lugar, saia para o silêncio do crepúsculo pela primeira vez, renascido. Observe as ruas cintilantes e decadentes ao seu redor. Olhe no fundo da noite escura como breu. É sombria. E cheia de diamantes.

E você, meu caro, é feito de poeira das estrelas.

# VAMPIRISMO

ou "Mas é possível que vampiros existam de verdade?"

## Zoraida Córdova & Natalie C. Parker

Durante a boa e velha Idade das Trevas, e não só, era surpreendentemente fácil confundir uma doença com uma aflição sobrenatural. Histórias de vampiros e doenças são intimamente ligadas. Um bando de pessoas adoeceu e morreu? Há um vampiro entre nós! O corpo da jovem Vania não se decompôs durante um inverno particularmente frio? Ela deve ser uma vampira! Busque a estaca antes que ela espalhe o vampirismo! Uma doença rara conhecida como porfiria já foi conhecida como "doença dos vampiros", porque os afetados poderiam desenvolver sensibilidade à luz e empalidecer. Poderiam até ter desejo por sangue. Na mesma linha, vítimas de tuberculose e peste bubônica podiam ficar tão perto da morte que eram enterradas (ou jogadas em valas comuns). Depois, como não estavam mortas de verdade, se levantavam lentamente da cova, e testemunhas podiam alegar terem visto vampiros! Samira levou essa ideia de vampirismo como doença além e a comparou ao colonialismo. Se uma doença é a presença de algo que ataca o corpo, então os colonizadores sem dúvida estão nessa categoria! (Estamos olhando para você, Império Britânico!) (Tá, tá, tá, também estamos olhando para os fundadores dos Estados Unidos.) Nesse sentido, os vampiros são definitivamente 100% reais.

Em que outro sentido você pode interpretar a metáfora do vampiro?

# NA MESMA MOEDA

## KAYLA WHALEY

A GAZETA DE SHADY OAK

**Pai pode estar envolvido na morte trágica de filha com deficiência**

Durante a tempestade de neve recorde de terça-feira, Grant Williams, 53 anos, relatou à polícia a morte da filha e admitiu seu papel no falecimento da jovem. Portadora de deficiências graves, Grace Williams, 17, usava cadeira de rodas e não conseguia comer, respirar ou urinar sem assistência médica.

Sr. Williams, pai solo e professor de ciências na escola de ensino médio do Condado de Robertson confessou à polícia que havia administrado quantidades letais de morfina no começo da noite de terça. Ele disse à polícia que o sofrimento da filha "tinha se tornado insuportável" e que ela "merecia finalmente ter um pouco de paz".

Williams levou a polícia até sua casa, onde pretendia inicialmente enterrar a filha antes da mudança de tempo. Quando eles chegaram, o corpo não estava mais no quintal. A polícia acredita que lobos que vivem na propriedade densamente arborizada tenham levado o corpo antes que chegassem por volta da meia-noite. A essa hora, todos os rastros já haviam sido cobertos pela nevasca histórica que assolou o norte da Geórgia.

"A vida breve e a morte repentina de Grace são uma tragédia para a família e a comunidade, mas podemos encontrar consolo no fato de que ela foi salva de uma vida de sofrimento", afirmou o xerife Darryl White em entrevista coletiva na tarde de quinta-feira. "Lembraremos de Grace por sua coragem e sua presença inspiradora."

Citando as circunstâncias extenuantes em torno da morte de Grace, a polícia ainda não decidiu se procederá com a acusação nesse momento.

♦

Minha "morte" foi branda. Tranquila. A neve rara havia caído durante o dia todo e na noite anterior, acumulando-se nos pinheiros, salgueiros e magnólias, galhos sulistas desacostumados a carregar mais peso do que o pólen de cores violentas ou a folhagem densa do verão. Conforme o dia dava lugar ao crepúsculo, os ramos começaram a estalar em um efeito cascata, como fogos de artifício, ou veias estourando. Sobre mim, meu pai chorava. Suas lágrimas caíam em meu rosto e escorriam por minhas bochechas secas. Cerrei os dentes com força. Prestei atenção para escutar os estalos bruscos ao longe. Senti a batida irregular do meu coração nos meus ouvidos. Meu peito se recusava a subir. Ele chorava e chorava. E não secou meu rosto. Eu não conseguia secar meu rosto. O gerador reserva zumbia. Outro galho se partiu, mais alto desta vez. Um indiozinho. Dois indiozinhos. *Crack*. Um indiozinho. Dois... *crack*. Um...

O sol nasceu logo e milagrosamente quente. Aos dez graus, o chão da floresta havia se transformado em lama misturada à neve derretida. Aos vinte e sete graus, o chão tinha voltado a ser de palha e argila vermelha, os únicos sinais da nevasca sem precedentes eram algumas regiões ainda sem energia e gritos de "Você acredita?" de um vizinho ou outro. Ele deve ter planejado me enterrar, mas a neve o pegou de surpresa. Seanan disse que havia uma pá apoiada na caminhonete quando ela me encontrou, algumas tentativas interrompidas de buracos estavam agrupadas na frente do tronco largo da magnólia. Será que ele sondou o terreno com antecedência, à procura do lugar perfeito? Ou soube instintivamente que aconchegaria meu corpo sob a árvore centenária mais longe da casa?

É por isto que sei que meu pai estava agitado: ele largou meu corpo de qualquer jeito, em um ângulo descuidadamente torto. Vai ver ele considerou esperar até a neve derreter. Mas, se esperasse, teria de me carregar de volta para casa, e onde teria me conservado? Na minha cama? No porão sem acabamento que certamente seria inundado pelo escoamento? Na garagem que, apesar do mau isolamento, ainda seria quente demais para evitar que eu apodrecesse? Não. Eu precisava de uma cova, e ele precisava de ajuda para providenciar uma.

Ele improvisou.

É por isso que sei que meu pai estava desesperado: ele acreditou em suas mãos geladas e trêmulas quando não encontrou um pulso. Provavelmente nem pensou duas vezes antes de me deixar ali e seguir para a delegacia.

Seanan não precisou checar meu pulso para saber se eu estava viva, óbvio. Ela conseguia sentir pelo cheiro.

Meu coma passou como uma febre assim que ela cravou os dentes na parte interna da minha coxa. A artéria femoral, cercada por carne e gordura, é a que melhor serve de âncora. Dá para segurar firme, o que significa que é possível sugar com mais força, o que quer dizer que há menos chance de o corpo perceber que deveria estar morto antes que o veneno consiga recobrir o sistema circulatório. Punho para experimentar, garganta para drenar, coxa para transformar.

Eu a senti *puxar* o sangue do meu corpo, o tranco e o balanço súbito de como imagino que deve ser a tontura que as pessoas sentem quando se levantam rápido demais, só que amplificadas pelas presas, pela intenção e pela finalidade. Seanan não tinha como saber que meu coração, assim como todos os meus músculos, era muito mais fraco do que na maioria dos humanos. Ele não tinha como bater rápido o suficiente para fazer seu veneno me inundar de volta à vida. Não sem um pouco de estímulo.

Tudo era lúgubre e puro. Nenhum pensamento, apenas uma dor vibrante e uma sensação de queda.

Então calor. Uma boca cheia — muito mais do que um gole — de algo espesso como melaço. O gosto de luar e cobre. Uma língua tentando se apoiar nos meus dentes ou no meu palato, à deriva. Eu não tinha corpo, apenas essa boca e essa massa líquida me preenchendo, caudalosa. Eu me engasguei. Minha garganta se abriu e o dilúvio desceu por ela. Eu havia engolido tão pouco nos últimos anos, usando um tubo de alimentação em vez disso, mas a memória muscular tomou conta. Minha boca se esvaziou, meu estômago inchou com sangue e bile, e perdi a consciência outra vez.

♦

— Você não deveria estar aqui — diz Seanan, atrás de mim. Não me assusto com a aparição súbita dela como poderia ter me assustado antes, quando ela era a menina estranha e solitária na igreja e eu, a colegial desengonçada sentada ao lado de um banco. Nunca havíamos conversado, nem sequer uma vez nos três anos desde que ela havia aparecido sozinha e esquiva numa manhã de domingo. A notícia da chegada dela logo se espalhou naquelas primeiras semanas, mais boatos do que qualquer coisa, como acontece em qualquer pequena congregação sulista, onde o novo ou diferente é alvo de fofocas. Ela era órfã, ou uma fugitiva. Ela era alcoólatra, ou traficante de drogas. Ela havia tido um bebê, ou feito um aborto. Cada um contava a sua teoria, e todas pintavam um retrato sinistro de pecado e depravação. Todos estavam tão concentrados em suas histórias imaginárias que deixavam escapar (ou ignoravam) o óbvio: a fé dela.

Eu a observei durante as missas. Sua devoção não era nem um pouco ostensiva — caramba, pelo que eu via, ela nem cantava durante os louvores —, mas algo na forma como ela se portava com as mãos no colo, a cabeça ligeiramente baixa, o corpo todo relaxado e completamente sereno, completamente *à vontade*, me convenceu de que ela sabia mais sobre o divino do que qualquer um de nós poderia afirmar saber. Eu tinha medo demais para cumprimentá-la. E era medo mesmo o que eu sentia, não intimidação ou vergonha, mas um tipo ansioso de pavor. Acho que é contraditório. Como é possível se sentir atraído e repelido ao mesmo tempo?

— A gente conversou sobre isso, Grace — comenta ela agora, sua decepção é visível enquanto ela chega perto de mim. — Você não deveria voltar de novo.

Minha sepultura tinha parecido friamente sombria no noticiário na outra noite. Dezenas de pessoas da cidade haviam se reunido sob a magnólia onde, uma semana antes, eu tinha jazido sobre meio metro de neve na minha camisola de flanela azul, morta para o mundo. Eles haviam trazido lírios, cravos e violetas e ursinhos de pelúcia — muitos ursinhos de pelúcia, alguns ainda com etiquetas de preço perfuradas nas orelhas. Presentes para a menina morta. Alguns dos visitantes tinham trazido placas com mensagens escritas à mão enquadrando fotos granuladas do meu rosto: DESCANSE EM PAZ ou DANÇANDO COM OS ANJOS ou O PAI A CHAMOU DE VOLTA PARA O CÉU. Nossa vizinha, uma mulher terrivelmente doce que insistia em me chamar de Gracie, havia levado esta última. Foi minha placa favorita, como se Deus em pessoa tivesse tocado um sino e eu tivesse saído voando para o Paraíso. Como se meu pai terreno não tivesse bombeado morfina pra cacete em vez do meu jantar no tubo de alimentação.

No fim do velório, todos receberam uma vela branca barata, do tipo descartável, com um porta-vela de papel para impedir que a cera derretida caísse na mão. A vigília havia sido lindamente reproduzida no vídeo: pontinhos de luz iluminando silhuetas escuras contra um céu azul-arroxeado. Eu tinha assistido à cobertura na pequena sala de estar de Seanan no mudo, vultos se movendo sem som, uma coreografia de luto. Uma última imagem panorâmica da multidão havia mostrado uma fila de gente esperando para abraçar meu pai, os olhos dele vermelhos de tanto chorar.

Não tem luz agora. Seanan diz que vou conseguir aguentar o sol daqui a uns cinquenta anos mais ou menos, depois que me acostumar. "Não por muito tempo", disse ela. Sombreados pela lua nova, os ursinhos parecem seres vivos e vigilantes. E as flores, estão murchas a ponto de beirar a podridão, têm certo cheiro de cinza, de alguma forma. Imagino, não pela primeira vez, como essas coisas pegariam fogo rapidamente com a ajuda de uma faísca solta. Toda a floresta se incendiaria antes que alguém notasse.

Seanan tira os olhos do monte e me encara.

— É melhor irmos, Grace. — Só faz algumas semanas, mas já aprendi a ler suas expressões. Seus braços estão cruzados, a cabeça inclinada, como se ela estivesse tentando parecer dura, mas seus olhos revelam: ela está preocupada.

— Você o viu? — pergunto.

— Quê?

— Você o viu? — repito devagar, como se estivesse falando com uma criança. É grosseiro, mas não faço nada para modular meu tom de voz. — Na igreja? No trabalho? Em algum lugar.

Ela suspira, um som artificial que só evidencia como seu peito estava imóvel antes.

— Por quê? — pergunta ela.

— Não é uma pegadinha, Seanan. Você o viu ou não?

Ela está vestida para o turno da noite enquanto conversamos: calça preta perfeitamente passada, uma camisa social branca impecável, um blazer de veludo preto, e seus suspensórios vermelho-vivos de sempre. Os lampejos ocasionais de vermelho contrastam perfeitamente com o feltro verde que cobre sua mesa de carteado. Ela coordenava jogos em pubs irlandeses na sua juventude, saletas decadentes cheias de homens barulhentos, cerveja morna e uma fumaça azulada pairando como névoa. Não muito diferente, pelo que ela diz, do cassino onde passa as noites agora, dando as cartas em jogos de blackjack e Texas Hold'em.

— Não tem nada para você aqui — diz Seanan gentilmente, pegando minha mão. Seu sotaque irlandês fica mais intenso quando sua voz é mais baixa. Ela fala como uma cantiga de ninar ao vento. — Se precisasse disso para seguir em frente ou de um tempo para passar pelo luto, seria uma coisa. Mas vir aqui toda noite, perguntando sobre ele a toda hora... Não é saudável.

Puxo a mão, viro a cabeça na direção das flores moribundas. Depois de um momento, digo:

— Quantas pessoas você já transformou?
— Como é que é?
— Quantas? Sem dúvida não sou a primeira.

Deve ser uma pergunta grosseira. Ainda não sou muito versada em etiqueta vampírica. O silêncio se adensa e, bem quando chego à conclusão de que não vou ter uma resposta, ela diz:

— Algumas vezes, ao longo dos anos. Só em situações como a sua.
— Nevascas bizarras e overdoses de morfina?
— Assassinato — diz ela simplesmente. Uma mera descrição, mas a palavra me corta de maneira tão certeira quanto suas presas me trespassaram na neve. — Mesmo assim, transformar é um último recurso. Não faço essa escolha a menos que a outra opção seja... enfim. Acho que uma vida não natural é melhor do que uma morte não natural. — Ela encolhe os ombros. — Às vezes estou enganada.

— O que, eles não *querem* ser salvos?

Eu a encaro novamente. Ela também está com o olhar fixo na magnólia. Distante, talvez. Eu me pergunto quem a transformou tantos séculos atrás. Eu me pergunto se ela queria ser salva.

— Este é o problema — diz ela. — A salvação de um homem é a danação de outro. — Suas palavras pairam entre nós, quase tangíveis sob o ar frio da noite. Ela se ajoelha para ficar na altura dos meus olhos, o que me parece condescendente de certa forma, embora a intenção dela seja me reconfortar. — Eles ainda podem prestar queixa.

Eu me empertigo.

— Eles não vão.

— Mas eles podem — responde ela.

— Se quisessem prender meu pai, teriam prendido quando ele entrou na delegacia falando que matou a filha. Mas não fizeram isso. Deixaram ele voltar para casa. — Minha voz se ergue, não a ponto de gritar, mas a escuridão consegue amplificar tudo. — Não tinha nenhuma fita da polícia ao redor da casa. Nem algemas. Nem ninguém para interrogar os vizinhos. Deram um tapinha nas costas dele e expressaram seus pêsames. Deixaram que ele ficasse nesse velório improvisado e *chorasse*.

Minhas mãos doem. Por que minhas mãos doem? Abaixo o olhar e encontro os punhos cerrados. Cravei unhas ensanguentadas nas palmas das minhas mãos. Ainda não estou acostumada com essa nova força. Vampirismo é quase o espelho exato da doença que eu tinha em vida, fortalecendo em vez de enfraquecer meus músculos. Tentei erguer a cabeça quando acordei depois da transformação e quase estalei o pescoço pela total falta de resistência. Ainda não consigo andar, obviamente. Não há aumento de força capaz de estender os tendões tensionados como uma corda bamba pelos anos de desuso, e agradeço a Deus por isso.

Não acho que eu teria aguentado perder mais essa parte de mim.

Passo as palmas das mãos na calça jeans. Sangue se infiltra na trama densa do tecido, espalhando-se de fio a fio.

— Você tem o infinito diante de você — diz Seanan. — Tempo e mais tempo de vida. Não ajudaria se concentrar nisso? No futuro?

Ela parece tão esperançosa. Trezentos anos de idade e seu rosto ainda é bondoso e amoroso como o alvorecer. Como ela se manteve tão calorosa enquanto meu corpo todo é gelado?

— O plano original dele era desligar meu oxigênio, sabe. Disse que era a opção mais fácil, só apertar um botão e deixar que a natureza seguisse seu curso.

— Por que ele não fez isso? — pergunta Seanan.

Volto as palmas para a luz fraca da noite: cicatrizadas, a mancha na minha calça jeans são a única prova que ainda consigo sangrar.

— Pensou que seria difícil demais para ele. — Minha voz sai firme, ainda que distante, como se eu estivesse me ouvindo de outro cômodo. — Ele planejava me deixar sufocar lentamente até a morte, mas achou que não daria conta. Morfina era mais gentil, ele disse, como se eu fosse dormir. "Só colocar minha filhinha para dormir uma última vez." Depois que a droga tomou conta, eu não conseguia me mexer. Não conseguia levantar a mão nem virar a cabeça. Todo o meu corpo parecia incrivelmente pesado, como se minhas veias estivessem cheias de chumbo. Eu não conseguia falar também. Não conseguia gritar, embora talvez fosse mais o pânico do que qualquer outra coisa. O único pensamento que atravessava a confusão e o terror era... — Inspiro fundo e com dificuldade, e engasgo com o ardor nos meus pulmões inúteis. Vivo esquecendo que respirar é opcional agora. — Eu pensava:

"Tenho que falar para ele que tem alguma coisa errada. Ele precisa buscar ajuda."

Hesitante, Seanan pega minha mão outra vez. Não recuo. Ela passa o polegar sobre a linha da vida em minha palma, onde alguns minutos antes havia quatro meias-luas ensanguentadas.

— Foi então que ele me contou o que tinha feito — digo. — Quando eu não conseguia fazer nada com o pânico, a confusão, a raiva e o medo além de fechar os olhos e tentar estar em algum outro lugar. Foi então que ele me contou.

Ficamos assim por alguns minutos: as mãos entrelaçadas, ela ajoelhada na argila vermelha, eu nesta cadeira manual vagabunda que Seanan roubou do cassino e que machuca todos os músculos e articulações do meu corpo. Por sobre o ombro dela, os ursos de pelúcia observam.

— Domingo de manhã, primeira fileira — diz ela baixo, e me dou conta de que ela está respondendo à minha pergunta anterior. — O nome dele era o primeiro dos pedidos de oração. Deacon Bell pediu a Deus para lhe conceder força e consolo diante de uma perda tão terrível.

Encaro a pilha de lembranças deixadas para a menina morta. Ela parece tão distante. Talvez os lobos realmente a tenham levado. Talvez ela tenha alimentado toda uma matilha, os mantido quentes durante a nevasca. Talvez ela esteja correndo com os lobos agora.

— O que você vai fazer? — pergunta Seanan.

— O que qualquer boa filha faria — digo. — Retribuir a generosidade dele.

## THE ATLANTA JOURNAL-CONSTITUTION

### "Morte piedosa" gera debate nacional sobre apoio a cuidadores

Após a morte recente de Grace Williams, 17, pelas mãos do pai, Grant Williams, 53, vem ocorrendo um debate sobre a falta de apoio atual para cuidadores de jovens com deficiências graves. Grace Williams, que nasceu com uma doença neuromuscular degenerativa, vivia em uma cadeira de rodas e precisava de cuidados intensivos dia e noite. O pai criou e cuidou da adolescente sozinho desde que a ex-mulher pediu o divórcio há dez anos, citou o fardo enorme como um dos motivos pelos quais decidiu realizar o que muitos estão chamando de "um ato de piedade".

"Mais do que tudo, eu queria que Grace tivesse um pouco de paz. Isso foi o principal. A vida dela era um sofrimento constante, e ninguém consegue aguentar ver a própria filha passar por isso", afirmou Williams recentemente em uma entrevista à 11Alive News de Atlanta. "Mas as pessoas não sabem como é difícil ser a única fonte de cuidados. Tentar manter um emprego, colocar comida na mesa e cuidar da Grace? Era exaustivo. Insustentável."

Ele falou publicamente nas últimas semanas sobre a impressionante falta de apoio oferecida a cuidadores de jovens como Grace. Embora algumas organizações ofereçam suporte financeiro para equipamentos médicos e visitas de profissionais de medicina, pouco é feito em relação ao apoio emocional ou a serviços de cuidado temporário.

Alguns grupos de defesa às pessoas com deficiência condenaram as ações de Williams e a repercussão. "Sentimos muito por Grace Williams, cuja vida foi tirada de maneira insensível e cruel", o porta-voz de All Access, uma organização sem fins lucrativos de Atlanta, declarou ao *AJC* por e-mail.

"É um crime o que os pais enfrentam", continuou Williams na entrevista à 11Alive. "É simplesmente criminoso esperar que os pais sacrifiquem tudo por esses pobres jovens e não recebam absolutamente nenhuma ajuda. Não é certo."

Segundo relatos, Williams estaria buscando criar uma fundação em nome da filha para enfrentar esses problemas, mas ele ainda não fez nenhum anúncio oficial.

Meu quarto tem um gosto rançoso. O ar é pesado em minha língua, como se já estivesse acumulando poeira esquecida. Tudo está exatamente como deixei. A escrivaninha, uma pilha confusa de livros e diários e folhas soltas de papel. Vela de maçã com canela no batente da janela. Umidificador meio cheio de água. Ele nem se deu ao trabalho de fazer minha cama. O edredom está amontoado ao pé, os lençóis amarrotados. Dá para ver a forma do meu corpo no colchão, uma depressão permanente por anos dormindo no mesmo lugar e na mesma posição noite após noite. A imagem me faz me sentir mais exposta do que se eu estivesse nua.

—Vou precisar de um pouco de ajuda, se não se importa. — Aponto com a cabeça para a cadeira encostada no canto. Ele também não se deu ao trabalho de tirar o carregador da tomada, o que é bom para mim. Provavelmente a bateria estava cheia, já que ninguém a usou nesses tempos, mas ver a luz verde constante que significa *totalmente carregada* era um alívio ainda assim.

— Certo — diz Seanan. — Só me fala do que precisa.

A transferência dessa terrível cadeira substituta para minha velha amiga de confiança é tranquila. Me levantar não é nada para Seanan, meu peso é irrisório, mesmo com o aumento da densidade muscular. Ela me coloca na cadeira com cuidado e espera a instrução. O fato de ela não pressupor o que preciso, de me deixar guiar, parece ser instintivo para ela...

— Obrigada — digo.

Arrumamos algumas mudas de roupa, alguns livros, meus travesseiros. O resto deixo para trás. É tudo substituível, coisas da menina morta. Feito isso, passamos para a sala de jantar. Só resta esperar. Eu estava com medo de que ele poderia chegar antes de nós, já que normalmente vem direto do trabalho. Bom, normalmente *vinha* direto do trabalho, mas isso era quando ele tinha de me ajudar. Vai saber como é o horário dele agora... Talvez vá para o bar ou para a casa de algum amigo ou para onde quer que vão as pessoas que não têm para onde ir. Pode ser que tenhamos horas para matar.

Faróis brilham através da janela. O som de pneus passando pelo cascalho na entrada.

Pode ser que não.

—Você tem certeza? — pergunta Seanan quando a porta do carro se fecha.

Passos lentos e firmes lá fora. Passos pacientes sobem em um ritmo despreocupado pelos degraus de entrada.

## NA MESMA MOEDA

Meu coração não bate mais, mas consigo sentir a presença do órgão, um naco grande de carne macabra atrás de uma caixa de ossos. Como vou saber se estou amedrontada ou ansiosa se meu coração não se acelera? A maçaneta gira e *alguma coisa* abrupta e radiante me atravessa feito um calafrio. Estou gelada. Sem mais sangue para aquecer meus braços e pernas. Sem mais luz do sol para afastar o frio, ao menos por enquanto. Talvez o calor seja superestimado. O frio pode ser fortalecedor, revigorante. O frio pode despertar ou entorpecer. O frio é a temperatura da preservação.

Em certa temperatura, o frio pode queimar.

A porta se abre.

— Oi, papai.

Quando ele desmaia, o *crack* do crânio na madeira do assoalho não é diferente dos galhos congelados das árvores batendo contra uma janela escurecida pela neve.

◆

Ele acorda assim que Seanan se debruça, seu cérebro de homem das cavernas reconhecendo o perigo que ela representa mesmo das profundezas de sua inconsciência. Seus braços se debatem na tentativa de empurrá-la, mas ela apenas recua com calma na minha direção. Ele dispara um olhar frenético para a porta aberta.

— De jeito nenhum — exclamo. — Você não iria muito longe mesmo.

— Você está morta — diz ele. Ele consegue se empertigar contra a parede, as pernas curvadas na direção do peito, como se tentasse se proteger.

— Mais ou menos, sim. — Minha voz é firme, propositalmente casual. Faço questão de deixar minhas mãos esticadas no colo, as unhas seguramente longe da pele.

— Você está morta — diz ele outra vez. — Você está morta. Sei que está morta, eu ma... — Ele fecha a boca com tanta força que morde a bochecha. Sei por que consigo sentir o aroma de sangue. É estranho, mas o cheiro penetrante parece familiar e específico dele. Talvez minha memória tenha o armazenado dos cortes superficiais e sangramentos nasais ao longo dos anos sem que eu notasse.

— Você o quê, pai? Termine essa frase. O que você fez?

Seanan fica entre nós, protegendo-me dele ou o protegendo de mim, isso não sei. Antes a expressão dela era de pura doçura sob a luz fraca das estrelas filtradas pelos ramos das árvores, agora ela é uma predadora dos pés à cabeça. A atenção do meu pai também se volta para ela. Um enigma mais fácil de enfrentar, imagino.

— Você é aquela menina solitária da igreja — comenta ele, apontando como se ela fosse um animal de circo invadindo sua casa sem ser anunciada. — Aquela que não tem pais. Quem é você?

— Ah, eu tenho pais — ela diz, destilando o sotaque irlandês tão espesso quanto uma calda de bolo. — É só que eles morreram em 1768, sabe.

Praticamente consigo ver a mente dele tentando entender o que está acontecendo. Mais do que assustado, ele está extremamente confuso. Como se pudesse estar sonhando. Ou tivesse sofrido uma concussão por bater a cabeça quando desmaiou. Quero que ele esteja presente, centrado na realidade terrível deste momento, não vagando onde sua mente poderia salvá-lo com alucinações e saídas fáceis.

— Seanan — digo, os olhos ainda fixados no meu pai. A barba dele está crescendo. Ele normalmente se barbeia todos os dias para evitar sequer a sugestão de uma barba por fazer. Os pelos são irregulares. Eu me pergunto por que parou de se barbear. Alguma demonstração estranha de luto? Culpa? Ou talvez só queira um lembrete concreto de que ainda está vivo, ainda se movendo para a frente no tempo.

Seanan ergue a sobrancelha. O ângulo desse arco diz: "O que precisar." Espero que ela consiga me interpretar tão bem quanto a interpreto.

— Está com fome, Seanan?

Devagar, ela encolhe os ombros.

— Eu comeria.

Abro os braços. O gesto é muito mais expansivo do que eu conseguiria fazer em vida, eles se erguem dos braços da cadeira e se movem para longe do ombro. Parece errado.

— Que tipo de anfitrião Grant aqui seria se não oferecesse algo para você beber?

Ela me encara com firmeza por um momento, e consigo ouvir o que ela me disse mais cedo: "Você tem certeza?"

Lanço um único olhar de esguelha para meu punho estendido. "Punho para experimentar." Ela faz que sim, depois se move mais rápido do que consigo acompanhar.

Meu pai grita assim que os dentes de Seanan cortam sua pele. O som sobe e desce pela minha espinha. Eu nunca o ouvi gritar dessa forma. Lembro vagamente de algumas discussões antes de minha mãe ir embora, mas eu era muito pequena na época. Talvez nem sejam memórias de verdade, apenas discussões que imaginei para preencher as lacunas. Isso é diferente. Primitivo. Sinto uma necessidade súbita e desesperada de fazer sua dor parar.

Cerro os punhos e deixo Seanan beber.

Depois do que não devem ter sido mais do que alguns segundos, ela tira o braço dele da boca. Bebe sem fazer sujeira, apenas uma camada vermelha nos lábios, como um brilho labial levemente colorido.

Meu estômago se revira e sinto vontade de vomitar.

Ela surge ao meu lado em um instante.

— Ei, você está bem. Estou aqui. — Ela faz círculos lentos com as mãos nas minhas costas enquanto sinto ânsias. Ela puxa meu cabelo para trás, coloca uma mão na minha testa para impedir que eu me cause um traumatismo craniano. Não estou acostumada com este corpo, esta força. Não estou acostumada com nada disso.

— Não consigo — choramingo com a boca cheia de um gosto ácido.

— Que *porra* é você? — meu pai grita ao longe. Em outro cômodo, talvez, ou outra vida.

Seanan continua me segurando enquanto balanço e soluço. Vagamente, noto que há um vermelho escuro, escuríssimo, nas minhas mãos depois que seco o rosto. Sangue. Choramos sangue, acho. Como eu não tinha chorado antes?

— Monstro do caralho! — meu pai grita.

— Para trás — diz Seanan diante de mim.

Ele está perto agora. Consigo... consigo sentir o cheiro da ferida. Do seu sangue. Tem um cheiro quente.

Ele está ajoelhado agora. Sua respiração na minha cara. Um calor rançoso.

— Que merda você fez com a minha filha, seu demônio maldito!

Ele coloca a mão boa em meu rosto. A mão que não foi mordida. Antes que ele consiga piscar, levo seu braço para baixo e o torço para trás na altura do ombro. O osso se tenciona sob sua pele tensa. Quase perolada. Ele não grita desta vez.

— Não — digo. Minha voz é baixa, mas não é mais calma. Mesmo nessa única sílaba, nessa única palavra perfeita, ouço todo o vento do inverno cortante que deixou minha pele em carne viva. — Você não tem o direito de tocar em mim. Não tem o direito de fingir que se importa comigo.

— Grace, eu...

Torço com mais força. Ele ofega.

— O que ela fez comigo? Ela me salvou. Ela me encontrou e me salvou. O que você fez comigo, pai? Que tal falarmos sobre isso? Vamos falar sobre o que você fez.

Ele está chorando de novo. Lágrimas brotam e se acumulam e escorrem por sua face. Lembro de sentir essas lágrimas no meu rosto. De como deixaram rastros salgados na minha pele. Torço com ainda mais força.

Seanan toca meu braço.

— Grace — diz ela —, não precisa fazer isso, está bem? Não faça nada de que possa se arrepender. Por favor.

Olho no fundo dos olhos dele.

— E se eu me arrepender de deixá-lo vivo?

Ela se ajoelha ao meu lado. Desta vez, o movimento é um sinal de apoio, é um sinal de amor.

— Então mate-o.

Meu pai choraminga. Nunca ouvi esse som antes. Um medo puro, avassalador. É o som que eu teria feito se pudesse enquanto meu coração desacelerava até parar.

—Tudo que fiz foi cuidar de você — diz ele. —Tudo que eu queria era ajudar você. Salvar você. Você merecia piedade.

De repente, sei exatamente o que ele merece. Mais importante, sei o que eu mereço.

—Eu acredito em você, pai. Acredito de verdade. — Solto um pouco seu braço, vejo o desespero em seu rosto se transformar, hesitante, em esperança. Eu me inclino à frente e sussurro. — Mas assassinato não é piedade.

Ataco.

## USA TODAY

### Vítima de suposta "morte piedosa" está viva e publica declaração em vídeo

Grace Williams, a adolescente que se acreditava ter sido vítima de uma "morte piedosa", revelou em um vídeo publicado recentemente que está viva após a tentativa de homicídio do pai.

O vídeo, que diversos meios de comunicação autenticaram de maneira independente, mostra Grace Williams descrevendo os acontecimentos em torno da sua suposta morte. "Meu pai realmente tentou me matar", diz ela para a câmera. "Mas, felizmente, uma amiga me encontrou onde ele havia deixado meu corpo na neve, acreditando erroneamente que eu já tinha morrido."

A jovem diz que está se recuperando atualmente com a dita amiga em um local não revelado e que não planeja voltar para sua cidade natal porque teme pela sua segurança.

"Meu pai não achou que minha vida merecia ser vivida, por isso tentou dar fim a ela. Ele acreditou que tinha conseguido. Sem a sorte de minha amiga me encontrar, ele realmente teria conseguido", continua ela. "Mas ele estava enganado em dois aspectos. Um: não me matou. E dois: minha vida *sempre* mereceu ser vivida."

Na cobertura da mídia depois da suposta morte da filha, Grant Williams foi retratado como um cuidador dedicado e sofredor. A tentativa de assassinato foi chamada por muitos como "morte piedosa" e nenhuma queixa chegou a ser prestada.

"Não houve nada de piedoso nas ações do meu pai", diz a jovem Williams perto do fim do vídeo de cinco minutos. "Espero que todos que descreveram aquilo dessa forma pensem em como puderam acreditar que um assassinato pudesse ser um ato de compaixão em vez de uma monstruosidade. Por que vocês se convenceram tão facilmente de que minha vida não valia nada? Por que ninguém perguntou o que minha vida significava *para mim*?"

A jovem afirma que essa será sua última comunicação e pede que as autoridades não procurem por ela. No entanto, como ela ainda é menor de idade, a busca continua.

Grant Williams não deu nenhuma resposta às revelações da filha, mas, segundo informações, ele foi levado às pressas para um hospital da cidade com o que as autoridades estão chamando de "ferimentos misteriosos".

Uma fonte próxima do Departamento do Xerife do Condado de Robertson disse que entrar com um processo de tentativa de homicídio contra o sr. Williams é "possível, mas improvável sem a cooperação de Grace Williams". Enquanto isso, uma petição on-line que pede o afastamento de Grant Williams do seu cargo de professor atingiu 50 mil assinaturas. Atualizaremos esta notícia à medida que a situação evoluir.

# A CURA MÁGICA

## ou "Encarnando o mito vampírico"

# Zoraida Córdova & Natalie C. Parker

Um bom vampiro é difícil de matar. Há métodos, obviamente: estaca, decapitação, luz do sol, água benta, mordida de lobisomem. Às vezes prata funciona. Mas, na maioria das vezes, os vampiros são difíceis de ferir e se curam rapidamente. Eles possuem velocidade, força e sentidos aguçados, e, em algumas versões, podem até voar. Em muitos casos, a transição de humano para vampiro pode salvar sua vida, como aconteceu com a pequena Cláudia em *Entrevista com o vampiro*. Dessa forma, o vampirismo é imaginado como a cura para uma doença mortal (como a peste!) ou um ferimento fatal. Mas esse é um caminho perigoso, que também pode nos fazer imaginar o vampirismo como uma cura para todas as doenças e deficiências, de modo a indispor as pessoas que consideram doenças crônicas e deficiências como parte da sua identidade. Curas mágicas sugerem que a única forma de viver com doenças ou deficiências é sempre desejar alguma outra coisa. A história de Kayla é uma conversa com essa ideia — Grace é transformada em vampira e, embora ela receba alguns dos sentidos mágicos, seu corpo ainda é seu corpo. Ser você mesmo, mesmo quando se é um morto-vivo, é bastante poderoso.

Se você fosse transformado em vampiro, o que não gostaria de mudar em você?

# VAMPIROS NUNCA DIZEM "MORRA"

## ZORAIDA CÓRDOVA & NATALIE C. PARKER

**BRITTANY**

Sinceramente não sei por que fiz aquilo.

Não posso dizer isso sobre muitas coisas. Não sou impulsiva. Talvez eu já tenha sido antes, mas a temeridade é um luxo da juventude. Da mortalidade.

Não tenho nenhuma delas.

Talvez seja por isso que eu tenha criado uma conta no Instagram. Para sentir uma conexão com as coisas que perdi. Ou talvez eu quisesse um hobby e o Instagram me pareceu uma opção tão boa como outra qualquer. Melhor, porque tudo que eu tinha a fazer era escolher um nome e poderia ser quem eu quisesse, o que quer que eu quisesse.

Talvez eu quisesse encontrar um lugar onde não estivesse no comando. Onde não fosse Brittany Nicolette Fontaine, a vampira premier da cidade de Nova York. Onde cada momento de cada dia não fosse uma demonstração de poder. Acho que é ingênuo pensar que não há algum tipo de poder no Instagram, mas certamente não era o meu, e desfrutei disso por um tempo.

Embora não consiga participar plenamente da geração das selfies, sinto uma alegria indiretamente ao consumir a curadoria da vida dos outros. Há algo de relaxante em saber que nenhum de nós é exatamente o que dizemos ser. A Brittany que compartilho na internet não é real, e a verdadeira maravilha desta era das redes sociais é que ninguém espera que ela seja nada além de um mito. Uma fabricação baseada em algo real. Uma camada de chantilly sobre a pele pálida de porcelana. Como meu reflexo aquoso nas janelas altas do apartamento.

Chego mais perto, até estar a centímetros de distância do vidro. Mesmo assim, a menina que me retribui o olhar está turva, uma série de impressões difundidas pela luz que entra da cidade sob mim como chamas frias e pálidas. Depois de uma faixa de árvores resistentes que obscurecem a estrada lá embaixo, o rio passa cintilante. É uma linha escura que passa entre as fileiras onipresentes de luzes amarelas de trânsito que crescem como plantações. Um espaço entre espaços.

Antes deste momento, eu ficaria feliz em existir nesse espaço liminar entre o que é real e o que não é, o que é humano e o que não é. Eu gostava da liberdade que encontrava ao construir um reflexo de mim mesma em imagens do que via no mundo ao meu redor, mas, relembrando agora, posso ver que cometi um erro fatal de julgamento.

O nome dela é Theolinda, ou @YoSoyTheolinda, para a maioria.

Destravo o celular e deslizo o polegar sobre a tela até estar olhando para as mensagens diretas do meu Instagram. Apenas três pessoas entram em contato comigo dessa forma. A primeira é Imogen. Ainda não sei como ela encontrou minha conta, mas ela é a mais jovem das minhas crocodilinhas e normalmente a primeira a se adaptar a mudanças de tecnologia e de padrões sociais. O segundo, um homem que atende por Brad, lança mensagens genéricas como iscas de pescaria que nunca respondo porque não ligo para o fato de que ele está solteiro e acha que somos almas gêmeas. Não somos.

A terceira é Theo. Seu avatar é a imagem de uma lua crescente se transformando em uma flor vermelho-viva. Seleciono seu nome e nossa conversa se derrama sobre a telinha. Conversamos dessa forma desde que ela tinha pouco mais de quinze anos e notou a primeira e única selfie que já postei. Nem sempre conversamos longamente, mas, depois de um período inicial de conversa fiada e do tipo de troca social que se espera entre uma adolescente e uma anciã imortal, nossas conversas tiveram uma reviravolta surpreendente.

Elas passaram a importar.

Conversamos sobre a vida, sobre perdas e mudanças. Conversamos sobre o que significa ter influência e ser influenciado. Conversamos sobre poder, corpos e morte.

E então, de repente, do nada galáctico, isto.

A última mensagem de Theo me encara do alto da tela. É a imagem de uma menina em um vestido branco em um túnel escuro. Está turvada, como se a câmera tivesse se engasgado diante de um raio de luz, mas consigo ver sua pele marrom-clara, seus cachos pretos compridos caídos sobre um ombro, seus lábios tingidos de vermelho escuríssimo.

Na parte inferior da imagem está escrita uma mensagem em letra cursiva prateada:

*Quem é essa menina? Descubra amanhã.*
*Raiz & Ruína (bar subterrâneo) @ 22h*

Não respondi na hora. Por um momento indulgente, me convenci de que conhecer Theo na vida real seria muito bonito. Apesar da vasta e considerável diferença entre nossas idades, sem falar das nossas circunstâncias, pensei que conhecê-la seria como ver o sol. E eu gostaria muito de ver o sol mais uma vez.

Mas, enquanto visto camadas de prata, preto e rosa, delineio linhas pretas pesadas em volta dos olhos verdes, e pinto os lábios com o tom perfeito de amoras invernais, caio na real. Theolinda é uma menina e uma criança. Ela só me conhece por meio de uma série de paisagens urbanas desoladas em que ironicamente coloco a tag #selfie e pelas poucas palavras que trocamos. Ela não faz ideia de quem sou eu de verdade, e descobrir isso só a deixaria horrorizada.

A amizade que construímos é diáfana ao vento, um sonho lindo que gostei de ter por tempo demais. Mais um pouco e isso se tornará perigoso para nós duas.

Com um aperto distante de arrependimento, abro o espaço para uma nova mensagem e digito:

Presa no trânsito. Talvez não chegue a tempo. Desculpa.

◆

**THEO:** ai meu deus amei esse filtro! onde vc achou?
**BRITTANY:** é meu filtro de vampira hahaha
**THEO:** sei que vc tá brincando mas já pensou em como seria viver pra sempre?
**BRITTANY:** parece solitário

◆

## THEOLINDA

— Sinceramente não sei como vou me superar — digo para o salão vazio.

O bar subterrâneo Raiz & Ruína é minha obra-prima. Sério. Cortinas de veludo pretas penduradas na parede. O balcão de mogno, que antes estava coberto por teias de aranha que eram comparáveis àquelas no meu sótão, brilha com verniz e Mistolin com aroma de lavanda. Embora, talvez, teias de aranha tivessem combinado com a temática.

Enfim, quem sabe no ano que vem.

Um cara de chapéu de caubói de couro preto, colete de veludo e calça jeans tão rasgada que nem conta mais como calça entra.

— Ei, sou o DJ Xis-Maldição.

Mordo o lábio inferior para não rir. Meus olhos precisam estar em destaque e não posso me dar ao luxo de borrar o delineador que precisei de três tentativas para aplicar igualmente. Caras velhos são tão toscos.

— Uhum. Então esse não é só o seu arroba. Certo, certo, certo. Meu nome é Theo. Pode montar perto do balcão. Lembre-se. Nada de pop. Nada dos anos 1970 ou 1980. A menos que seja exclusivamente Led Zeppelin. — Mordo a ponta das minhas unhas afiadas. Minhas unhas de gel estão pintadas de branco, mas a ponta de cada uma parece ter uma gota de sangue. Ei, achei que seria inteligente, ainda que óbvio. — Mas não tenho muita certeza do que a Brittany escuta. Ela gosta das minhas atualizações musicais, mas normalmente dos rocks femininos. Quer saber? O profissional é você.

Quando o DJ Nunca Mais Vou Repetir Seu Nome abre um sorriso, seus dentes parecem brancos e afiados demais por um segundo.

— Eu *sou* o profissional. Imogen me recomendou, certo?

— Sim?

— Então deixa comigo, gatinha.

Rio de nervoso.

— Você cuida *disso*, e vou verificar se temos gelo.

Destravo o celular e mando uma série de mensagens. Tive que convidar minha amiga Miriam da escola porque o pai dela é o dono do lugar. Mas ela está se recuperando de uma infecção na garganta que pegou de Andy Jackson III. Foi extremamente difícil explicar para Miriam para quem era essa festa surpresa de aniversário. Ela ficou, tipo, "Vampiros são *tão* 2005". Tenho um caderno de recortes muito detalhado da época em que fomos à noite de estreia de *A Saga Crepúsculo: Amanhecer — Parte 2* no quinto ano do fundamental que mostra que ela nem sempre pensou dessa forma. Mando melhoras para ela, depois abro a última mensagem do pai dela. Tranquilizo o sr. Greenspan dizendo que está tudo sob controle e que o leão de chácara e o bartender adultos já chegaram (não chegaram). Mas está cedo. O sr. Greenspan é dono de quatro bares e boates de Lower East Side. Raiz & Ruína é o menos popular dentre eles, deve ser por isso que está praticamente inacabado e tem aquele cheiro nova-yorkino de cimento, mofo e um toque de mijo. Mas o pano de veludo preto grampeado nas paredes o faz parecer o covil de vampiros que sonhei para Brittany.

Rasgo o saco de dentes de vampiro de plástico e os espalho sobre o balcão. Enquanto o DJ apaga as luzes, alguns deles brilham no escuro. O bartender chega — um cara ranzinza que parece o Oscar Isaac se Oscar Isaac tivesse sido mergulhado no mesmo sei lá o quê radioativo que deixou verde o cabelo do Coringa.

— Você é a chefe, niña?

— Só meu pai me chama de niña — digo, e ele ri. — Sou Theo.

Ele aperta minha mão. Meu pai sempre me ensinou a olhar os outros nos olhos e nunca ser a primeira pessoa a soltar. Queria poder aplicar isso na escola com os professores que pareciam nunca olhar na minha cara. Mas, enfim, meu pai vem da geração de imigrantes que acredita que tudo é justo se você se matar de trabalhar, mesmo que seja mal valorizado e mal pago. Eu? Eu tenho sonhos. Grandes sonhos. Um aperto de mão firme não faz mal a ninguém, acho.

— Escuta, o leão de chácara furou — diz o Coringa Latino, coçando a tatuagem no bíceps esquerdo. — Quer que eu ligue para o sr. Greenspan?

— Na verdade... — Ergo meu celular. Meu pai também me ensinou a nunca mentir. Nunca roubar. Nunca pecar. Reprovei na catequese por um motivo. Mas há certas coisas que um pai equatoriano não poderia me ensinar. Não nesta cidade, nem na minha escola e definitivamente não neste bar. — Eu estava trocando mensagens com o sr. Greenspan e ele disse que está tudo certo.

Isso resolvido, volto a atenção para os toques finais. Um candelabro enferrujado pende de maneira precária do teto baixo. Parece um risco de segurança, algo saído de uma mansão assombrada. Usando uma escada, coloco velas que funcionam a bateria em cada porta-velas. Quando termino, dou um passo para trás. O teto solta um bramido estranho, e prendo a respiração por um segundo, esperando que caia com tudo. Mas fica tudo bem. O DJ liga a música — algo com um baixo pesado e uma guitarra grave.

— *Agora* eu me superei — digo.

— Com certeza — diz uma jovem que reconheço na mesma hora. O tipo de cabelo loiro-gelo que me faz lembrar um cotonete de algodão. Ela tem maçãs do rosto impressionantes e lábios que dariam inveja na maioria das influenciadoras de maquiagem. Seu vestido é todo de renda, como na capa de um disco muito antigo que minha mãe tem de uma mulher chamada Stevie Nicks. Há uma gargantilha de renda em volta do seu pescoço esguio, e ela anda como alguém que está acostumada a dominar o ambiente.

Essa é a pose que me esforço tanto para captar em minhas fotos. Consigo quatro mil curtidas só de posar com a Ponte do Brooklyn ao fundo, mas definitivamente não domino nada como Imogen. Mas um dia vou conseguir.

—Você deve ser Imogen! — digo. Limpo a garganta e baixo a voz. — Sou Theo. Que bom que recebeu meu convite. Estamos começando agora.

— Que... fofa você é. — Ela tem cerca de um metro e setenta, quase mais alta do que eu. A cor de seus olhos parece um pouco irreal, um azul marmóreo e castanho. Meu corpo todo se tensiona quando ela fica a dez centímetros de mim. Tenho o instinto imediato de dar alguns passos para trás. Mas quer saber? Estudei em escolas católicas e particulares a vida toda. Já vi meninas mais malvadas, mais ricas e mais esnobes, e aguentei firme.

Giro em meu vestidinho preto. É um pouco exagerado, e mais apertado do que a foto tosca daquele site prometia. Mas eu estava tentando um visual mais Wandinha Addams.

— Obrigada. Gostei do visual. Muito retrô.

Pela primeira vez, noto outro grupo de mulheres ao nosso redor. Como elas entraram tão silenciosamente? Três morenas e três ruivas com a pele tão branca que parecem capazes de brilhar no escuro, como os dentes falsos no balcão. Uma das meninas pega um par e o coloca na boca. Ela quase morre de rir.

— Estou curiosa — diz Imogen, batendo o dedo no queixo. — Como você e Brit se conheceram?

É difícil explicar para algumas pessoas que conheci uma das minhas melhores amigas na internet. Minha mãe não entende por que passo tanto tempo no celular. Por que não posso simplesmente ter amigos no bairro ou na escola, além de Miriam. Sempre tem algo que não se encaixa para mim. É como se olhar para fotos de mim mesma pudesse me ajudar a entender quem realmente sou. Sei de algumas coisas: sou filha de imigrantes equatorianos. Só tiro 9 ou 10 no colégio. Vou conquistar o mundo algum dia, de alguma forma. E, quando amo as pessoas, sou leal até o fim. É por isso que tenho tão poucos amigos.

Brittany foi uma feliz coincidência. Às vezes ela diz coisas que estou sentindo sem que eu tenha que me explicar. Às vezes me deixa desabafar sobre os palavrões que Genie Gustavson picha no meu armário do vestiário (e depois ameaça que vai "dar um jeito nela"). É esse o objetivo todo desta festa. Agradecer a Brittany, porque ela nunca tem tempo de se paparicar. Ela está na faculdade e tudo o que faz é tirar fotos de dias escuros e chuvosos. #Vampstagram é nossa piada interna, e essa Imogen e suas amigas podem rir... Mas, acho que esta festa é a melhor ideia que já tive.

Então, quando ela pergunta como eu e Brittany nos conhecemos, encolho os ombros.

— Por aí. Mas ela é tão reservada. Você é literalmente a única pessoa que já a marcou numa foto.

— Sim, ela não gosta de fotos. — Ela sai rebolando para o bar e pisca para mim.

Minha mãe é a melhor anfitriã que conheço. Ela passa o dia todo preparando comida — arroz, pernil, hallaca, salada de batatas, essas coisas —, depois toma banho e coloca um vestido bonito. Álcool nunca passa por seus lábios, mas ela está sempre sorrindo. Não sou como minha mãe, então tomo as mimosas sangrentas que inventei.

Enquanto a música toca, fazendo as paredes e o teto vibrarem, mais pessoas entram. Mais mulheres que maquiaram a pele em um tom de morte. Uma mulher usa um vestido verde-limão e sapatos plataforma. Ela guia uma mulher mais velha em uma coleira e se senta em uma mesa acolchoada.

Certo, isso é novo. Talvez ela tenha pensado que esse era um daqueles bares de safadeza ou sei lá como se chamam.

Ela puxa o cabelo da mulher para trás e expõe o pescoço dela. Parece aquela vez em que Ricky Ramirez e eu tivemos que nos beijar de mentira quando éramos Maria e Tony em nossa versão escolar de *Amor, sublime amor*.

Uma menina branca, que deve ser mais nova do que eu, coloca um cigarro na boca. Ela parece uma figurante de um videoclipe do blink-182.

— Argh, lembro de quando essa cidade tinha vida.

Ceeeeeerto?

Vou para o meio da balada, onde as pessoas parecem ter se multiplicado. Um casal de mulheres está se pegando em uma das namoradeiras. Alguém derramou vinho tinto nos guardanapos. Será que eu deveria ter comprado guardanapos pretos?

Mudo a trajetória e vou para a frente do bar, onde três caras novos que parecem ter se perdido no caminho de Williamsburg estão reunidos.

— Era para trazer a própria bebida? — um deles pergunta, tirando um frasco do bolso da camisa de flanela.

Como assim, "trazer a própria bebida"? Tem literalmente um open bar inteiro!

Eles me veem enquanto me aproximo, e um deles sorri. É o mais jovem dos três, com olhos castanhos e o cabelo cortado rente, como se tivesse acabado de sair do treinamento militar.

— Você é nova? — pergunta ele, um pouco confuso.

— Não mais do que você — digo. Não quero dar grande importância ao fato de que ainda faltam dois meses para eu me formar no ensino médio.

— Cadê a convidada de honra, afinal? — pergunta outro deles, que ostentava um bigode vintage. — Tenho assuntos a tratar com ela. Ela precisa relaxar um pouco esse toque de recolher vampiro.

— Nem me fale — murmura o jovem. Seus músculos se flexionam quando ele pega o frasco do amigo. Mas não bebe. — Sei que Imogen ainda está irritada, mas essa é outra história.

— Imogen quer transformar toda modelo que ela vê. É por isso que não assinamos a petição.

— Uau, vocês curtem mesmo essa coisa de RPG — digo.

Estou prestes a mandar uma mensagem para Brittany quando seu nome ilumina a tela. Releio a frase em que ela diz que não vai conseguir chegar. Ah, não. Inaceitável. Respondo a mensagem sem olhar e coloco o celular no bolso.

O cara do corte militar olha para mim com uma curiosidade desconfiada. Ele abre um sorriso que lhe dá a aparência de um lobo.

— Quer?

Se eu quero beber do frasco de um estranho, mas definitivamente gato, quando sou a anfitriã de uma festa cuja convidada de honra ainda não apareceu nem respondeu minha mensagem? Pego e bebo.

O líquido é quente e ligeiramente espesso. Metálico. Sinto um reflexo de vômito em ação. Sangue. Isso é definitivamente, 100%, sangue. O gole minúsculo se acumula em minha língua e escorre pelo canto da minha boca. Antes que eu consiga limpar, o menino passa o dedo no meu queixo e o leva aos lábios.

*Que nojo.*

Quando ele sorri novamente, pegando o frasco de volta, vejo dentes. Não os caninos de néon que decoram o balcão. Dentes afiados de verdade, tão afiados que sei que cortariam a pele com o mais leve toque.

Talvez, apenas talvez, Brittany não estivesse mentindo.

Talvez, apenas talvez, eu esteja no meio de um porão cheio de vampiros.

💧

**THEO:** como pode vc só ter uma selfie?
**BRITTANY:** acho que prefiro tirar fotos a estar nelas.
**THEO:** eu pensava que, se tirasse fotos suficientes, aprenderia a me amar mais.
**BRITTANY:** e aprendeu?
**THEO:** ñ sei, talvez esteja chegando perto.

💧

**BRITTANY**

Não escolhi me tornar o que sou.

Fui feita durante uma época sem lei de vampiros, quando consequências eram algo para mortais. Eu era um pouco mais velha do que Theo quando conheci meu — bom, nunca decidi direito como me referir a ele. *Criador* está longe de ser a palavra certa, embora esteja certo em algum grau. Em duzentos anos, não consegui encontrar uma palavra que abranja tanto a violência imaculada de seus atos como o poder transformador que conheci depois. Agressor. Invasor. Malfeitor. Nenhuma capta todo o horror que sofri durante o ataque e depois.

Ele pode ter sido o catalizador da minha transformação, mas eu fui a arquiteta. Todas as escolhas que fiz a partir de então foram uma resposta a seu argumento inicial. O argumento era algo no sentido de que ele era mais poderoso do que eu em virtude de seu gênero e sua condição, e tenho elaborado minha resposta desde então. Nem todos que mordo se tornam como eu. Tenho que escolher. *Posso* escolher. E, ao longo dos anos, escolhi mulheres como eu. Mulheres que ouviam que eram menores, indignas, fracas. Mulheres que tem sede de mundo. Mulheres com presas. Minhas crocodilinhas.

Meu telefone toca baixo, lembrando-me que são 22h e estou perdendo um compromisso. Ignoro o lembrete sem olhar as palavras.

Há uma sensação estranha se espalhando sob minhas costelas. Não fome, mas algo parecido. Enquanto abotoo meu sobretudo até o queixo e saio para as ruas de Nova York, faço o possível para tirar Theo (e a decepção que sem dúvida ela está sentindo) da minha cabeça.

Posso não ter escolhido o caminho da lua e das sombras, mas escolhi a cidade de Nova York. Há cem anos, troquei os vales ventosos e as montanhas ondulantes de Virgínia pela energia frenética de uma cidade grande. É fácil se tornar uma gota no oceano quando o oceano é inimaginavelmente vasto.

Dou as costas para o rio e me dirijo ao parque. Não caçamos aqui. Caçávamos antes, logo depois que foi fundado no final do século XIX, mas proibi há décadas. Agora caçar aqui colocaria todos nós em grande risco. Há olhos demais neste parque, histórias demais nascidas em suas colinas ondulantes e seus cantos escuros. Quem caçar aqui agora será banido da cidade.

Não tenho muitas regras. Apenas algumas. Todas são feitas para proteger meu povo de um mundo que parece cada vez mais capaz de **entender criaturas como nós e aceitar que somos reais. Entretanto a** mais importante é esta: é proibido transformar.

A cidade pode parecer grande, mas isso pode mudar em questão de instantes. Devemos aumentar nossos números com cautela e intenção refinada. Todos que desobedecerem serão não apenas expulsos, mas mortos.

Dou a volta pelo reservatório e meus pés pisam no cascalho enquanto corto caminho para o sul, passando como um fantasma pelo obelisco cor de areia, iluminado por todos os quatro cantos. Logo deixo o parque, atravessando a corrente rápida da Quinta Avenida e mergulhando nas garras da cidade.

Uma garota com cachos escuros frenéticos sai com uma gargalhada de um prédio logo à minha frente. Sua boca é vermelha e seus olhos têm um tom castanho como uma folha de outono que me faz lembrar de Theo. Demoro um segundo para me dar conta de que não é ela, mas já encarei por tempo demais. O sorriso da menina vacila de repente e ela se crispa como se algo sussurrasse em seu ouvido: "Perigo." Ela fecha a cara quando nota meu olhar, e dá meia-volta, afastando-se rapidamente.

Aquela sensação incômoda em minhas costelas se expande novamente, aquela fome que não é fome. Se eu ainda fosse humana, poderia ter um nome para essa sensação. Mal-estar? Frustração? Culpa? Algo que me coloca em conflito comigo mesma.

— Ei! Solta! — A voz de uma jovem se ergue mais alta que o refrão constante de buzinas, motores e fumaça.

Eu a encontro imediatamente. Ela está saindo de uma mercearia na esquina, os braços cheios de compras. Logo atrás dela, um rapaz está perto demais, os olhos tão arregalados quanto seu sorriso. É uma expressão que reconheço. Eu a vi nos rostos de muitos homens ao longo dos anos. É uma expressão de puro deleite, de uma alegria que beira o êxtase de saber que suas ações são erradas e irrefreáveis.

A jovem dá um passo rápido à frente, livrando a ponta do casaco da mão dele com uma careta e um palavrão. Ela se afasta às pressas e volta os olhos para trás apenas uma vez para garantir que ele não a está seguindo. Com uma gargalhada, o jovem volta para o canto escuro da mercearia, onde espera por sua próxima vítima.

Ele não tem que esperar muito.

A fome que não é fome se expande outra vez e surjo à frente do homem. Ele pestaneja, certo de que eu não estava lá um momento antes. Para ele, saí das sombras, um sonho e um desejo.

— Venha comigo — digo, com a voz saindo do fundo do peito como o ronronar de um leão.

— Sim — responde ele, os olhos arregalados e indefesos agora, seguindo o fio da minha voz para o beco estreito onde as sombras anseiam por nos receber.

Encontro a leve depressão de um batente, talvez a entrada traseira da mercearia, e paro.

— Isso vai doer — digo, e ele apenas assente, deslumbrado. — Desabotoe a camisa e não faça um barulho.

Ele tem cheiro de limão e suor, e, quando o mordo, saboreio seu calafrio de dor. Sangue cobre minha língua como a primeira mordida suculenta de um morango. É ácido, forte e terroso ao mesmo tempo, e bebo até que essa estranha não fome comece a diminuir.

O jovem não solta nenhum som, e não bebo de forma irresponsável, apenas o bastante para saciar meu apetite.

— Pronto — digo, tirando um lenço do bolso e limpando os cantos da boca. — Agora volte para casa e pare de ser um brutamontes degenerado.

Ele assente, os olhos ainda arregalados enquanto sai às pressas do beco.

Neste momento, meu celular vibra no bolso. Deslizo para sair da tela de bloqueio para ver a mensagem que me espera. É de Theo.

*Então... comentei que esta é uma festa surpresa e todos os seus amigos estão aqui? Parece importante dizer isso hahaha*

Por um momento, penso que li errado. Minha mente considera todas as possibilidades. Isso não poderia significar o que acho que significa. Theo não poderia ter reunido todos os vampiros de Nova York para me fazer uma surpresa.

Poderia?

E então, de repente, sei a verdade.

Corro.

**BRITTANY**: vou te fazer uma pergunta, não precisa responder.
**THEO:** adoro quando vc fala sério B., certo, pergunta.
**BRITTANY:** tem alguém que conhece a verdadeira theolinda?
**THEO:** respondo se vc responder.

🌢

## THEOLINDA

O banheiro do Raíz & Ruína tem uma única lâmpada exposta pendurada no teto. Eu me sento em cima do assento sujo da privada depois de escovar a língua. Que bom que carrego um kit de emergência na bolsa — band-aids, balas de hortelã, miniescova de dentes, remédio para cólica, ibuprofeno, antiácido, pastilhas de hidratação efervescentes, brilho labial, três cores de batom, uma nota de cem para emergências, identidade, spray de pimenta e um canivete.

Molho um guardanapo que peguei com o Coringa Latino e o esfrego nas bochechas e no pescoço. Ai, meu Deus. Brittany é uma vampira. Os amigos dela são vampiros. É por isso que ela não tira fotos. É por isso que brincou sobre ter um "filtro de vampira". Eu sabia que era legal demais para copiar. Mas essas pessoas não são legais. São perigosas. Eu deveria ter confiado nos meus instintos com relação a Imogen.

Será que eles conseguem farejar medo como tubarões? Aquele menino gatinho estava me testando quando me deu sangue? Coloco uma bala de hortelã na boca para me livrar do gosto metálico, mas o fantasma continua ali. Inspiro longa e profundamente.

Certo, certo, certo. Não vou pirar.

Ou será que vou?

Por pouco não pirei quando entrei em The New School em vez de Columbia. Por pouco não pirei quando meu irmão usou meu livro da biblioteca como seda. É só que isso... não é o que eu esperava para esta noite.

Brittany me deve uma explicação.

Então cai a ficha — passei os últimos dois anos trocando mensagem com uma vampira. Ela poderia facilmente ter me encontrado. Bebido meu sangue e todas essas coisas de vampiro. Por que não fez isso? Foram tantas as vezes em que poderia ter me encontrado em um dos lugares que reciclo para fotos. Nossa, sou um prato cheio para os stalkers e essa é a primeira coisa que vai mudar a partir de amanhã.

Brittany poderia ter me matado em qualquer momento. Em vez disso, conversou comigo. Em vez disso, virou minha amiga.

Então por que ela não está aqui?

Respiro fundo. Jogo o guardanapo no chão e olho no espelho, que está cercado por décadas de pichações.

— Sou Theolinda Cecilia Romero de Reyes e tenho muito a perder. — Passo o dedo nos cantos do delineador para disfarçar as manchas, repasso o batom e volto a sair para a festa.

A música está mais grave, como um coração metálico que bate em um compasso constante e rítmico, e todos aqui parecem estar esperando que eu aparecesse.

— Estávamos ficando preocupados — diz Imogen, levantando-se da namoradeira.

A menina de vestido tomara-que-caia néon tem sangue nas roupas. A mulher mais velha na coleira está deitada em um ângulo estranho, imóvel, e, embora Imogen esteja falando comigo, tudo em que consigo pensar é: "Não quero morrer. Não quero morrer."

— Cadê a Brittany? — pergunta o cara de bigode.

— Como eu vou saber? — digo, tentando parecer muito mais valente do que realmente estou.

Consigo sentir a tensão crescendo à medida que todos os vampiros deste lugar se voltam para mim e recuo contra o balcão. Ouço um gemido baixo e viro para encontrar o bartender entre dois vampiros, os olhos revirados enquanto eles bebem de cada um dos punhos dele. Fecho os olhos e solto um gritinho.

— Onde ela está? — pergunta o menino com o sorriso de lobo. — Vai ser melhor se nos contar.

— É por isso que vieram? — berro. — Para gritar com ela?

Há um consenso de ombros encolhidos e acenos de cabeça.

— Vocês são todos horríveis! — digo. — É aniversário dela

—Você não entende? — pergunta Imogen. — Brittany não faz aniversário. Brittany não envelhece há duzentos anos. E estou começando a achar que você também não vai envelhecer.

Imogen surge atrás de mim em um piscar de olhos. Sua mão é fria em volta do meu pescoço. Levo a mão ao laquê em meu bolso. Ela não tem o *direito* de me morder. Miro, fecho os olhos e aperto com força. Imogen grita e me empurra com força contra o balcão.

Os vampiros mais próximos começam a tossir. Outros se preparam para atacar. Usando a distração, me levanto com dificuldade e subo em cima do balcão. Se eu correr sobre ele, pular um cadáver e dois vampiros bêbados e ninguém conseguir me agarrar, consigo chegar à saída.

Vale a pena tentar.

Eu me preparo para correr. Mãos pálidas me agarram, o baixo constante da música pulsa em meus tímpanos, e sei neste momento que não tenho como fugir. Não tenho como me livrar. Não terei mais fotos nem gritos com meu irmão nem conselhos do meu pai nem reclamações da minha mãe sobre como ninguém a ajuda com a roupa suja e, se eu viver, prometo, juro que vou ajudá-la e cumprir meus afazeres e transformar meus 9 em 10.

Uma mão agarra meu tornozelo e tombo. Caio de costas, esperneando e me debatendo contra um mar de mãos e dentes.

Então tudo para.

Eu me sento. A porta está aberta. A música parou. Entre a multidão de vampiros e eu está uma menina de cabelo comprido preto. Seu batom vinho-escuro está traçado meticulosamente e seus dentes estão à mostra. Paro um momento para notar o sobretudo ajustado de Brittany, a legging cinza-escuras que entram nas botas pretas na altura do joelho, e o tom surpreendente de rosa que brota em torno de seus punhos.

— Surpresa? — digo e, por um momento, juro que ela sente vontade de rir.

Então seus olhos se viram e se estreitam, cortando o salão como uma lâmina. Um rosnado violento sai de seus lábios:

— Minha.

—Você não tem o direito... — Imogen começa.

— Me desafie — diz Brittany. Alguns vampiros vão para trás dela, baixando a cabeça. Mas o resto continua atrás de Imogen.

—Vou fazer melhor — responde Imogen, sua pele pálida como a lua cintilando onde reflete a luz tênue. Ela ergue a saia e tira uma adaga afiada.

— Que truque barato — diz Brittany, e parte para cima.

As duas se encontram em uma fúria de socos e bloqueios, mas, de mãos abanando, Brittany está em desvantagem. Pulo para o bar e procuro algo que ela possa usar como arma. Encontro uma faquinha minúscula de cortar limões e um martelo.

— Brittany! — Atiro o martelo, e ela o pega sem piscar, bloqueando um golpe brutal da faca de Imogen bem a tempo. Elas lutam como se estivessem dançando, todos os movimentos fluidos e treinados como se tudo fosse coreografado. É tão bonito que não consigo tirar os olhos.

— Peguem a menina! — alguém grita.

—Ah, eu — digo, ligando os pontos tarde demais. — Eu sou a menina.

Subo no balcão, procurando freneticamente um lugar seguro onde me esconder, mas antes que eu consiga fazer alguma coisa, Brittany salta. Com uma mão, ela segura o candelabro e se balança. O teto geme em protesto e escuto algo se quebrar quando ela dá uma voadora no vampiro que vem na minha direção.

— Saia daqui, Theo! — grita Brittany ao pousar.

— Não posso abandonar você!

Não consigo explicar o porquê, mas corro atrás de Brittany em vez de correr para me salvar.

Vejo o horror em seu rosto antes de saber o que está acontecendo. O teto guincha sobre mim conforme o candelabro cai com força, e uma dor aguda atravessa meu pescoço.

♦

**THEO:** qual é o melhor presente de aniversário que vc já recebeu?
**BRITTANY:** não comemoro.
**THEO:** mas se comemorasse, hipoteticamente. quando vc nasceu?
**BRITTANY:** hipoteticamente? nasci em 27 de abril.

## BRITTANY

O candelabro está pressionado no pescoço de Theo e, antes que eu o arranque, sei que perfurou sua pele. Eu o jogo para o lado como se não pesasse nada. Ele cai com um clangor alto, e Theo choraminga. Eu me ajoelho ao seu lado, colocando sua cabeça no colo com delicadeza. Há uma mancha vermelha em seu queixo, e ela ergue os olhos lacrimejantes para mim.

— É um prazer conhecer você — diz Theo com um sorriso triste.

— Desculpa pelo atraso. — Minha voz sai distorcida, como se passasse por uma peneira. Aperto a mão na ferida em seu pescoço, tentando estancar o fluxo de sangue, mas é uma ferida fatal. Não há tempo para nada além um rápido adeus.

Imogen para perto, seu foco se derramando em volta de mim como o sangue sob o pescoço e os ombros de Theo. Mas o salão está em silêncio. Theo não é minha caça, mas é minha presa. E os vampiros na minha cidade sempre respeitam a lei da presa.

O sangue aquece meu colo. Derrama-se no chão em uma corrente constante, acumulando-se sob a cabeça de Theo de uma forma que me lembra uma flor escarlate. Eu me concentro nisso e não na garota morrendo e arfando em meus braços.

— Você é uma vampira de verdade — diz Theo. Em seus olhos, vejo as perguntas, teorias e muito mais do que ela consegue dizer agora. Só lhe restam algumas palavras. Ela escolhe duas. — Me transforma.

O sentimento de não fome encolhido sob minhas costelas retorna. Cresce e se expande, inflando dolorosamente dentro de mim. E, de repente, tenho um nome para isso: tristeza.

— Não posso — respondo, sabendo que os olhos dos meus pares estão sobre mim e que esse momento é precário. — Theo, sinto muito. Existem regras.

— Lembra aquela pergunta que você fez? Há séculos — diz Theo, a voz enfraquecendo. — A resposta é: você.

Como é possível que uma garota que eu nunca conheci antes na vida me pareça próxima como uma irmã? Não posso deixar que ela morra. Não posso deixar que este seja seu fim.

Ergo o olhar para o círculo de vampiros ao nosso redor e rosno, furiosa e ferina, e mais segura do que nunca estive em toda minha vida longa.

Então baixo a boca para o pescoço de Theo, e mordo.

🩸

**THEO:** se vc pudesse ir a qualquer lugar do mundo, aonde iria? ñ pensa só responde.
**BRITTANY:** o futuro.
**THEO:** essa ñ é uma resposta de verdade.
**BRITTANY:** não?

🩸

## THEOLINDA

Pego o elevador do meu andar para a cobertura de Brittany. Depois do acidente, depois que pedi para ela me transformar, descobri muitas coisas. Em primeiro lugar, Imogen é uma cretina, mas isso é óbvio para qualquer pessoa com ou sem pulsação. Faz quatro meses, e ainda estou morrendo. Descobri que é um processo lento e bastante doloroso. Meu corpo está parando de funcionar e é tudo um caos. Mas... tenho uma tutora morta-viva. Ainda que ela precise ser julgada por me transformar apesar da proibição de bebês vampiros de 1987 e todo o lance da guerra civil dos mortos-vivos que, aparentemente, também é culpa minha.

Ainda há algumas coisas que preciso descobrir. Como convencer meus pais que o curso noturno da faculdade é a coisa certa para mim. Como conviver com eles sem querer matá-los. Brincadeira. Mas nem tanto. É difícil.

Não pensei que seria fácil. Algumas coisas levam anos para se entender. Por exemplo, como vou conseguir não ter um reflexo? Eu até queria aquele filtro de vampiro, mas é uma faca de dois gumes. Experimento tirar a foto no reflexo espelhado deste elevador. Talvez daqui a duzentos anos eu tenha que lidar com alienígenas e eles tenham uma cura para o vampirismo ou um celular que leve a Apple à falência.

Não vou prender a respiração. Não que eu fosse conseguir se quisesse.

O elevador me deixa dentro da cobertura de Brittany. Ela tem um cinema *dentro* do apartamento. Ela tem tudo de que precisa para nunca ter que sair de casa.

Mas lembro da palavra que dizia para mim. *Solitária.*

Não mais.

Ela me passa uma das garrafas cintilantes iguais que comprei para nós. Ainda não consigo olhar para sangue, embora eu vá ter que superar isso para sobreviver.

— Você sabe que esses filmes não vão ensinar nada para você — ela me diz, e se senta no sofá.

— Eu sei, mas literalmente os únicos filmes de vampiro que vi foram os da saga Cr...

— Não se atreva.

— Para, é perfeita, beleza. Per. Fei. To. — Eu me sento ao lado dela e dou um gole. Estou começando a conseguir distinguir o gosto de minerais, dietas. Essa pessoa realmente gostava de sódio.

Sinto falta de pipoca. Sinto falta de manteiga. Sinto falta da luz do sol. Sinto falta de muitas coisas e estou apenas começando. Minha vida acabou. Minha nova vida acabou de começar.

Pelo menos não precisarei estar sozinha. Tenho minha melhor amiga comigo para sempre, e esta é uma promessa selada com sangue.

# SERVO

## ou "Não eram bem esses os vampiros que a gente estava buscando..."

## Zoraida Córdova & Natalie C. Parker

Parece haver dois tipos de vampiros no mundo: aqueles que atraem suas presas e aqueles que as caçam. Há algo completamente aterrorizante em... bem, todos eles, mas a ideia de que alguém possa convencer você a oferecer seu pescoço de bom grado para uma mordida rápida é bastante perturbadora. Os vampiros estão no topo da cadeia alimentar e, como todos os predadores, precisam aprender a caçar sem esgotar sua fonte de alimentos, que... hum... somos nós? Hehe. Poderes psíquicos parecem ser a forma como eles conseguem fazer isso, e um tipo leve de controle mental aparece no folclore vampírico, desde Drácula até o Conde von Conde da *Vila Sésamo* (embora, para sermos justas, ele só pudesse hipnotizar você). Mas o resumo da ópera é que há certo tipo de influência. Nessa história, Zoraida e Natalie (opa, somos nós, suas benévolas editoras, oi!) usam esse mito vampírico para fazer Theo e Brittany pensarem no tipo de influência que exercem nos mundos dos humanos e vampiros.

Que tipo de influência você quer exercer no mundo?

# BESTIÁRIO

## LAURA RUBY

**E**ra o 212º dia de racionamento de água, e Lolo estava agindo como uma ursa. Ou, melhor dizendo, não estava agindo como uma ursa.

— Poxa, Lo — disse Jude. — Você precisa comer alguma coisa. — Ela estava dentro do cercado para a exposição Tundra Ártica da Família Bezos, segurando um naco de carne rosa-escura na mão de luva, com um balde cheio aos seus pés. Lolo, jogada como um tapete úmido sobre um pedregulho no meio de uma piscina esverdeada e oleosa, soltou um suspiro martirizado. Tinham prometido caminhões-pipa de água potável para banhar os animais, mas, até agora, os caminhões não haviam chegado.

O suspiro de Jude foi tão martirizado quanto o de Lolo, sua pele quase tão cinzenta e manchada de sujeira quanto o pelo de Lolo. Ela pisou na beira da piscina e balançou o pedaço de carne sobre a floração de algas.

— É salmão. Você ama salmão.

Não era salmão. Ah, o homem que o havia vendido para Jude nas docas disse que era salmão, "Selvagem! Fresco!", mas a carne era rosa e borrachuda demais. Talvez fosse carne de tubarão tingida. Ou os restos de algum bagre distorcido que o homem havia pescado nos confins do lago Michigan, longe dos olhares indiscretos das patrulhas. O que quer que fosse, deveria ter sido o suficiente para curar o mau humor de Lolo. Se é que alguma coisa curaria seu mau humor.

— Escuta, Lo, ninguém quer ver uma ursa-polar magricela — disse Jude. — Você vai fazer as crianças chorarem.

Lolo bocejou.

— Sim, sim, eu sei, que crianças? — Todos os clientes habituais do zoológico (pais empurrando carrinhos duplos, adolescentes provocando os animais e uns aos outros, e casais apaixonados ou eriçados demais para notar que trocavam seu primeiro beijo em um miasma de bosta de hipopótamo) estavam ocupados demais fervendo água da sarjeta ou esperando na fila do supermercado pelo próximo carregamento de água mineral.

Os animais estavam com sede. As *pessoas* estavam com sede. E isso significava que...

— Jude, o que é que você está fazendo?

Ela não precisava se virar para reconhecer aquela voz áspera e ranzinza. Diwata era o mais próximo que Jude tinha de uma chefe. Ao menos, ela era a única que havia restado que se atrevia a questionar Jude. Os outros funcionários e voluntários ficavam perturbados demais com ela. Eles tinham motivos, embora não os que pensavam.

— O que parece que estou fazendo? — perguntou ela.

— Que está tentando ser comida por uma ursa-polar.

— Lolo não quer comer nem o salmão dela.

— Provavelmente porque não é salmão — comentou Diwata.

Jude desistiu do "salmão" e atirou o pedaço da carne excessivamente rosa no balde.

— Lolo está deprimida porque o tanque dela está sujo. Precisamos de água limpa.

— Não é o que todos precisamos? — disse Diwata. Ela estava parada na porta dos fundos da exposição, seu rosto bronzeado e maltratado pelo tempo era riscado por tantas rugas que ela parecia um mapa para todos os lugares e para lugar nenhum ao mesmo tempo.

—Talvez chova — disse Jude. Diwata bufou. No alto, o sol fraco de novembro tinha acabado de nascer no horizonte, riscando o céu com um roxo emburrado. — Talvez chova por tanto tempo que não precisaremos recorrer a nenhum imbecil para ter água; teremos água de sobra para nós. De graça.

Com o cotovelo, Diwata empurrou a porta pesada para abri-la um pouco mais.

— E talvez eu peide arco-íris enquanto estivermos construindo uma arca. Venha, antes que Lolo decida arrancar seus braços.

Lolo bufou, as orelhinhas se contorcendo como quem ri. Lolo achava Diwata muito engraçada.

—Trouxe um pouco de café para você — acrescentou Diwata.

Jude empurrou o balde com o pé.

— Isto não é salmão e aquilo não é café.

— Bom, é tudo que tenho — disse Diwata. — Vai querer ou não?

Ela não queria, mas era Diwata. Jude deixou o balde para Lolo, por via das dúvidas, e atravessou o habitat. Diwata deu um passo para trás para deixar que ela atravessasse a porta, depois a fechou com o pé.

— O que falei sobre entrar nas exposições com os predadores? — indagou Diwata, entregando a ela um copo de papel molhado.

— Sei lá. Alguma coisa sobre garras, alguma coisa sobre dentes, blá--blá-blá. — Para manter as aparências, Jude deu um gole no café, fez uma careta. Ela adorava café antes, mesmo os de mentira. Ela adorava muitas coisas antes.

O copo de café tinha o nome MOJO JOE impresso. Ao lado, alguém havia rabiscado *Jood*.

Deus do céu.

— Quanto custou isso, Diwata? E do que isso é feito? Água-viva batida? Lodo tóxico?

Diwata digitou o código para trancar a porta da jaula de Lolo, apertando o teclado com mais força do que precisava.

— Não tente mudar de assunto. Qualquer dia você vai acabar se machucando.

Ha.

—Vou ficar bem.

— Não entendo como você pode ter tanta certeza.

Jude quase nunca falava a verdade, mas falou desta vez.

— É porque converso com os animais.

Diwata apontou para o celular que despontava do bolso da frente de Jude.

— É isso que acontece quando as crianças são criadas por videogames e filmes da Disney. Por que você carrega esse troço antigo se as outras crianças têm entradas no cérebro?

Jude deu de ombros. Ela não tinha interesse nos mais recentes aprimoramentos tecnológicos. E não precisava do celular. Mas sua mãe ainda estava pagando por ele por motivos que continuavam sendo um mistério. Às vezes Jude gostava de apertar o botão HOME, gostava de ouvir o celular dizer "Pergunte qualquer coisa" e fazer sugestões aleatórias:

"*Qual é a data de hoje?*"
"*Dê um Google na Guerra de 1812.*"
"*Pode reservar uma mesa para três hoje à noite?*"
"*Quais são os sintomas da gripe aviária?*"
"*Pode encontrar Brett?*"
"*Como chegar em casa?*"

— Como você sabe que não tenho entradas no cérebro? E quem você está chamando de criança? — disse Jude.

Diwata bebeu do seu copo e estalou os lábios.

—Você não deve ter mais do que dezesseis, então, sim, vou chamar você de criança, criança.

Jude abriu a boca para mentir ou talvez deixar escapar mais uma verdade, mas Diwata já estava atravessando os túneis atrás dos habitat, onde muitos dos residentes do zoológico ainda estavam esperando que alguém os libertasse para suas áreas externas. Em silêncio, Jude os cumprimentou, apertando os dedos frios no vidro. "Oi, Jonas, oi, Victor, oi, oi, oi." Ela conhecia seus chamados, seus cheiros e seu tédio, a batida de seus corações. E, como muitos dos animais eram velhos, ela conhecia suas dores e ânsias também, as sentia vibrar em seu próprio corpo. Um problema no quadril. Um casco rachado. Gengivas doloridas fervilhando de infecção. Memórias de uma manada lenta no deserto, a rajada do tiro que fez tudo mudar.

Por sobre o ombro, Diwata disse:

— É um dia de semana. Por que você está aqui?

Diwata também era velha, mas muito rápida, avançando como se estivesse motorizada. Jude apertou o passo para alcançá-la.

— Estou tirando um ano sabático.

— As pessoas fazem isso depois que se formam, não antes.

— Se eu fosse para a escola, quem ajudaria você com todos os bichos?

Diwata resmungou e continuou andando. Elas tinham essa conversa desde que Diwata havia contratado Jude como parte da equipe de limpeza — apenas mais um par de mãos para limpar a sujeira das mães com seus carrinhos, apenas mais uma adolescente drogada que não saberia o que é trabalho honesto nem se ele caísse no seu colo. E então veio a manhã seguinte... bom, a manhã em que Diwata a havia encontrado deitada com as leoas Olive e Nell, as três dormindo amontoadas como se fossem filhotes. Em vez de chamar a polícia, Diwata a promoveu. E havia protegido Jude quando a gerência quis saber por que uma "bruxa gótica drogadinha" estava dando comida na boca dos rinocerontes e crocodilos. A menina queria morrer? Diwata queria que eles fossem processados?

Jude queria e Diwata não, mas então começou o racionamento e nada disso importava mais.

— Então — disse Jude —, o que vem agora? Os pinguins? As focas?

— Todos eles vêm agora. Eles e seus habitat. Temos que limpar este lugar inteiro.

— Com o que? Mojo Joe?

— Com o que a gente conseguir encontrar. A festança é no sábado.

— Festança — repetiu Jude.

— Não me diga que esqueceu.

— Como eu poderia esquecer? — disse Jude. Ela olhou de esguelha para o pequeno grupo de engravatados tirando fotos dos vários habitat, traçando planos em seus tablets. Organizadores de festas contratados para montar luzes, mesas e decorações. Um deles, um jovem de cabelo escuro com a pele marrom, a encarou de forma tão descarada e por tanto tempo que Jude mostrou o dedo do meio para ele. Ele riu e tirou uma foto dela, depois fez cara feia quando o retrato saiu borrado.

— Você deveria vir à festa — disse Diwata.

— Até parece.

— Estou falando sério.

Jude parou de andar, quase tropeçando no ar.

— De jeito nenhum que vou a uma "festança" em homenagem ao asno que desligou a água.

Diwata também parou de andar, virou para olhar para Jude, uma sobrancelha cinza e peluda arqueada.

— A posição da diretoria é que o asno tecnicamente não desligou a água; apenas aumentou o preço da tal água.

— É a mesma coisa quando ninguém pode pagar por ela.

— De qualquer maneira, eles não vão dizer não para o CEO que poderia ligar a água, você me entende?

Embora ela não estivesse sentindo nem um pouco de frio, Jude esfregou os braços nus.

— Ele vai ligar a água agora para a gente poder lavar o lugar? Cadê os caminhões-pipa que prometeram?

— E não vão negar todo o dinheiro que ele está dando para eles — continuou Diwata. — Ele está alugando a porcaria do parque inteiro pela porcaria do dia inteiro. Vão ter bandas chiques, comidas chiques e centenas de pessoas chiques. Quando foi a última vez que tivemos tantas pessoas aqui de uma só vez?

— Este é um parque público. Ou seja, para o público.

— Até parece. Este lugar não é mais público do que a água.

Diwata estava certa, Diwata estava sempre certa. Há muito tempo, o zoológico era gratuito, mas agora cobrava vinte e cinco dólares de entrada, mais estacionamento. No Safari Café, as batatas fritas custavam oito dólares; uma garrafa de água, dez. Agora, pouco depois do amanhecer, o zoológico estava frio e deserto, um guardanapo solto se contorcendo embaixo das mesas de café, prestes a se deixar levar pelo vento fresco do lago. Mas o lugar não estaria mais cheio depois de abrir, nem no almoço, nem no jantar. Não haveria multidões sorridentes de crianças amontoadas na Floresta Macaque, nenhuma família lotando o Trem da Aventura Lionel, e o Carrossel de Espécies em Risco de Extinção AT&T continuaria girando e girando sozinho, imaginando as espécies que poderiam entrar nele algum dia, se ainda houvesse alguém para esculpir um urso-polar ou um tigre.

A raiva antiga e frustrada cresceu dentro dela, amargurando suas entranhas. Embora ela fosse pagar por isso depois, Jude virou o resto do café em um único gole longo e amassou o copo. Não adiantou muito. Só uma coisa adiantaria, mas ela nunca mais faria aquilo.

Ela jogou o copo amassado na lixeira mais próxima.

— Ponto — disse ela. As moscas e formigas e os outros insetos enfiados dentro da lixeira reclamaram com o equivalente inseto de "Porra, estamos tentando comer em paz aqui!" Mas Jude tinha muita prática para não reagir a linguagens que somente ela entendia.

O rosto de Diwata se suavizou, as rugas relaxando.

— Escuta, criança. Talvez essa festa não seja tão ruim assim.

Jude odiava quando Diwata sentia pena dela. Ela levou a mão sobre o celular no bolso como se de repente precisasse fazer uma ligação, participar de uma reunião, fazer uma reserva.

— Pode parar — respondeu Jude.

Diwata suspirou, soando um pouco como Lolo. Velha, dolorida e desapontada.

— Só quero dizer que talvez haja algumas pessoas para você. Pessoas jovens. Não imbecis. — Seus olhos giraram para o rapaz com a pele acobreada e depois se voltaram para Jude. — Sei que você discorda, sei o quanto você adora Lolo, Nell e os outros, mas você precisa encontrar seu próprio bando.

— Lolo é meu bando. Olive e Nell são.

— Estou falando de humanos.

— Humanos também são animais — disse Jude.

— Corta essa. — Diwata balançou a mão venosa e retorcida. — Todo mundo precisa de alguém.

— Eu tenho você.

— Não foi isso que eu quis dizer. Encontre uma namorada. Encontre um namorado. Encontre *amigos*. Divirta-se. Você precisa se divertir de vez em quando, tá bom? Você lembra como é.

Ela lembrava.

Havia um animal que vomitava o próprio estômago para distrair os predadores, mas Jude não conseguia se lembrar de qual era. Diwata era a coisa mais distante de um predador e a coisa mais próxima de um bando que Jude tinha, mas Jude vomitou o Mojo Joe nas botas delas mesmo assim, mais uma sujeira que elas teriam que limpar.

🝆

"*Encontre filmes da Disney.*"
"*Quantos dias faz desde que comi?*"
"*Quando todo o gelo derreteu?*"
"*Toque um blues.*"
"*Falta muito?*"
"*Manda mensagem para o Brett dizendo que vou me atrasar.*"

Depois de um longo dia alimentando animais, tirando esterco de baias e esfregando o que dava com a pouca água que ainda havia restado no sistema de captação de águas da chuva, Diwata e Jude botaram os animais para dormir, trancaram os portões. Do outro lado da rua do zoológico, seguranças recebiam moradores ricos nos prédios grandiosos com painéis solares por fora e vestíbulos de mármore por dentro enquanto Jude e Diwata caminhavam cinco quarteirões até o ponto de ônibus mais próximo. Por causa do baixo número de passageiros e da concorrência das frotas de táxis de direção autônoma, a cidade tinha cortado quase todas as linhas de ônibus. Isso significava que os ônibus estavam sempre lotados. Elas esperaram enquanto um primeiro ônibus coberto de pichações e depois mais outro passavam reto. Diwata abriu o zíper do casaco militar, relembrando velhas histórias de como os outonos e invernos de Chicago eram frios antigamente, "Ficava tão frio que a respiração congelava no vento! A neve chegava até aqui! Todos se encapotavam de casaco, até pareciam ursos!". Agora, o céu tinha o mesmo roxo furioso que tinha ao amanhecer, o ar seco o bastante para eletrizar o cabelo de Jude. Quando ela tentou ajeitar o cabelo, levou um choque, se assustou.

Diwata riu.

— Que dupla nós fazemos.

E faziam. Diwata, beirando os setenta, encurvada e pequena no casaco de lã verde-oliva que sua mulher tinha ganhado enquanto lutava em uma guerra ou outra, e Jude, beirando o infinito, desengonçada e alta, sem nada além de uma camiseta rasgada e uma calça jeans, longos fios de cabelos pretos caindo em suas bochechas pálidas como a lua. Outra mulher, ainda usando uma máscara cirúrgica por causa do último surto de gripe aviária, se juntou a elas no ponto, atrevendo-se a olhá-las apenas uma vez. Quando Jude mostrou os dentes para ela, os olhos da mulher se arregalaram. Ela saiu correndo sem esperar o próximo ônibus, os saltos das botas batendo na calçada.

— Isso foi maldade — disse Diwata.

— Tudo que fiz foi sorrir.

— A-hã.

Elas esperaram os próximos dez minutos em silêncio. Mas, por mais que o ônibus demorasse, Jude não deixaria Diwata esperar sozinha, e Diwata tinha parado de reclamar no dia em que tirou Jude da Casa do Leão — um pacto tácito. Na maioria das vezes, a coragem de Jude bastava para afugentar potenciais assaltantes. Na maioria das vezes.

Um terceiro ônibus passou ruidosamente sem parar. Na frente de um mercado, um homem curvado estendia uma xícara vazia para clientes que entravam e saíam.

— Alguma coisa para beber, senhora? Senhor? — Mesmo quando as pessoas faziam que não, o homem dizia: — Deus te abençoe.

Diwata comentou:

— E se você pudesse fazer alguma coisa sobre tudo isso?

— Sobre o quê? — perguntou Jude. — O que você acha que eu poderia fazer?

— Não sei.

Havia muita coisa que Diwata não sabia. Ela não sabia que, não muito tempo antes, Jude tinha se deitado na floresta, na esperança de alimentar coiotes famintos com sua própria carne. Não sabia que Jude havia entrado no lago e se esforçado ao máximo para se afogar. Diwata não sabia o que as leoas tinham feito para salvá-la.

Finalmente, o ônibus parou com um ronco. Antes de subir, Diwata disse:

— Quer vir comigo? Vivian vai fazer frango adobo. Não uma imitação, o de verdade.

— Fica para a próxima — respondeu Jude.

Com essa mentira, Diwata assentiu, e depois subiu a bordo. Jude observou o ônibus se afastar e começou o longo caminho de volta para casa. Cabeça baixa, mãos enfiadas nos bolsos da calça jeans, ela desviou de passantes e mensageiros, estudantes e criminosos. Um ou outro cachorro latia freneticamente para ela, "Não me coma, não me coma, NÃO ME COMA", até ela murmurar que eles estavam a salvo, que ela não faria mal a eles nem a seus humanos.

— Menina — comentou um garoto latino com um leve bigode pubescente, puxando seu vira-lata para longe dela —, você é sinistra.

— E não sou?

A noite caiu sobre a cidade, e ela ainda estava andando. Essa era a única coisa que havia se mantido desde antigamente, essa caminhada noturna. Antes ela caminhava a ponto de não ter mais como voltar para a casinha em Jefferson Park, o bangalô de tijolos que era tão adorável por fora e tão terrível por dentro. Sua mãe precisava do seu pai, mas seu pai precisava da oxicodona; suas brigas podiam ser ouvidas a quilômetros de distância. Jude começou a beber no ensino fundamental para anestesiar os socos e abafar o barulho. Depois, usou meninos para passar o tempo. Quando o país foi tomado pelo terror da gripe aviária e os pais dos meninos ficaram em casa, Jude se viu em casas noturnas subterrâneas com outras almas perdidas, desafiando a Mãe Natureza a dar o seu melhor golpe contra elas. O dela veio na forma de mais um menino, o mais bonito que Jude tinha visto, cintilante e áureo. Ele disse que a amava. E ele a tinha amado, à sua maneira, embora seu amor fosse a ruína dos dois.

Outra ruína: Buckingham Fountain. A cidade não tinha água suficiente para mantê-la funcionando, então os tanques estavam vazios, os dragões esculturais tão sedentos quanto todos os outros. O belo menino de ouro tinha uma queda por seres mágicos: unicórnios, basiliscos, grifos, quimeras e outras criaturas de todos os tipos.

— *Você* é o ser mágico — ela tinha dito a ele.

— Sim — respondeu ele, jogando-a para trás em um colchão sujo. — Sim, eu sou.

Agora, as luzes dos prédios do centro olhavam fixamente para ela como muitos olhos amarelos: "E se você pudesse fazer alguma coisa sobre tudo isso? E se?"

Algumas perguntas não se fazem. A velha sede nauseada apertou seu estômago, pulsou na base da sua língua. Se ela não continuasse em movimento, a sede permearia o ar como um perfume, chamaria as pessoas ao redor dela. Eles viriam até ela, quer ela quisesse quer não, se ofereceriam, por mais que se seus olhos se revirassem de confusão e pavor.

Então ela continuou avançando, como um tubarão na água, nadando para não morrer. Como se pudesse morrer. Mas ela não fazia contato visual com ninguém, ela não ficava em nenhum lugar tempo suficiente para revelar seu desespero. Uma hora se passou. Depois duas. As multidões de pessoas minguaram até desaparecer. Jude ficou apenas com a lua catarata, uma mancha turva no céu.

Ela ouviu o homem muito antes de o ver, muito mais desesperado do que ela. Embora pudesse ter desviado dele com facilidade, ela não se deu ao trabalho. Ele mostrou a faca para ela, uma coisinha miserável, e exigiu o dinheiro dela.

— Não tenho nada — afirmou ela.

Os olhos dele ganharam um brilho voraz que ela já tinha visto antes.

— Alguma coisa você tem. — Ele tentou puxá-la para pegar o que queria. Ele não gostou da gargalhada alta dela, do giro do punho que fez a faca sair voando. — Vou machucar você por isso — rosnou ele. E partiu para cima.

Ela o apanhou pelo moletom, o girou de um lado para o outro até ele gritar, enjoado. Então ela o puxou para perto, deixou que ele visse as adagas brilhantes de seus dentes, deixou que ele sentisse o cheiro da dessecação no hálito dela.

— Se quiser — disse ela —, posso dar motivos para você berrar.

Ele não queria.

Ela o empurrou, o deixou arfando na calçada. Ele não era nenhum tipo especial de fera. E ela também não. Ela acabou no mesmo lugar em que tinha começado: o zoológico. Escalou a cerca externa e digitou o código da jaula interna de Lolo. Lolo estava dormindo na caverna artificial do canto. Jude entrou na ponta dos pés e se aconchegou no peito de Lolo, seu coração grande de ursa tiquetaqueando os minutos até o raiar do dia.

🌢

*"Quando as Florida Keys desapareceram?"*
*"Como os aprimoramentos funcionam?"*
*"Quanto tempo o corpo humano consegue sobreviver sem água?"*
*"Quanta perda de sangue é perda demais?"*
*"Toque canções de baleia."*

A manhã chegou e, com ela, dois caminhões-pipa.

— Tinham prometido cinco caminhões-pipa — exclamou Jude.

— Em cavalo dado não se olham os dentes — respondeu Diwata.

— O que isso quer dizer?

— Quer dizer que é melhor ir à Casa de Rapina. Raul precisa de ajuda com Pêssega. Alguma coisa com a asa dela.

Pêssega, a coruja das neves, era meio desaforada. O que era um eufemismo. Pêssega arrancaria seus olhos se você não tomasse cuidado. Raul — o Raul magrelo com a pele escura cinza de medo ou só descaso — estava correndo pela jaula das aves de rapina, praguejando, enquanto Pêssega batia as asas quebradas atrás dele.

— Sai daqui, Raul — comentou Jude. — Eu cuido disso.

— Obrigado — disse Raul, saindo do habitat. — Ela quase arrancou um pedaço do meu rosto.

Dentro da jaula das aves de rapina, Jude respondeu aos gritos de "DOR, DOR, DOR" com:

— Shhh, shhhhh. Calma, sua monstra bobinha. — Pêssega deixou Jude cutucá-la, examinar a asa quebrada. Ela não fazia ideia de como a ave poderia ter se lesionado. Jude se lembrou do menino de ouro falando para ela sobre o caládrio, uma ave branca que comia a doença de uma pessoa e depois levantava voo, curando a pessoa e também se curando.

Pêssega colocou a cabeça embaixo do braço de Jude, que comentou:

— Coitadinha. Que tipo de doença você comeu?

— O mundo todo está doente — disse Raul, observando através da tela. — O que isso tem a ver com uma asa quebrada?

— O mundo também está quebrado — afirmou Jude.

— Dá no mesmo.

Atrás de Raul, dois organizadores de festa apareceram.

— Ei! Segura o pássaro para tirarmos algumas fotos!

— Ela não é um peru e hoje não é Ação de Graças — exclamou Jude, aconchegando Pêssega junto ao corpo.

— Ah. Ela está machucada. — Era o menino de cabelo escuro e pele marrom, que parecia muito mais jovem do que Jude tinha achado.

— E daí? — disse o rapaz branco ao lado dele. Ele estava com o dedo ao lado do pescoço onde seu implante de computador se conectava com o fone de ouvido e a lente em seu olho. Então, um aprimorado. E mais um babaca. — Que merda. Essas fotos não estão saindo. — Ele apertou a lateral do pescoço outra vez. — Que merda.

— Vem, cara. Deixa a menina em paz — chamou o rapaz de pele marrom. Seus olhos eram grandes e escuros e úmidos. — Desculpa incomodar você, moça.

— Moça? — indagou o amigo dele, incrédulo. — Nossa, Sanjay. Ela está coberta de cocô de pássaro.

— Oi, Sanjay — disse ela, e sorriu.

Ele deveria ter ficado assustado, todos ficavam assustados. Mas Sanjay não pareceu assustado. Ele disse:

— A gente se encontra depois?
— Talvez — respondeu Jude. Sua voz soou estranha até mesmo para ela.

♦

"*Abrir Fotos.*"
"*Devo levar um guarda-chuva?*"
"*Me conta a história de Judith.*"
"*Toque minha playlist de dança.*"
"*Manda mensagem para Brett dizendo que estou a caminho.*"

Mais tarde, Jude se viu de volta na Buckingham Fountain, sentada nas costas de um dragão de pedra, como se ele pudesse levá-la a um lugar onde ela faria sentido para si mesma, onde poderia assustar as pessoas quando quisesse, onde a sede não a estivesse deixando seca por dentro.

E, como ela ficou sentada ali por tempo demais, elas vieram. As meninas. Cinco delas, atravessando o Grant Park, um bando de cabelos desfiados e saias curtas, coturnos de couro sintético e tatuagens toscas. O coração de Jude ardeu junto com seu estômago. Não muito tempo atrás, ela poderia ter sido uma delas, perdida e solitária, tornando-se uma ovelha rebelde antes que outra pessoa fizesse isso.

— Está olhando o quê, vadia? — disse a líder, uma menina grande e robusta de pele branca e mechas listradas.

— As estrelas — respondeu Jude. — E você?

— Escuta só essa — comenta a menina corpulenta. — O que você está fumando? Tem maconha para nós? Tem doce? — A menina se aproximou, atraída pela sede de Jude.

Jude lambeu os lábios secos.

— É melhor você ir para casa, se tiver uma.

A menina abriu os braços:

— A cidade toda é nossa casa. Talvez seja melhor *você* ir.

Jude tinha pensado muitas vezes em partir. Mas aonde ela iria? E quem tomaria conta de Lolo, Olive, Nell e os outros? Quem cuidaria de Diwata? O mundo poderia estar morrendo, mas ela não deveria ficar por perto, ainda que a única coisa que pudesse fazer fosse aliviar um pouco a dor?

— Ei! Estou falando com você — exclamou a menina corpulenta. As outras quatro a cercaram com um coro de "É, vadia" e "Estamos falando com você, sua puta".

— Não estou fumando nada, e não tenho doce para vocês — disse Jude.

A menina corpulenta riu um riso corpulento, chegou mais perto.

— E esse celular no seu bolso? Alguém pagaria uma grana por ele. — Ela estava tão perto agora, que Jude poderia ter traçado as linhas de suas coxas musculosas, grossas e firmes sob as meias arrastão. O pulso se acelerou no pescoço branco da menina, o sangue chamando sob a pele.

— Sério — disse Jude. — É melhor ir enquanto pode.

— Ir? — indagou a menina. — Eu não... — Uma ruga apareceu entre suas sobrancelhas, contra a sua vontade.

— Hannah? — chamou a menina mais distante. — O que quer que a gente faça?

— Faça? — repetiu Hannah. Os pés de Hannah a arrastaram para a frente. Ela não passava de um coelho, não passava de presa, bela em seu sacrifício.

Uma das outras meninas puxou o braço de Hannah.

— Você está bem?

Hannah se livrou da outra menina, o peito arfando, os olhos febris sem deixar os de Jude.

— Sinto você — murmurou ela. — Seus dentes.

— Que merda você está falando, Hannah? — disse outra menina, e então observou os próprios pés, horrorizada, enquanto dava um passo na direção de Jude.

Para Jude, Hannah disse:

— Eu estou... estou pronta. Por favor.

Jude ergueu o braço e colocou a mão na bochecha de Hannah. Hanna virou a cabeça. Jude se inclinou para a frente, sedenta, tão sedenta, mas Hannah também tinha sede. Todas essas meninas tinham.

O espaço entre as escápulas de Jude coçou, depois ardeu, uma dor tão profunda que Jude não conseguiria alcançar nem se tentasse. Ela poderia tomar Hannah, poderia tomar todas, mas o que isso mudaria?

— Também achei que estava pronta — respondeu Jude, tirando a mão da pele quente de Hannah. — Mas não estou. Ninguém está.

Hannah chacoalhou a cabeça, piscou. Deu um passo para trás, depois outro, os joelhos ondeados tremendo.

— Se encostar de novo em mim, encho você de porrada.

— Sim — disse Jude. — Óbvio que enche.

💧

*"Vai fazer calor hoje?"*
*"Vai fazer frio?"*
*"Quem está perto de mim?"*
*"Você está vindo?"*
*"Você está aqui?"*

Os organizadores da festa intensificaram a organização. Dezenas de pessoas surgiram no parque, pendurando luminárias e cartazes. Mais caminhões vieram — alguns com água, outros com cadeiras, mesas e toalhas de mesa. Jude fez o possível para ignorá-los, só descontando a raiva uma vez, quando um deles, uma mulher branca de meia-idade com o cabelo afofado e aprimoramentos, sugeriu que Lolo fosse transferida para o habitat interno durante a festa.

— Aquele bicho parece semimorto — disse ela.

Jude respondeu com a voz doce:

— Melhor do que estar completamente morto, não? — Depois atirou um pedaço de "salmão" na cabeça afofada dela.

— O que deu em você? — disse Diwata.

— Nada — respondeu Jude, o que era verdade.

— Você precisa de uma folga — disse Diwata. — Vá para casa. Apareça somente quando estiver de volta ao normal.

De volta ao normal? E como exatamente seria isso? Sua caminhada noturna a levou para o noroeste, até o Jefferson Park. A casa estava exatamente como ela se lembrava, um pequeno bangalô aninhado entre outros pequenos bangalôs. Ela deu a volta até os fundos da casa, saltando para o telhado do pórtico. Através da janela, viu seus pais dormindo. Sua mãe estava com um braço sobre o rosto, cobrindo os olhos, seu pai estava boquiaberto e roncando. Ela abriu a janela e entrou. Frascos de comprimidos enchiam a superfície da mesa de cabeceira, e o quarto cheirava a fumaça parada.

Mas ela não deve ter sido tão silenciosa quanto desejava, porque os olhos de seu pai se abriram.

— Judy? — disse ele, com a voz grossa de cerveja, remédios e sono. — É você?

— Não — respondeu ela.

Ele se levantou com dificuldade.

— O que está fazendo? Que horas são?

— Tarde. Cedo. Depende do seu ponto de vista.

— Hein?

— Deixa para lá.

Ele esfregou os olhos.

— Você está péssima. Está doente?

"O mundo inteiro está doente."

— Você está? — perguntou ela.

— Minhas costas — comentou ele. — Sabe como é. Ei, tem algum dinheiro aí?

Fazia um ano que ela não vinha aqui; seria de se esperar que ele ficaria mais surpreso em vê-la. Feliz, talvez. Mas esse não era um lugar para felicidade. Por um breve momento, Jude quis virar a cama, jogar os dois no chão. Quis falar de amor e sede e o que essas duas coisas haviam feito com ela quando seus pais não estavam olhando. Quis contar sobre o menino de ouro, aquele que adorava as feras dos contos de fadas, aquele que também era uma fera. As coisas que ele havia tirado dela: vontade, sangue e humanidade.

Mas ela não estava ali para nada disso.

— Pede dinheiro para minha mãe — respondeu Jude. — Ela ainda está pagando meu celular.

— Quê? Como? — Ele empurrou a mãe de Jude. — Acorda, sua vaca. Você anda escondendo dinheiro de mim.

A mãe virou de lado.

—Vai se foder, Mike.

— Judy acabou de me contar.

—Vai se foder você também, Judy.

Jude os deixou com sua briga inevitável e entrou em seu antigo quarto, surpresa ao encontrá-lo igual — roupas espalhadas por toda a cama e pelo carpete, batons antigos acumulando poeira em cima da cômoda. Ela encontrou uma mochila e enfiou algumas roupas dentro dela. Depois pendurou a mochila, saiu pela porta da cozinha. Caminhou até o zoológico, chegando com o sol. Colocou a bolsa de couro no armário e começou sua rotina matinal. Diwata veio e a ajudou a dar comida para Lolo. Lolo não demonstrou nenhum interesse pela comida, mas adorou o balde em que ela veio e o colocou na cabeça como um chapéu. Quando Diwata falou que ela estava ridícula, Lolo choramingou e grunhiu até Jude colocar o balde na própria cabeça.

Enquanto Jude, Diwata e o restante dos funcionários do zoológico soltavam os animais nos habitat externos, um exército usando camisetas pretas iguais surgiu diante deles. As camisetas diziam GRANDE FESTANÇA DE ANIVERSÁRIO DE B, e as pessoas que as usavam cercaram a propriedade em carrinhos de golfe, entregando comida e bebidas a cafés e barracas de comida. Caminhões de água surgiram de todos os lados, e os tratadores receberam ordens de banhar os animais e dar "uma ajeitada nessas belezinhas". Um caminhão de mudança chegou e estacionou entre a Loja de Presentes Seres Selvagens e a Casa do Leão. As pessoas de camiseta montaram um palco e depois tiraram do caminhão móveis de área externa e colocaram cadeiras e sofás em volta de fogueiras transportáveis. Milhares de luzinhas enfeitaram árvores e gaiolas, colocadas meticulosamente por homens de luva e pernas de pau. Dezenas de seguranças vigiavam pessoas e animais, os dedos apertavam os equipamentos instalados cirurgicamente atrás das orelhas de couve-flor, os olhos cheios de desconfiança e desprezo. Um deles pegou Jude pelo braço quando ela ia lavar Olive e Nell.

— Ei! Cadê seu crachá?

Jude baixou os olhos para a mão do homem, resistiu ao impulso de arrancar os dedos dele com os dentes. Em vez disso, ela tirou o crachá desbotado do bolso da frente.

— Aqui — disse ela, e sorriu.

O homem oscilou para trás, e murmurou:

— Desculpa — e soltou-a. — D... desculpa.

— Eu sei — comentou ela.

Dentro do habitat dos leões, Olive, a leoa menor e mais magra, se esfregou nos joelhos de Jude. "Menina monstra", ronronou Olive. Nell se levantou nas patas traseiras, colocou as patas nos ombros de Jude e lambeu o rosto dela. "Menina favorita", ressoou Nell. "O que você nos trouxe hoje?"

Jude tentou ignorar os de camiseta e os seguranças enquanto lavava o habitat dos leões com a mangueira, enquanto acariciava os leões. Olive e Nell tomavam a água em grandes goles ávidos.

— Bons gatinhos — falou Jude a eles.

Um dos de camiseta disse:

— Ei! Menina gótica! Preciso de umas fotos boas para publicar no feed social. Será que você pode encontrar um brinquedo ou coisa assim para seus amigos peludos?

— Vou tentar — respondeu Jude.

Pouco antes do horário em que os convidados de honra chegariam, Jude encontrou Diwata no vestiário de funcionários. Diwata a encarou, espantada.

— Quase não reconheci você. Penteou o cabelo? E que roupa é essa que você está usando?

As roupas que Jude havia pegado em seu antigo quarto, sua antiga vida: saia curta, meias arrastão, coturnos de couro sintético.

— Lembrei do que você disse. Que eu poderia fazer algo em relação a isso tudo. Talvez eu possa conhecer algumas pessoas.

Diwata ficou em silêncio por um longo momento. Depois comentou:

— Desde quando você me escuta?

— Desde agora, acho.

— Certo. Você parece... — Diwata inclinou a cabeça, considerando.

— O quê?

— Jovem e desesperada. Você vai fazer muitos... amigos. Se é isso que quer.

Jude não respondeu, deu um gole da garrafa de água que Diwata tinha lhe dado. Ela se perguntou por que Diwata não era atraída por ela como os outros, mas, enfim, talvez fosse, mas de um jeito diferente. Diwata a havia salvado. Jude tinha pensado que estava recompensando a gentileza levando Diwata ao ponto de ônibus toda noite, mas agora isso parecia bobagem. Não era isso que Diwata havia pedido para ela fazer.

— Vem comigo? — disse Jude. — Estou um pouco nervosa.

— Não acredito em você — respondeu Diwata. — Você não tem medo de nada. — Mas Diwata seguiu na frente de Jude como sempre fazia, abrindo um caminho em meio a multidão de convidados, a maioria já bêbada e agitada.

Diwata resmungou:

— Se alguns desses imbecis sequer olhar para os meus animais do jeito errado, eles vão pagar caro.

Elas chegaram à grande tenda no meio da galeria principal, onde o aniversariante presidia a corte como algum tipo de rei. Ele era razoavelmente alto, com o cabelo grisalho e um rosto avermelhado, uma boca pequena e tacanha como de uma lampreia. Ele carregava uma garrafa de cerveja em uma das mãos, e fazia gestos largos com ela. Ao seu redor, outros homens de rosto avermelhado riam junto com ele, ou brindavam com ele, ou davam tapinhas em suas costas.

— Feliz aniversário, BK! Você é o cara!

Diwata e Jude encontraram alguns lugares perto do bar e esperaram. Do outro lado do salão, Sanjay estava com outro grupo de organizadores da festa. Ele acenou para ela, seus grandes olhos úmidos o faziam parecer mais jovem, como um cervo em uma floresta emaranhada. Ela torceu para que ele não tivesse medo dela, depois.

— Você nunca me disse de quem era o sangue — comentou Diwata.

— Quê?

— Quando encontrei você com Olive e Nell. Tinha sangue por toda parte. Lembra como demorou para limpar?

— Ah. Aquilo. — Jude tinha se oferecido ao menino de ouro que ela amava e, em troca, ele a havia oferecido para algumas feras mágicas que ele amava mais. Ela era para ser o brinquedo, mas havia se tornado outra coisa. Algo com garras, algo com dentes, blá-blá-blá. Um tipo diferente de fera. Ela tinha dado as primeiras mordidas, mas deixou Olive e Nell fazerem o resto.

Diwata tamborilou os dedos no tampo do balcão.

— Só quero saber se ele mereceu.

— Mais do que eu merecia.

Havia outras pessoas que mereciam, muitas outras.

Não demorou para que os olhos do aniversariante a encontrasse, jovem e desesperada e tão, mas tão sedenta em suas meias arrastão e sua saia. Ele se dirigiu até ela.

— Olá, moças — disse ele. — Estão se divertindo?

Diwata grunhiu, mas Jude respondeu:

— Estou tendo o melhor dia de toda minha vida.

A boca fina do homem se abriu em um sorriso largo.

— Posso pegar alguma coisa para você? Cerveja? Água?

Pela primeira vez, Jude se deliciou com a própria sede, o poder dela. Ela sentiu a coceira entre as escápulas, onde as asas sairiam de suas costas na primeira mordida.

Jude alisou a saia sobre as coxas.

— Água seria ótimo, obrigada.

# MORCEGOS

## ou "Os mais fofos e incompreendidos roedores voadores"

## Zoraida Córdova & Natalie C. Parker

É difícil se imaginar falando sobre vampiros sem mencionar o pequeno roedor mais gótico da natureza, o morcego. Mas os morcegos nem sempre foram parte da tradição vampírica. Sim, o conde Drácula se transforma em um morcego em *Drácula* de Bram Stoker. Mas também consegue viajar nas partículas do luar e se metamorfosear em um lobo, um cachorro e em névoa. Então por que Drácula não se transforma em um coelho ou uma borboleta? Será que é porque essas criaturas são fofas demais e ficam devendo no departamento de "ter presas"? Uma teoria é que os conquistadores espanhóis levaram histórias de morcegos sugadores de sangue das Américas quando voltaram para a Europa, introduzindo todo um mundo de terror para seu continente natal. Morcegos sugadores de sangue estão evidentemente a um passo de distância de humanos bebedores de sangue ou monstros, certo??? Infelizmente, os morcegos-vampiros do mundo real não lhe darão imortalidade — apenas raiva. Assim como as bruxas têm familiares felinos, a relação entre criaturas sobrenaturais e animais é tão forte que elas às vezes se transformam neles. Na história de Laura, Jude foi transformada contra a sua vontade, e isso a deixou furiosa e isolada, mas ela encontra seu lugar em meio às feras.

Se o seu eu vampírico pudesse se metamorfosear em uma criatura, qual você escolheria?

# ESPELHOS, JANELAS & SELFIES

## MARK OSHIRO

menin0invisivel
5 de junho de 2018

~~Você sabe como é ser invisível?~~
~~Sabe como é não se ver?~~
Abri isto porque não tenho ninguém com quem conversar. Não estou sendo melodramático. Faz muito tempo que estou lendo as palavras dos outros, mas está na hora de falar.

Meu nome é Cisco.

(Respira fundo.)

Sou um vampiro.

(Clichê, eu sei.)

E sou completamente sozinho.

Bom, tenho meus pais, mas não me sinto próximo deles nos últimos tempos. E não naquele sentido piegas que você deve ter pensado; eles me veem mais como uma anomalia do que qualquer outra coisa. Não era para eu existir e, no entanto, aqui estou! Jogado no mundo, uma impossibilidade, e nem posso escolher.

Abri isto porque talvez ajude minha vida a ser um pouco mais suportável. Não sei. Não tenho planos grandiosos para isto aqui. Só preciso falar sobre como não me vejo.

Literalmente.

Não sei como sou.

Bem triste, não?

0 Comentários
6 Reações

menin0invisivel
6 de junho de 2018

Existem regras. Não posso quebrá-las. Minha vida é uma dádiva, dizem. Vampiros não procriam, segundo meus pais, que em geral são a única fonte de informação sobre minha espécie.

Portanto, essas regras existem para me proteger. Para me manter vivo e a salvo. Para me manter longe dos outros clãs, dos vampiros que farão coisas terríveis comigo se souberem que existo. Sou único e especial demais. Vampiros são territorialistas, é evidente, mas mami e papi supõem que o pior está por vir, porque… enfim, não era para eu existir.

Por isso vivemos escondidos, longe, no meio do nada, e sei as regras desde que me entendo por gente.

**As regras**

1) Devo ser supervisionado o tempo todo. Sério. Nada de ir para longe de mami y papi. Quebrei essa regra por períodos curtos — talvez alguns minutos aqui e ali — mas é sério: eles estão sempre por perto. Não posso nem caçar por conta própria. É arriscado demais, embora estejamos isolados dos outros, porque alguém poderia me encontrar. Poderiam descobrir que existo. Esse é o pior desfecho possível para meus pais: que eu seja descoberto, levado, dissecado, estudado, que o conhecimento da minha

existência traga dor e morte a todos. Por isso, vivemos em uma fazenda abandonada perto de... bom, digamos apenas que em algum lugar como Blythe. Ou Sheridan. Ou Freeburg. Estamos sempre no meio do nada. Às vezes, existem algumas casas espalhadas aqui e ali, mas, em geral... nada por quilômetros e quilômetros.

E, *mesmo assim*, não posso ficar longe dos olhos deles.

2) Nada de fotos, de nenhum tipo. Nenhuma evidência no mundo de que existo. O que significa...
3) Nada de usar internet sem supervisão. Papi roubou um computador velho de uma escola muitos anos atrás e, às vezes, temos sorte de pegar algum sinal por perto. A mais ou menos meio quilômetro de onde estamos agora, continuando pela estrada de terra, há outra casa. Não faço ideia de quem vive lá. Mas eles aumentaram o sinal por algum motivo, e sua conexão deve estar bem bosta porque a uso toda vez que chega até nós, particularmente em dias de sol.

Mas encontro alguns momentos em que meus pais não estão prestando atenção. Quando estão ocupados. Quando consigo acessar todos os sites que não me deixariam acessar. Eles não querem que eu leia nenhuma das coisas desagradáveis que falam sobre vampiros. Há muita desinformação e propaganda, segundo eles.

Contudo, sei apagar o histórico de navegação. Mami y papi não são tão habilidosos assim, então não fazem ideia de como me impedir. Portanto, li muito sobre "nós". O que o mundo pensa dos vampiros. Vocês têm ideias estranhas sobre como somos. Mas não me sinto diferente em saber todos os mitos e rumores. O que há de tão ruim em *saber*?

4) Depois tem as pequenas coisas. As coisas que eles me falam que é verdade e que acredito neles porque não encontrei informações na internet para rebater. Então: nada de prata.

5) Nada de estacas de madeira. (Como se eu fosse enfiar uma estaca em mim mesmo... Até parece.)
6) Nada de espelhos. Pelo visto, eles eram forrados de prata e, mesmo não sendo mais, é difícil abandonar os velhos hábitos. É melhor não arriscar nem quebrar as regras.
7) Nada de interação com nenhum humano que não seja uma refeição, seja ela imediata ou planejada. Sabe o que isso quer dizer? Nunca tive uma conversa com nenhum de vocês. Nenhum. Ah, já falei com humanos, mas normalmente é quando eles estão apagando e estou agradecendo. Fora isso? Nada.
8) Nada de nada — é *tudo* proibido.

Certo, talvez esta última não seja uma regra de verdade. Mas sinto como se fosse. Minha vida é ordenada e segura. Acho que nunca fiz nada perigoso desde que nasci.

É tão sem graça quanto parece.

DescartavelUm: primeiro
8 Reações

menin0invisivel
8 de junho de 2018

Eu não deveria existir. Não é um saco pensar isso? Mas não é um pensamento. É quem eu sou. Eu não estava brincando sobre toda a história de procriar. Até onde sei, nunca houve um filho gerado por vampiros... *nunca*. Papi se sentou comigo quando eu era bem pequeno e me contou a história toda. Os vampiros existem há muito tempo — talvez mais do que aquilo que vocês consideram como "humanidade" — mas a única forma de criar novos vampiros é converter um humano, transformá-lo em um de nós. Mesmo assim, apesar dessa impossibilidade, mami ficou grávida, e então nasci nove meses depois. Exatamente como um humano.

Mas não sou humano.

Sou outra coisa.

É legal, acho. Consigo correr muito rápido sem me cansar, e consigo ver muito longe. Não consigo me transformar em um morcego; mami disse que não sabe de onde surgiu esse mito sobre vampiros. Embora eu descanse durante o dia, não fico com sono como vocês — só cansado. É mais uma meditação do que qualquer outra coisa.

Queria ver isso mais como um superpoder.

Porque tem se transformado em uma maldição.

Eles deixaram o clã no momento em que mami descobriu que estava grávida. Desaparecemos no norte de Appalachia, depois seguimos para o oeste. Não nos mudamos mais com tanta frequência, pelo menos não desde que descobrimos como o deserto é desolado. E por isso estou preso aqui. Sem ter muito o que fazer além de aprender sobre o mundo em vez de viver nele.

Sou um segredo.

Sou uma impossibilidade.

Estou cansado pra caralho disso tudo.

0 Comentários
7 Reações

menin0invisivel
10 de junho de 2018

Sabe o que fiz hoje de manhã?

Esperei.

Há um momento quando chega o amanhecer em que a luz consegue encher um cômodo sem me machucar. Já senti a luz do dia uma vez, quando era criança. Fiquei curioso. Você não entende? Vai me dizer que nunca testou os limites dos seus pais antes?

Certo, talvez não dessa forma. Não vou esquecer da maneira como o sol cortou minha pele naquela vez, cravando-se no fundo dos meus ossos, me envenenando por dias. Mami trouxe um velho para mim, alguém perto da morte que morava sozinho, e tomei todo o sangue dele para acelerar a cicatrização. Mesmo assim, fiquei nauseado e suado por uma semana.

Para nunca mais.

Mas encontrei um ponto ideal. Estou muito perto de fazer isso funcionar. Existe um breve momento em que o sol nasce no leste e é bloqueado pelos galhos do salgueiro perto de uma das janelas que não está fechada por tábuas. É só a essência da luz e, se eu virar a cabeça na direção da janela, está lá. Na tela do computador. A cor do meu rosto. Um breve reflexo dela. Não tem exatamente um contorno ali; está tudo turvo e arredondado, e não identifiquei os detalhes ainda. Não sei se é porque não temos reflexo em *lugar nenhum* ou porque é só uma superfície péssima. Mas estou decidido a me ver.

É isso que ocupa meu tempo em algumas manhãs, antes de o sol estar forte demais, antes de todos descermos para o porão que trancamos por dentro.

NinguemBeijaComoGastao: Aaaah, que medo. Adorei. Que história maneira!
4 Reações

menin0invisivel
12 de junho de 2018

Fiz uma coisa impulsiva hoje.

E me senti vivo.

Falei para papi que queria me deitar no telhado e observar as estrelas. Eu tinha lido sobre uma chuva de meteoros que apareceria sobre o deserto naquela noite, o que não era mentira. Ele disse que mostrei "iniciativa" ao querer explorar mais o mundo, e sorriu para mim, e isso fez seu bigode escuro e desgrenhado balançar em seu rosto largo. Senti uma coisa engraçada na barriga, uma sensação de cócegas, e gostei.

Às vezes, meus pais não eram tão maus.

Papi não me acompanhou a princípio; disse que sairia depois. Subi para o telhado com alguns saltos. Do alto, dava para ver por quilômetros em todas as direções. Era uma noite clara, fria e pacata, e eu conseguia ouvir os coiotes ao longe se parasse para prestar atenção, bloqueasse tudo na minha mente. Minha audição sempre tinha sido melhor do que minha visão.

Mas hoje havia uma faísca. Um clarão a meio quilômetro ao leste.

"Eles estão muito perto", minha mãe tinha me dito uma vez. "Nós os deixamos em paz. Não caçamos nas redondezas." Eu não fazia ideia de quem morava lá, mas sabia o que era aquele clarão.

Faróis.

Corri naquela direção sem pensar. Saltei do telhado e desatei a correr. Nunca tinha movido as pernas tão rapidamente, nunca tinha usado o poder do meu último sangue tão intensamente, nunca tinha sentido o ar do deserto passar pelo meu rosto daquela forma. Eu me concentrei no local daquele clarão e, segundos depois, parei diante da propriedade.

Eu tinha que ser rápido.

Correndo para o prédio, espiei dentro da janela mais próxima, deixei meus olhos se acostumarem com a falta de luz.

Não. Não era ali.

Corri para a porta dos fundos, atento aos sons do homem que se mexia lá dentro. Havia algum tipo de aparelho de metal no telhado, e me perguntei se era o que impulsionava seu sinal de wi-fi para tão longe da sua casa.

Dei mais uma espiada.

Sua casa era atulhada, cheia de sucatas de metal, fios, placas-mães, e alguns tipos de parafernálias eletrônicas. Mas não era o que eu estava buscando.

Olhei ao redor, vi minha casa ao longe. O pavor subiu pela minha garganta, e imaginei meu pai subindo no telhado para me acompanhar, descobrindo que eu não estava lá, sacando o que eu havia feito. "Mais rápido, Cisco!", disse a mim mesmo.

Uma luz se acendeu no outro cômodo. Ouvi a água caindo. Tinha que estar *lá*.

Dei a volta na ponta dos pés para o lado leste da casa, na direção da janela minúscula de onde vinha a luz amarelada. Pulei e coloquei os dedos no batente. Fiquei imóvel, em silêncio. Depois me ergui o mais devagar possível, torcendo para o homem lá dentro não me notar. Estreitei os olhos, tentando bloquear a luz e...

Nenhum espelho.

Ele não tinha espelho no próprio banheiro. Soltei-me e caí na terra sem fazer barulho. Estava saindo em disparada da casa do homem quando ouvi o rangido, o som de uma dobradiça enferrujada.

Dei meia-volta.

Não havia ninguém.

Mas ela foi soprada pelo vento. *A porta da caixa de correio.* Eu a abri.

Um envelope.

Eu o tirei. "Jairo Mendoza." E um endereço. Um endereço! Ah, como eu nunca tinha pensado nisso antes?

Repeti de novo e de novo e de novo e de novo e de novo e, enquanto corria de volta para casa, torcendo desesperadamente para meus pais ainda não terem subido para ver se eu estava lá, repeti mais uma vez.

Cheguei ao telhado segundos depois e, quando papi veio me fazer companhia, ele não disse nada por um tempo.

— É gostoso aqui — comentou ele.

— Sim — concordei.

Tive uma ideia. Não sei se vai dar certo.

NinguemBeijaComoGastao: Tá, agora viciei. Quando sai o próximo capítulo? Você deveria postar isso no AO3.
PossoGritar: Não é fanfic. Só fanfic vai pra lá.
NinguemBeijaComoGastao: Acho que é uma boa história mesmo assim. Quase parece de verdade kkkk
15 Reações

menin0invisivel
14 de junho de 2018

Consegui.
Consegui.

Foi muito pior dessa vez. Não tive chuva de meteoros para usar como álibi. Tínhamos acabado de ter minha aula sobre uma parte sem graça dos Estados Unidos. Odeio quando meus pais tentam me ensinar história porque... bom, normalmente eles estavam lá. Pelo menos nas últimas centenas de anos, digo. Eles trocam risadinhas e sorrisos irônicos, e fazem referências secretas a coisas, e isso me frustra. Porra, eles nunca me contam a parte boa! Eles só se atêm aos livros didáticos de ensino médio que roubaram, às vezes fazendo comentários sobre como o texto é "impreciso".

É outra forma como levo uma vida diferente da deles. E eles a estruturaram assim. Minha vida toda é estruturada.

Então, quando papi disse que daria uma volta até a escola para ver se tinham o livro de álgebra II, eu falei que não precisava de álgebra porque era um vampiro. Ele achou engraçado.

Ele foi mesmo assim.

Por quê? Por que eles querem que eu aprenda sobre coisas que não posso viver? Por que eu deveria me importar com história, matemática e ciências se eles não me deixam vivenciar o mundo?

Depois que meu pai foi embora, mami chegou perto de onde eu estava sentado com as costas na parede, irritação percorrendo meu corpo. Ela disse que desceria ao porão por alguns minutos.

— Já volto, mi hijo — disse ela, passando os dedos nos meus cachos pretos e me dando um beijo na testa.

Eu sabia que essa era minha janela de oportunidade.

Corri. Mais rápido do que na outra noite. Corri direto para a casa de Jairo e, quando cheguei à porta dos fundos, congelei.

Eu nunca tinha feito nada parecido antes.

Levei a mão à maçaneta e a girei devagar. Não fez nenhum barulho. Abri a porta e dei uma espiada lá dentro. Nenhum humano. Ninguém. Eu me movi em silêncio, parando a porta para que ela não batesse, e fui da cozinha até seu quarto.

Ele estava dormindo.

E foi tão difícil. Eu não me alimentava fazia dois meses e, embora meu autocontrole fosse razoável, eu conseguia escutar.

Tum, tum.

Tum, tum.

TUM, TUM.

Tão alto.

Tão... delicioso.

Mas eu tinha um motivo para estar lá. Cheguei perto da mesa de cabeceira e apanhei sua carteira, tirando dois cartões de crédito.

Saí alguns segundos depois.

E logo já estava em casa lendo um site de notícias, quando mami voltou a subir.

— Alguma coisa interessante acontecendo no mundo?

Fiz que não.

— Está tudo igual.

Ela suspirou.

— Nosso estoque está acabando. Quer sair para caçar amanhã?

Assenti.

— Sí, mami. — Comecei a falar alguma coisa, mas ela me interrompeu.

— Tu y yo, juntos — disse ela. A frustração se revirou dentro de mim com a lembrança: nunca sozinho.

Minha mãe me encarou e, em seus olhos, estava a mesma infantilização que em sua voz. Ela estava no controle. Eu não poderia decidir sozinho.

— Tá — murmurei. Meu rosto ardeu. — Juntos.

Ela bagunçou meu cabelo, e seu toque fez a raiva descer pela minha espinha.

— Quando você crescer, a gente conversa sobre isso.

Então ela saiu.

Ela estava na porta do quarto, a meio metro de mim, quando usei o cartão de crédito para encomendar uma câmera digital, uma com excelentes recursos de baixa luminosidade.

Vou fazer isso. Assim que chegar na casa dele, eu vou fazer isso.

NinguemBeijaComoGastao: como é que tenho tanto interesse assim em um desconhecido?

ACadaUmOQueLheCabe: pq vc escreve todas essas sentenças em uma linha só?
6 Reações

menin0invisivel
14 de junho de 2018

Como eu sou?

Meu nariz é fino? Largo? Já o apalpei antes. Acho que ele se alarga nas laterais. E minhas sobrancelhas? Minhas orelhas? Não tenho nada com que compará-las. Meus olhos são escuros? Claros? Como são meus cachos? Já *peguei* neles, mas não é a mesma coisa. É meu papi quem corta meu cabelo, só algumas vezes por ano, e, quando enrolo meus cachos nos dedos, um lado sempre parece mais curto do que o outro. Mas **não** consigo ver com meus próprios olhos. Ele diz que está ótimo e, **mais** uma vez, devo aceitar o que meus pais me falam. Não tenho poder de voz.

Vai rolar.

Vou ver com meus próprios olhos.

SouIgualAVocê: Vou ajudar você. Prometo.
4 Reações

menin0invisivel
15 de junho de 2018

Minha ambição me energizou na nossa caçada hoje à noite.

Estávamos a muitos quilômetros de casa, bem para o sul. Papi disse que conhecia um pequeno assentamento que cercava as montanhas naquela direção, e ele tinha certeza que poderíamos encontrar alguém. Alguém que ninguém estivesse procurando.

Estávamos correndo fazia uns dez minutos quando passamos por aquele lugar. Ao lado de um arvoredo de algarobeiras, ele cintilava sob a pouca luz do luar. Diminuí o ritmo, e mami foi a primeira a notar.

— Cisco, vámonos — ordenou ela. — Temos um longo caminho pela frente.

Caminhei até a beira do pequeno oásis, até o lago que ondulava sob a brisa leve. Eu me debrucei sobre a beira da água. Vi meu contorno, uma sombra e formas vagas, meu rosto se distorcendo nas ondas delicadas. Não era uma lua cheia, mas será que eu conseguiria ver mais como eu era? Tinha algumas semanas para descobrir.

Eu voltaria, disse a mim mesmo. Um plano B, por via das dúvidas.

Corri com meus pais. Não podia parar para pensar na água nem em meu reflexo cintilante, turvo.

NinguemBeijaComoGastao: Então, você não caçou *de verdade*, caçou?
MiseryBusiness: Acabei de encontrar este blog. Uau, que projeto maneiro.
　　Queria ter pensado nisso antes!
7 Reações

menin0invisivel
16 de junho de 2018

Passei muito tempo lendo sobre a vida dos outros. Devorei histórias de pessoas do mundo todo, que estão lidando com coisas que talvez sejam piores do que as que eu estou enfrentando. Mesmo assim, passo quase todos os dias me sentindo vazio, como se tudo que pudesse fazer fosse preencher as minhas lacunas com a vida de estranhos. Também quero me sentir completo um dia. Estou cansado de olhar dentro das janelas de suas casas e suas famílias.

Quero que alguém *me* veja.

Papi me disse que passo tempo demais no computador. Que deveria dar mais ouvidos a ele e a mami, que eles sabem mais sobre o mundo do que qualquer outra pessoa. Apenas sorri. O que eu deveria dizer? Eles não "vivem" no mundo há dezessete anos. Somos párias autoexilados desde que nasci. Como poderiam saber mais do que qualquer outra pessoa?

Preciso fazer isso. Papi acabou de me dar ainda mais certeza.

NinguemBeijaComoGastao: Estamos do seu lado! Kkkkk olha só, estou falando que nem uma pessoa obcecada.

MiseryBusiness: As pessoas vivem me dizendo que passo tempo demais na internet. Talvez se o mundo lá fora fosse melhor, eu passaria mais tempo nele.

CallOfDuty92301: Por que vcs curtem esse lixo melodramático? 👎

12 Reações

menin0invisivel
17 de junho de 2018

Corri até a casa de Jairo. Houve uma oportunidade breve para isso. Estou ficando bom em encontrar esses intervalos de tempo, e nossa caçada da outra noite me deu a energia de que eu tanto precisava. Pegamos um homem que estava espreitando a casa de outro, e me alimentei do meliante por quase uma hora. Não me senti culpado enquanto o sugava; o que foi bom. Às vezes, me sinto culpado quando temos que interromper uma vida. Mas nós os agradecemos pelo que nos deram. O sacrifício deles nos permite viver.

Mami riu quando me recostei e arrotei. Ela olhou em meu rosto por um longo tempo, e foi diferente do outro dia.

— Estás creciendo — disse ela, e seus olhos eram afetuosos. — *Talvez a gente deixe você caçar sozinho.*

Eu me empertiguei ao ouvir isso.

— ¿De veras?

Ela meneou a cabeça.

— Não tão cedo. Quando soubermos que podemos confiar em você. Quando soubermos que você vai seguir as regras.

— E não segui?

— Seguiu — respondeu ela. — Mas precisamos de mais alguns anos para ter certeza.

Ou seja... nunca.

É isso que ela queria dizer, não?

Levamos o homem conosco. Descobrimos que ele vivia sozinho, e não fez muito barulho.

Não havia correspondência na casa de Jairo hoje.

Talvez essa fosse uma péssima ideia.

0 Comentários
6 Reações

menin0invisivel
18 de junho de 2018

Sabe como é se sentir preso?

Cercado. Sem ter como fugir.

Não vejo como sair desta situação algum dia.

Desculpa. Não houve nenhuma entrega hoje. O dia de hoje me sugou.

Ha ha. Queria que isso fosse tão engraçado quanto pensei que seria.

NinguemBeijaComoGastao: Sinto muito. :(
3 Reações

menin0invisivel
19 de junho de 2018

Eles me descobriram.

Sou tão idiota. Eu deveria ter percebido que estava sendo fácil demais. Deveria saber que era bom demais para ser verdade.

Eles acharam que eu estava caçando sozinho. Estavam *orgulhosos* de mim. É por isso que me seguiram, de longe, observando-me enquanto eu saía em disparada de casa, entrando no deserto solitário.

Eles pensaram que eu estava pronto para me tornar outra coisa.

Em vez disso, viram quando me aproximei da casa.

Quando fui direto para a caixa de correio, sem prestar atenção em mais nada.

Quando a abri.

Peguei o pacote.

Rasguei a embalagem.

E Jairo Mendoza ergueu sua espingarda.

Apontou para mim.

Ouvi a pederneira estalar, depois vi uma névoa e, depois, um estouro, e mami jogou Jairo no chão. Gritou algo com ferocidade enquanto rasgava a garganta dele, um movimento fluido, um jato de sangue encharcando a areia sedenta.

Quando ela se levantou, sua mão não estava mais lá. Apenas um toco onde ela ficava.

Ela havia levado o tiro por mim. E lá estava eu, envergonhado, a caixa da câmera digital na minha mão, e papi estava gritando comigo, a mesma coisa vezes e mais vezes.

— ¿Qué hiciste, Cisco?!

O que *eu* fiz?

Minha mãe se alimentou, voraz, completamente. Jairo Mendoza desapareceu, esvaziado em questão de minutos, e ela arfou enquanto começava o processo de regeneração. Levaria dias. Seria doloroso.

— Fizemos isso para proteger você, mi hijo — disse ela, o vermelho escorrendo por sua garganta, sobre sua camisa já manchada. — Era para você seguir as regras. Por quê? Por que fez isso?

Eu não tinha o que dizer. Não conseguia explicar naquele momento e, mesmo agora, sentado no escuro, não sei o que dizer.

Eles enterraram o corpo dele muito longe. Disseram que ficaríamos bem, mas que era provável que teríamos que nos mudar em breve.

O sol está nascendo.

Preciso ir.

NinguemBeijaComoGastao: Volta! Estamos te ouvindo!
DescartavelUm: Isso ainda está rolando?
MiseryBusiness: Caramba, isso é real? Me sinto mal com esse lance todo.
 Vai que é um menino de verdade passando por umas tretas? Sei lá.
19 Reações

menin0invisivel
24 de junho de 2018

Não tenho mais o que dizer.
    Ele morreu. E é tudo culpa minha.

NinguemBeijaComoGastao: Você fez o que tinha que fazer. Por favor, volta!
VerdadeiroFaDeAnneRice: cara, esse blog é tão gay.
ACadaUmOQueLheCabe: @VerdadeiroFaDeAnneRice quem fala isso em pleno 2000-quer-biscoito?
18 Reações

menin0invisivel
29 de junho de 2018

Voltei para o lago hoje.
    A lua estava cheia, e eu não saía de casa desde que eles me pegaram. Falei para papi y mami a verdade desta vez: que precisava sair, mesmo que apenas uma hora, ou iria explodir. Acho que eles conseguiam ver como me sentia triste, como me arrependia do que tinha feito.
    — Una hora — disse mami. — Depois volte. ¿Entiendes?
    Fiz que sim.
    — Lo siento.
    Eu andava dizendo muito isso.
    Sabia que um deles me seguiria. Sabia que não me deixariam sozinho. Eles não confiavam em mim.
    Então, parei à beira daquela beleza cintilante, e fiquei desapontado ao ver que estava exatamente igual.
    Com os contornos desfocados. Indefinido. Disforme.
    Era um exercício tão inútil.
    Esse é o motivo pelo qual pensei tê-lo imaginado a princípio. Ergui os olhos para o vulto do outro lado do oásis, e pensei que talvez fosse mais um cacto saguaro, alto e silencioso.

Mas então ele deu um passo à frente.

Parou à beira do lago.

Consegui ver seu cabelo preto, brilhando sob a luz do luar.

Ele ergueu a mão para mim.

Respondi.

Olhei para o norte, onde eu pensava que encontraria papi me vigiando, mas ele não estava lá. Talvez estivesse escondido de novo. E, se estivesse, será que tinha visto essa pessoa acenar para mim?

Então: uma reverberação. Uma onda. Algo atravessou meu corpo, leve e formigante.

Eu me virei, foquei os olhos no rapaz.

Ele *sorriu*.

A onda passou de novo, e dei um passo à frente, a ponta do meu sapato agora na água, e o que quer que eu estivesse sentindo me puxava para a frente, para perto do menino.

Então... ele simplesmente desapareceu.

Uma nuvem de poeira se ergueu do lugar onde ele estava. Ele havia se movido tão rápido, e... seria possível? Ele era como... *eu*?

Outro vampiro. Parecia tão bizarro; eu tinha sido mantido longe dos outros toda minha vida e, às vezes, eles eram apenas um mito. Uma história. Um exagero.

Talvez seja isso que pareço para vocês. Apenas uma história.

Voltei para casa. Mami estava parada no batente, mexendo no cabelo. Ela estava nervosa. Vivia nervosa perto de mim agora, como se eu pudesse fazer algum movimento súbito e desaparecer. Toda a confiança se desfez, mas sabe o que é pior? Parecia que qualquer *esperança* que ela tivesse em mim, em meu crescimento, também tinha desaparecido.

— Você parece cansado — observou ela.

— Pareço? — indaguei. E então perguntei o que queria. — Como eu sou, então, mami?

Ela me examinou, seus olhos traçando meu rosto, e eu quis saber o que ela via. Será que ela via que eu estava com os nervos à flor da pele? Que sentia uma culpa sufocante?

— Você é bonito — respondeu. — Mas me assustou. Me deixou com medo de perder você.

— Desculpa — eu disse.

Notei que ela não tinha respondido à minha pergunta.

— As regras existem por um motivo — ela me lembrou. Então entrou rapidamente na cozinha.

Fodam-se as regras.

PossoGritar: caramba, que envolvimento com esta história. Você pode atualizar mais de uma vez por dia? kkkk por faavooooorr.
53 Reações

menin0invisivel
9 de julho de 2018

Encontro qualquer desculpa para voltar àquele lago hoje em dia.

Quero vê-lo de novo. Quero saber o que era aquela sensação. Quero tantas coisas.

Por isso vou toda noite desde aquela primeira noite, e ele nunca está lá.

Talvez eu o tenha imaginado. Dizem que a culpa pode fazer coisas malucas com a cabeça da gente. E não consigo tirar a imagem do esguicho de sangue da minha mente, embora eu já tenha visto sangue mais vezes do que consigo me lembrar. Mas minha mãe nunca havia matado ninguém daquela forma. *Nunca.*

Tudo dói muito. Como se a mais pesada das rochas estivesse em cima do meu peito e eu não conseguisse me livrar.

Vocês provavelmente não terão notícias minhas por um tempo.

NinguemBeijaComoGastão: Por favor volta. :(
68 Reações

menin0invisivel
16 de julho de 2018

Ele é real.

Ele é real.

Eu não estava imaginando.
ELE É REAL.

BrujaBorn: Espera, o que você quer dizer? Poxa, cara, faz outro post pra gente!
127 Reações

menin0invisivel
17 de julho de 2018

Desculpa, não queria deixar todos no suspense. Mami entrou no quarto, então tive que fechar a aba e fingir que estava pesquisando para a aula besta de história do papi daquela noite.

Aliás, de onde todos vocês *vieram*? Estou surpreso por alguém se interessar por essas falações sem sentido, mas... bem-vindos.

Ainda não acredito. Não estou sozinho.

Existem outros.

Ele estava lá desta vez e, quando apareceu na beira do oásis, quase não acreditei. Depois de tentar tantas vezes, por que agora? Por que *desta* vez?

Eu o senti antes de o ver. Nunca tinha sentido aquela onda, aquele rompante delicado, como senti quando esse menino estranho surgiu. Será um lance de vampiros? Será algo que conseguimos fazer? Meus pais nunca me falaram nada sobre isso, mas, eles meio que esconderam muitas coisas de mim. Enfim...

Ele sussurrou, e ouvi todas as palavras.

— Nós precisávamos ter certeza de que você estava sozinho — disse ele.

— "Nós"?

— Existem outros — comentou ele, e essas palavras... acertaram em meu peito, apertaram meu coração. — Estávamos vigiando você. Tentando encontrar o momento certo.

O deserto estava em silêncio ao nosso redor. Sua voz era grave, tão suave, suas palavras se moviam num ritmo cadenciado até meus ouvidos.

— O momento certo para quê?

— Para fazer contato.

E então ele surgiu ao meu lado.

— Sou Kwan — disse ele. — E você não está sozinho.

Hesitei, dei um passo para trás. Uma onda golpeou meu corpo, como se mãos invisíveis empurrassem meu peito. Ouvi tudo: os besouros revirando a terra. A cobra serpenteando sob um arbusto a oeste. O marulhar delicado da água na beira do lago. Era um coiote uivando ao longe? Virei a cabeça naquela direção, mas não consegui enxergar. A que distância ele estava? Cem quilômetros? Duzentos? Como eu poderia ouvir de tão longe? Eu me concentrei no rosto de Kwan, bloqueando a invasão súbita de sons.

— É novo, não é?

Sua voz era confiante. Quando eu tinha falado com alguém além dos meus pais? As palavras que saíam de sua boca me aterrorizaram. Me emocionaram. Ele era tão bonito, com a pele suave, os maxilares fortes, olhos escuros, o cabelo muito preto e sedoso.

Eu o queria. Era simples assim.

— O que é novo? — perguntei, resistindo ao impulso de encostar meus lábios nos dele. Por quê? Por que isso estava acontecendo?

— Essa sensação — respondeu ele, e sorriu, mostrando os dentes para mim. Eram afiados como os meus.

— O que é isso? — sussurrei, como uma expiração que estivesse esperando a vida toda para soltar.

— É o que acontece quando estamos juntos. Pessoas como nós.

Engulo meu desejo em seco.

— Quem você pensa que sou? O quê?

— Todos nós nascemos como você — disse Kwan, e ele se aproximou um passo. Continuei parado. — Não deveríamos existir, mas existimos.

— Como você me encontrou?

Ele sorriu, erguendo o canto do lábio.

— Cara, você tem um *blog*.

Pestanejei.

— Espera, sério? Foi assim?

Ele assentiu. Deu um passo à frente.

— É estranho ver você de novo — disse Kwan. — Mesmo depois daquela primeira vez, não quis acreditar que você era de verdade.

Ele ergueu a mão.

Quando ele tocou a ponta dos dedos na minha bochecha, estremeci. Uma eletricidade passou dele para mim, e eu conseguia ver tanto, conseguia ouvir tanto, conseguia sentir a energia da minha última refeição crescendo dentro de mim.

— Estamos procurando você há algumas semanas.

Seu dedo indicador deslizou pelo meu maxilar.

— Temos algo que você quer.

Então seu dedo chegou ao meu lábio inferior.

E ele estava tão perto.

Sua mão subiu para os cachos no lado direito da minha cabeça.

— Eles são mais curtos deste lado — comentou Kwan. — Sabia?

Eu ri. *Sabia* que eu estava certo!

Seus olhos se arregalaram.

Um *vupt*.

Ele desapareceu.

Prendi a respiração, e então ouvi um estalo atrás de mim.

Papi.

Mami vindo atrás.

— Cisco? — chamou ela, e tentei fingir que minha vida toda não havia mudado.

— Aquí, mami — respondi.

Ela desviou graciosamente dos cactos e dos arbustos de ocotillo.

— O que está fazendo aqui? — Ela estava preocupada de novo, e seu olhar era penetrante.

Então contei a verdade.

(Bom... *uma* verdade.)

— Este lugar — eu disse. — Me faz me sentir melhor. E um pouco menos sozinho.

Papi surgiu ao lado dela, e fechou a cara. Talvez eu não devesse ter dito isso. Talvez devesse ter guardado para mim. Mas pude ver pela dor em seus rostos que eles acreditavam.

E, se acreditassem, não questionariam por que eu estava no lago.
Mami mexeu no cabelo comprido por alguns momentos.

— Você se sente mesmo sozinho? — perguntou ela finalmente.

Lágrimas arderam em meus olhos, e tive que virar o rosto. Não era óbvio? Não estava na cara que eu vivia completamente isolado, sempre desesperado por *qualquer coisa* além da vida que eles haviam criado para mim?

— Às vezes — respondi, cedendo um pouco.

— Sinto muito por ter visto... sabe... o que você viu, mi hijo. — Mami entrelaçou os dedos nos de papi e continuou. — Sei que não conversamos *direito* sobre o assunto. É só que não queríamos que nenhum mal acontecesse a você.

— Eu sei — assenti. Queria falar mais uma coisa. Deixei as palavras morrerem em meus lábios. Não havia como justificar isso para eles. Eles não entenderiam. — Só preciso de um tempo sozinho todos os dias. Não muito. Pode ser?

— Te amamos, Cisco — disse Papi.

Essa é a pior parte. Tenho certeza que eles devem me amar. Mas como falar para as pessoas que o amor delas nos sufoca?

NinguemBeijaComoGastao: Eita, meu rosto tá ficando vermelho.
MiseryBusiness: Bem-vindo de volta!
BrujaBorn: Isso tem que ser real. Simplesmente *tem* que ser.
298 Reações

menin0invisivel
18 de julho 2018

Logo depois da meia-noite, fui ao lago de novo. Sabia que tinha alguns minutos antes dos meus pais voltarem. Eles me deixaram sozinho e foram caçar, então quebrei a regra deles sem hesitar. Eles tinham caçado sem mim, então, tecnicamente... eles quebraram a própria regra?

Fui até aquela água cintilante.

Chamei seu nome.

O eco ressoou pela água, e ele veio até mim, uma rajada de vento e, então, surgiu ao meu lado. Olhei no fundo daqueles olhos de novo.

— Você é de verdade, não é?

Ele fez que sim.

— Como pode haver outros?

— Não sabemos. — Ele passou a mão por todo meu braço. Senti um calafrio, embora não estivesse ventando.

— Meus pais... — Fiz uma pausa, deixei que meus olhos banhassem seu corpo, sobre a forma como sua camisa cobria seu peito, sua barriga redonda. — Eles disseram que eu era o único.

Ele sorriu.

— Definitivamente não é verdade.

— Mas por quê? — Minha voz não era mais um sussurro. — Por que eles mentiriam para mim?

Seu cenho se franziu.

— Essa é uma pergunta para eles, não para nós.

— O que mais é verdade?

Kwan inclinou a cabeça para o lado.

— Sobre nós? Sobre o que somos?

Assenti.

— Não sei o que mais eles falaram para você — comentou ele. — O que eu deveria dizer sobre o que somos?

— Quero saber tudo — declarei.

Sobre mim. Sobre nós. Sobre *ele*.

— Eu sei que quer, mas... — Ele virou o rosto, franziu a testa. — Não sei se sou a pessoa certa para contar a você.

Coloco a mão em seu peito. Sem nem pensar. Eu só queria sentir aquela onda de novo, e seu poder (se é que era esse o nome) correu pelo corpo, espalhando-se por mim.

Mas não era o suficiente. Parecia tão injusto ter essa experiência apenas de vez em quando, sem nunca planejar, sem nunca saber quando a próxima onda viria. Eu precisava de *mais*.

— Não sei se vou poder voltar — eu disse. — Se posso continuar assim. Meus pais vão acabar descobrindo.

Ele se virou para sair, mas parou.

— Você poderia vir conosco.

— Não posso — respondi, mais por instinto do que por objeção. — Como eu poderia fazer isso?

— Foi o que todos nós fizemos — disse ele, e não havia hesitação alguma ali. Nisso, ele revelava muita coisa.

Havia outros.

Seus pais muito provavelmente também haviam mentido para eles.

E *eles tinham fugido.*

—Vocês simplesmente... saíram sozinhos? Mas *como*?

— Só... pense a respeito.

Então Kwan desapareceu tão rápido quanto surgiu.

E suas palavras foram tudo em que pensei quando estava deitado no telhado dez minutos depois, olhando para o fundo do céu da noite. Papi se juntou a mim, perguntou o que eu estava fazendo.

— Sonhando — respondi.

Ele ficou ali parado por alguns momentos, e não teria como saber que meu corpo estava vibrando de energia, o efeito residual de estar perto de Kwan.

— Sou mesmo o único? — perguntei. Em voz alta. Para ele. Para o céu.

Ele usou a ponta da bota para riscar o telhado. Era uma reação inconsciente ao nervosismo, e eu me ergui, me apoiando nos cotovelos.

— O único — disse ele, sorrindo para mim. — Eres especial.

Ele voltou a entrar na casa sem dizer mais uma palavra.

Será que eles sabiam? Será que papi tinha certeza dessa afirmação ou era apenas mais uma mentira que me diziam para me manter seguro?

Comecei a considerar o que Kwan havia dito, e o ato revirou meu estômago, colocou meu coração em chamas de pânico.

Ele me falou para pensar a respeito.

Então pensei.

NinguemBeijaComoGastao: É estranho eu querer que você vá? Porque quero que você vá.

NinguemBeijaComoGastao: (Nossa, estou falando com você como se você fosse de verdade. Você é de verdade?)
924 Reações

menin0invisivel
19 de julho 2018

O sol tinha acabado de se pôr quando mami subiu do porão, a cara fechada.

— Cisco, você andou lendo aqueles blogs de conspiração de novo?

Eu estava com um livro no colo encostado na parede. Meu estômago se revirou quando ergui os olhos para ela. Ela estava *séria*.

— Do que você está falando?

— Seu papi disse que você perguntou uma coisa estranha ontem — ela continuou, usando uma toalha para secar o sangue das mãos. — Sobre ser o único.

Fechei o livro.

— Eu estava curioso, só isso.

Mas ela não se convenceu. Estava evidente em sua expressão atormentada.

— Você não pode acreditar em tudo que lê na internet, mi hijo — disse ela. — Só estamos tentando proteger você.

— Me proteger do quê? Tem alguém vindo atrás de mim?

— Bom, *não* — comentou ela, baixando os ombros. — Mas isso é porque mantemos você seguro.

Abano a cabeça, depois me levanto.

— Vocês vivem falando isso, mami. Mas nunca explicam do *que* estou seguro.

— Não podemos deixar que outros clãs encontrem você — exclamou ela. — Nunca. É arriscado demais.

— O que eles *poderiam* fazer comigo?! — gritei. — Sou um vampiro! Posso simplesmente fugir ou vocês podem lutar contra eles ou *qualquer coisa*. Em vez disso, apenas nos *escondemos*? Não passamos de covardes?

— Não fale assim com ela. — A voz de papi cortou a tensão no ar.

Este é o lance dos vampiros; somos muito bons em surpreender os outros, e ele ficou cara a cara comigo. Eu nunca o tinha visto dessa forma. A fúria no rosto de papi era como uma máscara, como um ornamento de guerra. Seu bigode se contorcia conforme ele falava, e ele apontou o dedo na minha cara.

—Você sabe do que abrimos mão por você? O que foi pedido para nós?

Sacudi a cabeça.

— Perdemos nosso clã — continuou ele, furioso. — Perdemos uma comunidade. Uma casa em um só lugar. Abrimos mão disso porque amamos você, muito antes de você nascer. Você não consegue entender nosso sacrifício?

—Teríamos escolhido algo diferente se pudéssemos — acrescentou mami, e se colocou ao lado do papi, acariciou as costas dele, para cima e para baixo. — Qualquer coisa. Mas é isso que tivemos que fazer.

Demorou um momento. Eles apresentaram uma força tão unida, mas papi sequer percebeu o que havia dito.

— O que quer dizer? — perguntei. — O que foi "pedido" para vocês?

As máscaras se quebraram.

As fachadas racharam.

E, por um segundo — talvez menos —, suas expressões os traíram. Me mostraram tudo que eu queria saber.

Tão rápido quanto racharam, seus rostos voltaram a ficar pétreos. Mas era tarde demais. Eu já tinha visto o que precisava ver: eles haviam mentido para mim. Toda minha vida.

—Vocês disseram que fugiram sozinhos — insisti, puxando aquele fio solto. — Disseram que, assim que mami ficou grávida, vocês escaparam no meio da noite.

Mami hesitou. Apenas um momento. Apenas o bastante para eu saber que as próximas palavras que sairiam da sua boca não seriam verdadeiras.

— Tivemos que partir — comentou ela, e a incerteza perpassou seu rosto de novo. —Tivemos que manter você em segurança.

— Um dia — disse papi, seus olhos tão suplicantes quanto sua voz. —Vamos contar tudo a você. Mas apenas confie que você não estava seguro e, por isso, fizemos o que podíamos para garantir que você ficasse protegido.

 Eles sorriram para mim. Era falso, vazio, uma tentativa de me aplacar, de me deixar complacente.

 Sorri em resposta. Minha oferta. Minha paz.

 Mas estou falando para você agora, Kwan. Espero que você leia isto. Não aguento mais. Preciso saber o que sou.

 Amanhã. Me encontre na beira do lago. Às 3h15 da madrugada.

 Por favor. Por favor, me diga quem eu sou.

FogoDoMar: kkkk o que está acontecendo? pq isso tá tão INTENSO.
FogoDosDeuses: primeiro.
FogoDosDeuses: ah, droga.
NinguemBeijaComoGastao: Ah, Cisco, tomara que encontre o que está procurando. Acredito em você. Já shippo você e Kwan <3
941 Reações

menin0invisivel
19 de julho de 2018

Matei meu primeiro humano aos oito anos.

 Armazenamos sangue embaixo de casa. Nunca sabemos quando a população vai diminuir, ou quando as pessoas vão se mudar para longe demais de nós para caçarmos. Meus pais tentaram se preparar para todo cenário possível. Quando caçamos, nós bebemos e levamos mais um para o subterrâneo por via das dúvidas. Consigo passar no máximo três meses sem me alimentar, mas, de vez em quando, fica muito difícil encontrar uma refeição nova. Então acontece o mesmo que em toda casa: nos mudamos. Mami e papi começam a cavar e, em pouco tempo, temos um depósito embaixo da terra, um que é fresco, um que pode proteger o que precisamos para sobreviver.

 Você ficaria surpreso com o tempo que os humanos conseguem sobreviver com pouca comida e água: meses. Certa vez mantivemos um dele por um ano e meio, e o único motivo de ele não ter durado mais é que uma seca rigorosa tornou impossível para nós caçarmos. Fez as pessoas saírem do deserto naquele ano, em vez de entrarem.

Eu tinha oito anos na primeira vez em que meus pais me guiaram pela escada de nossa casa para nos alimentar. Não me lembro em que estado estávamos. Não importa. Era um lugar qualquer, no meio do nada, no coração de lugar nenhum.

Nunca soube quem ele era. Mas me lembro dele. Me lembro dele choramingando. Seu cabelo como palha, empapado na testa, os olhos arregalados quando descíamos, a maneira como ele se debatia contra as amarras vezes e mais vezes, abrindo feridas novas nos punhos, e então senti seu cheiro. Senti o cheiro da vida fresca escorrendo das suas feridas em carne viva.

E, de repente, me toquei que sempre houve alguém em nosso porão. Meus pais me levavam sangue fresco em uma tigela de cerâmica, e ele estava sempre quente. Juntei as peças naquela primeira vez: estava quente porque tinha acabado de ser tirado do corpo.

Mas, naquela noite, papi me empurrou na direção do homem.

— Estás listo — ele me disse. —Tómalo.

Mami apertou minha mão com força. Depois me soltou.

O instinto tomou conta. Dei um salto à frente, e foi como se soubesse exatamente onde morder, onde o corpo do homem proporcionaria mais sangue no menor tempo possível. Cravei a boca em sua perna direita, bem na femoral, e seu calor, sua vida, me preencheu.

Ele resistiu.

Foi em vão.

Ele finalmente ficou inerte sob mim. Quando ergui os olhos para mami y papi, o sangue do homem escorrendo pelo meu queixo, eles me deram o orgulho. A felicidade. A alegria.

— Lo hiciste — comentou mami. — Isso é apenas o começo, Cisco.

— Em breve você virá conosco — acrescentou papi. — Lá fora. Para caçar.

Quis sair correndo daquele porão naquele mesmo momento, ainda que estivesse cheio, ainda que não precisasse me alimentar. O impulso quase me dominou.

Faz nove anos. Esse impulso ainda não foi embora.
Isso não é uma piada. Nem um estranho pedido de atenção.
Vou fugir.
Vou encontrar uma saída.

NinguemBeijaComoGastao: Você não mata pessoas de verdade. Só deve estar dizendo isso para parecer durão.
VerdadeiroFaDeAnneRice: Cara, ele é um vampiro. O que você estava esperando?
NinguemBeijaComoGastao: Você não o conhece como eu. Acompanho esse blog desde o começo.
1.285 Reações

menin0invisivel
20 de julho de 2018

Chegou a hora.

Esta é a última vez em que vocês vão ter notícias minhas.

Saí de casa pouco depois das três. Falei para papi y mami que voltaria para o lago por alguns minutos antes do sol nascer. Papi fez uma piada péssima sobre eu estar passando tempo demais lá. Ri, mas não falei nada. Vi mami trocar um olhar com ele.

Isso me encheu de medo.

*Será que eles sabiam?*

Eu não estava longe da casa quando comecei a correr, quando ouvi meu nome sendo chamado, quando eles desconfiaram que eu havia mentido. Corri o mais rápido possível, a exaustão atravessando meus ossos, me implorando para parar, me implorando para me alimentar. Comecei a sentir outras criaturas, a sentir seus pulsos enquanto eu passava às pressas, mas os ignorei.

— Cisco!

Eu não podia parar.

— Cisco, ¡espera!

Eu não podia mais esperar.

— Cisco, *por favor*!

Eu estava cansado de ser protegido.

Parei de repente à beira da água.

— Kwan, estou aqui!

Segundos depois, meus pais cambalearam, entraram em posturas defensivas.

Lá.

Do outro lado do lago: Kwan.

— Cisco... — rosnou ele. Meu nome em sua boca se inflamava de possibilidades. Ele estava me alertando? Me chamando?

— Estou aqui — respondi. — Me leve com você.

— Não! — mami gritou. — Você não vai a lugar nenhum!

Ela estendeu a mão para apanhar meu braço, mas me esquivei dela, vi a decepção e o choque se espalhar por seu rosto.

— Por favor, Cisco — disse papi. — No puedes salir. Não podemos proteger você se fizer isso.

— Nós podemos.

Kwan estava ao meu lado. Ele colocou os dedos entre os meus, e fez um calafrio subir pelo meu braço, por todo o meu corpo. Seu poder me acariciou, me perpassou, me deu forças. "Como?", pensei. "Como é possível?"

— Você não está sozinho — disse-me Kwan, e depois olhou para meus pais. — Há outros de nós, assim como eu, nascidos iguais ao Cisco, e nós *sobrevivemos*.

Eles saíram de trás das árvores e dos arbustos que cercavam o oásis. Cinco. Dez. Vinte. Tantos jovens, todos se movendo com a cautela daqueles que sabem que podem ser caçados com a mesma facilidade com que caçam os outros. Eles eram altos. Baixos. Fiz contato visual com uma menina cuja pele era mais escura do que a minha, seu cabelo em uma trança nagô, e ela acenou tão de leve que foi quase imperceptível.

E essa onda foi imensa. Quase avassaladora. A energia que senti de Kwan naquelas primeiras interações agora estava multiplicada por vinte.

Isso. Isso era nosso poder.

E era ampliado quando estávamos *juntos*.

## ESPELHOS, JANELAS & SELFIES

— Como você pode confiar neles? — perguntou mami, as mãos estendidas para mim como uma oferta. — Eles são apenas estranhos!

— Por causa de pessoas como *vocês* — vociferou a menina. — Vocês nos mantiveram separados. Falaram para Cisco que ele estava *sozinho*.

Encarei meus pais, a boca aberta de horror.

— Vocês *sabiam*? Sabiam esse tempo todo?

Papi estava chorando.

— Teríamos contado a você — disse ele, o bigode contorcendo-se no rosto. — Um dia, teríamos contado tudo a você.

Meu corpo se encheu de fúria, mas Kwan colocou uma mão em meu peito.

O rompante.

O poder.

*Nosso poder.*

— Quando? — Cheguei perto de papi, fiquei cara a cara com ele. — Quando esse dia chegaria? Quando vocês me contariam que havia outros como eu?

— Quando o clã nos falasse para contar — respondeu ele, o rosto trêmulo. — Quando eles perceberam o que vocês conseguiam fazer quando estavam juntos, eles ficaram com medo! Ficaram com medo de todos vocês!

Todos *nós*.

Eu não era o único da minha raça. Não estava *sozinho*.

Kwan apertou minha mão.

— Cisco, trouxe algo para provar que nossas intenções são verdadeiras. Que sabemos pelo que você passou. Que prova que nós nos *importamos*.

Ele soltou. Colocou a mão no bolso de trás.

Vi o objeto refletir sob o luar fraco.

Papi exclamou, e fez menção de se aproximar de mim, mas foi cercado em questão de instantes. Eu os contei: sete vampiros, todos jovens, todos como eu.

Estranhos.

Estranhos como *eu*.

— Não faça isso — implorou mami. — As regras são...

Mas ela não terminou. De que importavam as regras agora? Meus pais as criaram para me manter preso, e agora... Lágrimas escorriam pelo rosto de mami. Eu estava livre. E ela sabia disso. Ela não poderia me colocar de volta na caixa em que eu tinha vivido.

Eu precisava acreditar. Em mim mesmo.

Peguei o espelho e o ergui diante do rosto enquanto os gritos dos meus pais enchiam o ar do deserto.

Lá estava eu.

Cisco.

Eu.

As lágrimas ameaçaram turvar minha imagem. Minha imagem nítida. Eu as sequei, e lá estava eu.

Minhas sobrancelhas eram pretas. Grossas. Quase se uniam no centro. Usei a outra mão para traçar a ponte do meu nariz, até minhas narinas largas, meus lábios, depois meus maxilares. Havia uma penugem de pelos faciais na parte de baixo do meu rosto. Eu teria que começar a me barbear? *Vampiros* se barbeavam? Papi tinha que cortar meu cabelo, então...

Havia tanto que eu não sabia. Tantas perguntas que nunca tinha feito antes.

Mas eu também nunca tinha visto isso.

Isso era *eu*.

— Vocês me disseram que eu morreria — exclamei, falando com meus pais sem olhar para eles. — Vocês me disseram que, se eu não seguisse as regras, seria levado embora.

Papi começou a dizer algo.

— Cisco...

— O que mais é *mentira*? — berrei. — O que mais não é verdade?

— Você precisa entender — disse mami. — Tínhamos que proteger você.

— O que mais não é verdade? — repeti.

— Não importa — respondeu papi. — Algumas coisas. O suficiente para que você confiasse em nós.

A ironia. Eles mentiram para me fazer *confiar* neles.

— Tem mais — disse Kwan. — Muito mais sobre nós que você precisa saber. Muito mais sobre *você*.

Papi parou de chorar. Secou as lágrimas restantes. Ele se empertigou, ergueu o queixo e me examinou.

Estava estampado em meu rosto: uma declaração. Um apelo. "Por favor, preciso fazer isso."

Ele meneou a cabeça.

— É cedo demais — disse.

Mas então mami indagou:

— Será?

E meu papi, que era sempre tão seguro, sempre tão satisfeito com a história, sempre em posse das respostas, não tinha o que dizer. Eu conseguia ver palavras se formando em seus lábios, mas nada saiu.

Seus rostos estavam marcados por dor.

E então... resignação.

Mami sorriu para mim.

Papi murmurou uma palavra.

— Hazlo.

Mami chorou mais intensamente, mas também assentiu.

Quase imperceptivelmente.

Dei a mão para Kwan.

Os dedos entrelaçados nos meus.

Um desejo brotou ali, não apenas pelo nosso poder coletivo, mas também por luxúria. Quando um menino me tocou dessa forma antes? Nunca. Eu queria isso também.

"Faça isso."

Ele me falou para ir, e olhei para trás na direção deles, uma única vez.

Eles sorriram.

Foi uma bênção? Talvez. Mas não vieram atrás de mim. Não me seguiram.

Eles me deixaram ir.

Estamos em um carro agora. Nunca estive em um carro antes. Kwan disse que isso nos levaria para nosso próximo destino mais rápido. Vamos buscar alguém no caminho.

Mais um como *nós*.

A bateria do celular de Kwan está acabando. Tenho que devolver.

Vocês não vão mais ter notícias minhas.

Estou livre.

PossoGritar: Uau. Acabou mesmo?

FogoDoMar: Que história! Alguém mais acha que vampiros existem depois dessa?

VerdadeiroFaDeAnneRice: Fake. Divertido... mas não tem como ser verdade.

NinguemBeijaComoGastao: Volta. Por favor! Não posso ficar sem minhas atualizações. Por favor volta, Cisco.

5.125 Reações

# REFLEXOS

## ou "Mas antes vou tirar uma selfie"

# Zoraida Córdova & Natalie C. Parker

Os espelhos são cercados de superstições e lendas. Narciso amava tanto seu reflexo que se afogou nele. Em muitas culturas tradicionais ao redor do mundo, todos os espelhos e superfícies refletoras são cobertos quando uma família lamenta uma morte. Dizem que quebrar um espelho dá sete anos de azar. Até a Rainha Má acredita que pode tirar a verdade de um espelho mágico. E um dos mitos mais antigos sobre vampiros é que eles não têm reflexo. A raiz desse mito é exatamente o que Cisco descobre nessa história: a maioria dos espelhos antigos era forrada de prata, a qual, em certas tradições, pode ferir ou até matar um vampiro. Portanto, nada de reflexos! Esse é um mito tão conhecido que aparece vezes e mais vezes nas histórias contemporâneas de vampiros, mas os motivos evoluem junto com as lendas. Outro tipo de reflexo é como nos vemos nas histórias, e quem *consegue* ver suas vidas e experiências refletidas. Mark mistura a tradição vampírica com a questão de quem pode ter um reflexo. Os vampiros *realmente* não têm um reflexo ou essa é apenas a história que foi contada a Cisco? O título desse conto é inspirado na obra da dra. Rudine Sims Bishop sobre literatura infantil.

Em que aspectos as histórias de vampiros refletem sua vida e suas experiências?

# A CASA DAS SAFIRAS NEGRAS

## DHONIELLE CLAYTON

**D**izem que as mulheres Turner da Casa das Safiras Negras eram um pouco estranhas. Que eram belas *demais*. Que não eram boas pessoas.

Dizem que as mulheres Turner eram vampiras.

E, sempre que essa palavra surgia, era hora de partir. O sanhaçu-escarlate dos Turner começava seu canto de lamento perto da janela; ele sabia quando havia gente demais observando, sussurrando e vigiando as belas mulheres negras que entravam e saíam do curioso boticário transformado em casa. Sua espécie de caixão sempre em movimento.

Bea odiava a palavra *vampiro* e, sempre que chegavam a uma cidade nova — como agora —, Bea se preparava para isso, para todos os seres imortais os agruparem em uma única categoria, quando eles estavam longe de ser iguais.

Toda a família e suas treze malas enchiam os bancos de mogno de um bonde em Nova Orleans. Sua mãe havia dito que estavam a caminho da Ala Eterna, uma das cinco versões da cidade governada apenas por pessoas como eles. Que *aquela* era sua casa. Uma que Bea nunca tinha visto. Uma que sua mãe não sabia bem se queria rever.

Mas, enquanto Bea olhava para todos os humanos que andavam de um lado para o outro, pensou que tudo parecia normal. O perfume da pele suada dos mortais e o som de seus corações batendo faziam a língua serrada de Bea flamejar; ela estava ansiosa para comer depois de uma jornada tão longa. Enquanto serpenteavam pela Canal Street, uma brisa pegajosa grudou em sua pele, e ela não conseguia acreditar que estavam a caminho de uma versão bela e suntuosa do lugar.

As cinco irmãs de Bea apontavam animadamente para tudo. A mais velha, Cookie, reclamou de como todos se vestiam de maneira desleixada e sem refinamento. Sora queria entrar em cada loja de perfumes do French Quarter, enquanto Annie Ruth caçava a melhor livraria. May falou sobre como poderia usar seu conjunto de tintas para retratar todos os prédios coloridos, as galerias e as sacadas de ferro forjado, e Baby Bird não fechava a matraca enquanto comentava todas as coisas estranhas que via. Mas Bea estava triste por abandonar Charleston, na Carolina do Sul. Ela tinha se afeiçoado à cidadezinha simpática, com ruas de paralelepípedos, salgueiros e cestas de vime, e beijar Reginald Washington não tinha sido tão ruim, porque a boca dele tinha o gosto dos pêssegos do jardim da mãe. O quarto dela naquela casa tinha sua própria banheira vitoriana, que nunca se manchava, mesmo depois de tantos banhos de sangue. Tinha vista para a igreja Old Bethel. Quem sabe o que ela veria pela janela da próxima casa? Seria tão bonito quanto? Elas ficaram em Charleston por um bom tempo, Bea quase chegou a acreditar que o pássaro, Mel, poderia não cantar de novo e que eles ficariam em paz.

Talvez dessa vez encontrasse um amor eterno.

Ela e as irmãs costumavam fazer apostas sobre como seria a próxima cidade e quantos anos, décadas ou milênios permaneceriam nela até a canção do sanhaçu-escarlate despertá-las, lembrando-as de que deveriam partir. Bea tinha parado de contar a essa altura. Nada de relógios. Nada de calendários. Sua mãe proibiu, e era melhor assim. Ampulhetas eram tudo que elas tinham, tudo de que realmente precisavam.

Ela queria que estivessem voltando para Paris. Fazia pelo menos uns cem anos. As jardineiras estariam florescendo com gerânios cor de rosa nessa época do ano, e não estaria tão quente. Talvez ela pudesse ver Annabelle — a menina que ela costumava morder e beijar quando estava entediada —, ver se ela estava gostando da vida eterna, ver se poderia ser o grande amor eterno de Bea. Elas haviam partido cedo demais para Bea decidir.

— A parada deve ser logo mais — disse sua mãe. — Fim da linha.

— Não estou vendo — comentou sua irmã caçula, Baby Bird, as tranças compridas caiam pela janela do bonde.

Sua mãe estalou os dedos.

— Fique quieta, filha.

Toda vez que elas mudavam de cidade, as perguntas de Bea também mudavam, como um baralho voltando a se embaralhar, a mais nova cidade se tornando a obsessão atual. Dessa vez, ela não conseguia parar de pensar em amor. Foi nessa cidade que seus pais se conheceram. Onde sua mãe mordeu seu pai há muito, muito tempo, e eles se tornaram parceiros eternos.

Foi nesse lugar que sua mãe se apaixonou.

Ela estava decidida a viver a mesma coisa. Ela teria uma grande história de amor aqui. O desejo palpitava em seu corpo, determinado a se instalar em seus ossos.

O bonde parou. O condutor se levantou meio robótico e saiu.

— O sentinela deve chegar a qualquer minuto. — A mãe se voltou para Bea e todas as suas irmãs. O coração de Bea se apertou de ansiedade. — Essa Ala é cheia de água podre e péssimas notícias. É um lugar de partir o coração. — Seus olhos escuros pousaram em Bea, o calor de seu alerta capturado em seu olhar castanho penetrante. Um aviso para a Turner que caía de amores. — Vamos ficar por um tempo, depois seguir em frente.

Essa era uma cidade que sua mãe temia.

Mas Bea estava determinada a descobrir o porquê.

Um homem branco vestido todo de preto entrou no bonde.

— Quem é esse? — perguntou Sora, a segunda mais velha.

— Um sentinela — sussurrou sua mãe. — Agora silêncio. Não quero ouvir mais uma palavra de vocês. Pelo menos até a travessia. — Ela se levantou, cumprimentou-o e alisou a frente do vestido.

— Documentos ou chave? — perguntou ele.

— Chave — respondeu a mãe, entregando a ele uma curiosa chave mestra branca cor de osso que Bea nunca tinha visto. Mais perguntas brotaram dentro dela, porém ela levou a mão à boca para impedir que saíssem.

O sentinela a examinou.

— Os Turner. Ala Eterna.

Ela assentiu.

— Bem-vindas de volta. — Ele sorriu e revelou as pontas afiadas de seus dentes.

Ele se sentou no banco do condutor e girou uma série de manivelas e engrenagens. O bonde oscilou para a esquerda e para a direita, livrando-se de seus cabos.

A mãe respirou fundo.

— Vai ficar tudo bem, Evangeline — Bea ouviu seu pai sussurrar.

O bonde avançou. Nuvens surgiram, obscurecendo o céu. O dia virou noite. A maré subiu, batendo e chapinhando nas laterais do bonde. Bea se segurou no banco de madeira, e seus olhos se arregalaram de fascínio. Luzes iluminavam o caminho à frente como uma nuvem de vaga-lumes dando as boas-vindas ou fazendo uma dança de alerta. Bea não conseguiu decidir qual dos dois. Um calafrio disparou por sua espinha.

Um portão de ferro subiu da água e tremeluziu. Diferentes versões dele surgiram uma após a outra, transformando-se do preto-alcaçuz ao roxo aveludado, verde-esmeralda e um dourado quase cobre, finalmente se estabelecendo em um carmesim sangrento. Sua mãe respirou fundo quando os portões vermelhos se abriram e o bonde avançou pela água.

— São tantos portões — sussurrou Annie Ruth. — Acha que poderemos visitar os outros?

— A mãe nunca nos falou sobre nada disso — respondeu Sora.

— Quero ir em todos — exclamou Baby Bird.

— Quietas vocês — ordenou a mãe.

As perguntas dentro da cabeça de Bea rodopiavam enquanto elas entravam na versão Eterna de Nova Orleans. Será que as outras alas eram assim? Será que ela as visitaria? Por que sua mãe gostaria de sair de um lugar tão deliciosamente maravilhoso? Por que não tinha lhes contado todos os detalhes desse lugar?

Casas em tons pastel se equilibravam sobre pilares de ferro, lembrando potes de blush empilhados. Longos píeres se estendiam nas águas, recebendo barcos luxuosos. Colunas pretas sustentavam lamparinas a gás, e cabos cintilantes se cruzavam no alto, puxando bondes-barcos que deixavam passageiros bem-vestidos em longos calçadões de palafita. Uma confusão de sal, peixe e especiarias abafava o ar, sob o qual havia o forte cheiro de gordura e sangue fresco.

— Feche a boca para não entrar mosca, Bea — comentou Cookie, a irmã mais velha; a voz quase idêntica à da mãe, melosa e com um toque de açúcar mascavo. Fazia sentido, porque ela era a mais velha e estava com a mãe há mais tempo. Bea nunca perguntou quantos anos elas tinham, pois era grosseria inquirir a idade de uma mulher, mesmo uma mulher Eterna. Ela e Annie Ruth imaginavam que sua mãe estava perto dos quatrocentos anos, embora tivesse cara de quarenta e, mesmo assim, os observadores ficariam em dúvida. Cookie parecia ter trinta e poucos, ela supunha, e Bea teria para sempre dezoito. Foi quando seu coração parou.

— Cala a boca, Carmella — retrucou Sora. — Já viu algo assim? Não? Foi o que pensei.

Bea pestanejou para Sora e acrescentou:

— Pois é. Já viu, Cookie? Viu?

— Não digam "cala a boca" — comandou sua mãe. Mesmo depois de centenas de anos, Evangeline Turner ainda gostava que suas meninas fossem pilares da etiqueta.

O bonde flutuou atrás de outro, e o sentinela puxou uma manivela para fixar os cabos do teto às linhas suspensas.

Baby Bird pulou do assento para o colo do papai.

— Quando vamos chegar? Podemos ir às compras primeiro? Quem são todas essas pessoas? O que elas são?

Sua mãe estalou os dedos.

— Chega!

Baby Bird voltou a se encolher em seu assento.

Papai entregou o endereço ao sentinela:

ESPLANADE AVENUE, 435

PÍER 6

Nova Orleans, Luisiana

O sentinela manobrou pelas ruas de canal.

Bea tentou assimilar tudo: as fanfarras que transbordavam em barcos de desfile, seus instrumentos apontados para o céu e sua música estrondosa reverberando pela água; as pessoas que seguiam em seus próprios bancos, dançando e balançando lenços e guarda-sóis coloridos; o cemitério que ficava sobre plataformas, os mortos erguidos lá no alto; as árvores gigantes que se elevavam das águas turvas, com morcegos de olhos vermelhos pendurados nos galhos. Placas proibiam as pessoas de nadar por causa de crocodilos ribeirinhos. Barcos mercantis anunciavam as melhores mulas de sangue e carolinas sanguíneas polvilhadas de açúcar.

— Todos as alas são assim? — perguntou Bea para a mãe.

— Não. Cada uma é única com base em quem mora nela — respondeu a mãe.

— Sempre tem água?

— Não. Só neste.

— Por quê?

— Um vampiro irritou uma conjuradora e ela alagou o lugar.

— Como se chega aos outros? — insistiu Bea. — Podemos visitar todos?

— Você me ouviu quando saímos de Charleston? Está escutando, menina? Ou só gosta de se repetir? — A mãe estalou os dedos. — Não vamos viajar para as outras alas. Vamos ficar aqui até chegar a hora de seguir em frente, e espero que Mel encontre esse momento logo. Nunca pretendia voltar para cá, e não quero arranjar problemas.

Mas às vezes Bea queria problemas. Qualquer coisa que tornasse sua existência eterna um pouco mais divertida. Sua barriga se revirava diante de todas as coisas que ela poderia desvendar e descobrir nessa versão peculiar dessa cidade peculiar. Mas de uma coisa ela sabia: ela encontraria o amor eterno aqui. Uma eletricidade crepitou por sua pele: a energia da certeza.

Eles viraram na Dauphine Street, e Bea perdeu o fôlego. Soube imediatamente qual era a nova casa deles.

O rosa-primavera era da cor do blush que sua mãe sempre usava. Jardineiras nas janelas transbordavam com suas rosas da meia-noite prediletas e margeavam um pórtico duplo cercado de ferro fundido. Oito cadeiras de balanço esperavam, uma para cada um deles. Lanternas chiavam, e todas as enormes janelas de vidro cintilavam com feixes calorosos de luz acolhedora. Por uma das janelas, Bea entreviu um teto coberto de flores — um jardim inglês de ponta-cabeça — e candelabros reluzentes. Uma placa estava pendurada sobre a porta cor de creme: A Casa das Safiras Negras: Boticário de Beleza e Farmácia de Deleites.

A língua preta em forma de píer esperava por eles.

— Esta é a mais bonitesíssima de todas — exclamou Baby Bird.

— Essa palavra não existe — corrigiu Cookie.

Baby Bird bufou.

— Essa palavra é *minha*. Posso inventar palavras se eu quiser.

— Não, não pode.

— Ela pode, e o nome disso é neologismo — informou Bea.

— Silêncio — retrucou sua mãe. — Todas vocês.

O sanhaçu-escarlate se empoleirou no parapeito do alpendre, arrulhando e saudando os Turner em sua nova casa. Seu novo caixão dourado de deleites. O coração de Bea se aqueceu ao ver Mel, a vibração da travessura sob a pele negra, e seus incisivos se alongaram, prontos para morder, prontos para aprontar.

💧

— Os atomizadores de perfume vão na segunda prateleira — ordenou Cookie, enquanto as meninas Turner preparavam seu boticário e farmácia de beleza para abrir ao público naquela noite.

As mulheres Eternas e vampiras dessa ala de Nova Orleans poderiam comprar tudo de que precisavam: desde tônicos para manter a pele limpa depois de períodos de fome a dracmas para atrair parceiros para a cama e bálsamos de sol para ajudar a proteger as que não o toleravam. Os elixires que elas engarrafaram cumpriam suas promessas, pois não havia nenhum óleo de cobra nessas belas embalagens. Somente as mulheres da família Turner sabiam os segredos escondidos em cada frasco de vidro. Uma alquimia secreta de sangue e especiarias.

— Faz mesmo diferença? — reclamou Bea, mas ainda assim colocou um dos cremes na devida prateleira.

— É como se faz há trezentos anos.

— Então quer dizer que sempre tem que ser assim? — respondeu Bea.

— Por que estão tentando mudar as coisas de repente? Não ajam como se tudo fosse novo só porque estamos numa cidade diferente. — Sora chegou por trás e os reorganizou. — Ninguém quer ter que fazer isso por vocês.

— Eu faço meu trabalho — retrucou Bea.

— Morder as pessoas que a mãe manda não conta — provocou Cookie.

— Nenhuma de vocês queria coletar — respondeu Bea.

— Você está distorcendo a verdade. Eu coleto sim. — Sora voltou o rosto para ela. — Só prefiro usar o banco de sangue. Quando é preciso, eu coleto.

— E eu gosto de morder homens bonitos. — Cookie dançou e fez um rodopio. — Como Jamal Watkins de Detroit. Nunca conheci alguém que beijasse tão bem quanto ele. Deveria tê-lo transformado. Ele seria meu parceiro eterno agora, e eu teria minha própria casa e meu próprio sanhaçu-escarlate. Talvez até uma bebezinha. Argh.

— Bea, você é a melhor nisso — acrescentou Annie Ruth. — Tem os dentes mais afiados de todas nós. — Ela abriu um sorriso de viés. — E essa língua esquisita.

— E é a favorita da mamãe. — May torceu o nariz enquanto tirava os olhos do livro.

— Sou eu que ela ama mais! — protestou Baby Bird, batendo os pés.

— Você é velha demais para fazer birra. — Cookie puxou um de seus cachos compridos. — Mas, sim, você tem razão. É você.

— Nada disso é verdade. — Bea deu meia-volta. Rostos negros acusadores a encaravam. — Mamãe não tem favoritas.

Mas elas estavam certas ao dizer que Bea era quem a mãe mais levava para coletar. Cada uma das irmãs tinha um dom que lhes foi concedido pela mãe depois que seus corações pararam. Ela as havia beijado, deixando um talento único que escolhera a dedo. Cookie conseguia usar seus encantos para tirar uma fortuna ou um beijo de quem desejasse. Com uma simples fungada, Sora identificava quaisquer talentos ocultos no sangue de alguém. Se Annie Ruth cantarolasse certo tipo de música, poderia fazer alguém dançar até a morte. Ao seu comando, May poderia reduzir uma pessoa aos risos ou às lágrimas com um simples olhar ou toque da mão. E a menor dentre elas, Baby Bird, lembrava-se de todos os detalhes, mesmo dos acontecidos antes de ela nascer.

— Não vou deixar esta cidade sem um parceiro eterno — anunciou Cookie.

Um sussurro baixo ecoou dentro de Bea: "Eu também não."

— Tomei uma decisão. Estou pronta para ter meu próprio sanhaçu-escarlate e minha própria casa. Está na hora de me virar sozinha. — Cookie sorriu, triunfante.

— Mamãe sabe disso? Você perguntou para ela? — retrucou Annie Ruth. — Ela não vai dizer sim.

— Você não tem como saber — disse Cookie.

— Se você parasse de ser tão seletiva. — Sora deu um tapinha nela.

— Olha só quem fala... Você reclama de todos os homens que conhece — respondeu Annie Ruth.

— Eles nunca são muito interessantes. Geralmente eles só passam a ser depois dos duzentos anos. — Cookie chiou para ela. — Só preciso encontrar alguém como o papai para transformar.

— Não tem mortais aqui — contestou Sora. — Não consigo nem sentir o cheiro deles. Este lugar está cheio de povos imortais.

— Talvez eu arranje um vampiro, então. — Cookie desfilou pelo salão, imitando como vampiros brancos andavam como se mandassem em todos os lugares que seus velhos pés tocavam.

Baby Bird abriu a boca de espanto. Bea mordeu o lábio inferior. Isso nunca seria permitido.

— Mamãe não quer que nos misturemos com eles. Você sabe da história. — May subiu na cadeira como um gato doméstico se espreguiçando. Ela empurrou Cookie e Bea para o lado para poder acrescentar etiquetas nos frascos.

— Todas sabemos que ela não *gosta*. Mamãe não nos deixa esquecer. — Bea espanou as prateleiras para agradar Cookie, que estava sempre de olho.

Elas alternaram para zombar do tom sério que a mãe adotava sempre que narrava como a linhagem delas havia se tornado eterna — vampiros escravocratas brancos mordendo suas escravizadas por esporte — e como os ancestrais lhes enviaram os sanhaçus-escarlates para salvá-las desse destino terrível, transformando-as em um tipo diferente de ser imortal: uma eterna.

— Se você se casar com um vampiro, não vai poder ter filhos. Tem que se casar com um mortal como papai e o transformar depois do último filho. É o único jeito — lembrou Bea. — Ou se casar com um homem eterno e não ter filhos.

— Como podemos ter certeza de que isso é verdade? Mamãe simplesmente odeia...

O toque delicado da campainha cortou o salão.

— Como já podemos ter clientes? — Cookie se dirigiu às portas de correr. — Ninguém contou nem para as tias onde viemos parar.

Todas correram para a sacada de treliça e olharam para baixo. A água se estendia para todos os lados, cheia de barcos, coches aquáticos e bondes flutuantes que seguiam em uma centena de direções.

Um rapaz de cartola preta segurava um envelope vermelho nas mãos de luvas brancas. Uma camada de suor brilhava em sua pele negra como mel cobrindo nozes-pecãs. Estava quente demais para vestir o que ele estava vestindo, e todo o conjunto o fazia parecer deslocado; um bibelô de outros tempos, assim como elas. Elas buscavam nunca chamar a atenção para isso, sempre tentavam passar despercebidas e manter o refinamento clássico de que mamãe gostava. Mas ele parecia muito orgulhoso por chamar a atenção, como se tivesse viajado pelo tempo e caído bem diante da nova porta delas. Ele era ainda mais peculiar do que o tipo peculiar dessa ala.

A mãe delas saiu para cumprimentá-lo.

— Ela está nervosa — sussurrou May.

Bea observou com atenção. Sua irmã, May, tinha o talento para sentir emoções, mas Bea notou como sua mãe apertava as mãos com força para que não tremessem. Apenas um olho treinado teria percebido o levíssimo tremular que percorria seus dedos. O que deixou Bea ainda mais curiosa sobre a identidade daquele belo jovem.

— Quem é? — perguntou Baby Bird.

— Nunca o vi antes — respondeu Sora. — Mas ele me lembra Tristan Hill. Lembram-se dele de quando estávamos no Harlem? Eu adorava quando ele beijava meu pescoço antes de descer até minha boca. Eu o teria escolhido como meu parceiro eterno. Pensei que alguém mais inteligente apareceria, mas nunca apareceu. Ele está morto há uns cem anos agora. Perdi a chance. — Ela se debruçou mais sobre o parapeito. — Mas eu o morderia.

— Não morderia, não — disse Cookie.

— Como você sabe? Você está sempre tentando nos dizer o que faríamos ou não faríamos no meio de todas as coisas que diz que deveríamos ou não fazer. Só porque é a mais velha. Sempre agindo como a mamãe — retrucou Sora.

Cookie deu um tapa na perna dela, e Sora soltou um gritinho.

— Aquele é um barão sombrio, tonta.

O jovem ergueu os óculos de sol e olhou para cima. Todas ficaram em silêncio. Ele sorriu, cumprimentou com o chapéu, e desceu o píer de volta para seu barco.

Os barões sombrios eram os inimigos mortais das mulheres eternas. Eles eram caminhantes das estradas dos mortos, preparados para puxar aqueles que haviam enganado a morte ou vivido um pouco demais com suas bengalas. Eles eram os guardiões das encruzilhadas.

Bea não tirou os olhos dele até ele se tornar tão minúsculo quanto um grão de pimenta-do-reino ao longe.

Mas ela queria saber tudo sobre ele.

♦

— Que tipo de festa é, mãe? — perguntou Bea, enquanto as três irmãs mais velhas, Cookie, Sora e Annie Ruth, estavam na beira do píer da casa esperando o coche aquático que sua mãe havia contratado.

— Contei a vocês exatamente o que precisam saber — respondeu ela, enquanto verificava cada um dos vestidos que tinha escolhido para elas usarem. — Vamos mostrar nossas caras. Sempre fazemos isso quando chegamos a um lugar novo. Vamos ficar lá por uma hora no máximo, então não vão se acostumando.

— Quem vai a um *baile* por um período tão curto? — resmungou Sora.

— Nós. — A mãe ajustou as pérolas sobre a clavícula de Cookie e alisou o decote de cetim de seu vestido. — Esse não é um convite amigável. É uma convocação, e as mulheres da família Turner obedecerão, mas apenas até certo ponto. Eles seguem regras diferentes aqui. É temporada de Mardi Gras. Essa festa reúne todas as alas. Tem a intenção de promover a paz. Ajudar todos os seres peculiares do mundo a socializarem.

— Mas... — Sora começou.

— Não sabemos quanto tempo vamos ficar neste lugar miserável, mas é melhor nos darmos bem com alguns seres daqui e sermos simpáticas com moderação. Todos andam misturados, o que exige um tipo particular de bons modos.

Desde que o jovem deixou aquele convite, Bea se perguntou que outros tipos de imortais viviam em todas as versões da cidade. Quando chegavam a outros lugares, sua mãe fazia um pequeno jantar, convidando outras mulheres negras eternas — em sua maioria irmãs dela se estivessem perto o suficiente — ou fazendo o Amarantino se estivessem perto de suas nações ou de alguma outra. Sua mãe às vezes até convidava alguns vampiros brancos selecionados com cautela, compartilhando uma refeição luxuosa de coquetéis com infusão de sangue, corações palpitantes aromáticos — coletados por Baby Bird — e pudins de sangue cristalizado. As reuniões favoritas de Bea eram as degustações de sangue, em que sua mãe pedia que Sora infundisse sangue com especiarias e ervas. Isso liberava seus sabores mais profundos e intensificava talentos latentes e memórias escondidas na hemoglobina mortal, um resultado que proporcionava a mais magnífica das brisas.

Mas elas nunca tinham ido a um baile. Ela sentiu um frio na barriga. Bea tinha apenas lido sobre bailes em livros. As danças, o champanhe e as pessoas bonitas. Amantes se encontrando em cantos escuros. Amantes conversando até o raiar do dia. Amantes se beijando e perdendo o fôlego. Esse seria o lugar onde procurar.

— Não encarem. Não saiam vagando. Não façam perguntas invasivas. Cuidem da sua vida. Não queremos ninguém de olho em nós — acrescentou sua mãe.

O coche aquático chegou, e elas entraram como se mergulhassem em um banho quente de sangue, tomando cuidado para não amassar seus lindos vestidos. As lamparinas balançavam de um lado para o outro, espalhando uma constelação de luz sobre a mãe e as irmãs de Bea. Bea pensou que nunca as tinha visto tão belas. Cookie vestia uma seda branca que a abraçava, depois se abria em uma cauda de sereia enfeitada com contas. Ela poderia facilmente estar a caminho de seu casamento. Sora vestia apenas preto, sempre, e seu vestido reverberava em ondas escuras de tule como se ela fosse uma bailarina que havia escapado do submundo. O vestido mídi de Annie Ruth revelava frestas de sua pele perfeita através de seus desenhos de renda.

A mãe usava um vestido de veludo vermelho que envolvia todas as curvas de seu corpo em forma de ampulheta. Seus lábios vermelhos mostravam a todos que ela morderia; seus dentes eram os mais afiados. Bea sentia que nunca seria tão bonita quanto Evangeline Turner. Sua mãe sempre se vestia bem, mas nunca dessa forma, como se quisesse ser vista, como se quisesse ser uma tempestade, o retumbar do trovão e o cair de um relâmpago no salão. Bea baixou os olhos para as camadas do próprio vestido, o amarelo cor de mel banhado pelo sol, e não soube se sua mãe tinha feito a escolha certa.

O coche aquático deslizava, sua proa cintilante cortando o tráfego de barcos enquanto elas se dirigiam ao Garden District. As casas transformadas em tortas deliciosas em uma série de bandejas de prata; algumas vermelhas rosadas ou ciano, e algumas verdes como hortelã ou do azul-escuro de um pôr do sol. Guirlandas e jardineiras as enfeitavam como coberturas ornamentadas.

Bea soube dizer para qual casa elas se dirigiam antes de virarem na St. Charles Avenue. Uma energia puxava seus ossos como se cordas tivessem sido amarradas neles, ameaçando arrastá-la para a frente.

Uma casa de quatro andares preta como a meia-noite se estendia para o alto, três sacadas de treliça transbordando das pessoas mais bem-vestidas que Bea já tinha visto. Coches aquáticos luxuosos estacionavam no píer duplo, descarregando belos passageiros.

—Vocês estão sentindo? — perguntou ela.

— Sentindo o quê? — retrucou Annie Ruth.

—Também estou sentindo — disse Cookie.

— E eu — acrescentou Sora.

— Quando muitos imortais se reúnem, essa tração é criada. E os barões estão aqui — disse sua mãe. — É um alerta.

Uma sensação fez Bea se sobressaltar.

Cookie abafou uma exclamação.

— Mas eles são nossos inimigos.

— Não me esqueci disso — respondeu a mãe.

Annie Ruth estremeceu de medo, apesar do calor denso, mas Bea sentiu a curiosidade crescer dentro dela. Elas sempre tinham ouvido que as únicas coisas capazes de matar uma mulher eterna eram os homens que cruzavam as estradas dos mortos e cuidavam das encruzilhadas. Nem alho, nem água benta, nem o sol, nem lobisomens, nem prata e nem estaca alguma.

Apenas os barões sombrios.

Mas Bea nunca tinha visto como eles eram até aquele rapaz aparecer à porta delas naquele dia. Em sua cabeça, um barão era uma criatura repulsiva, um bicho-papão esperando para arrastá-las para os estratos da terra dos mortos. Depois de seu centésimo aniversário, quando foi considerada confiável o bastante para sair sozinha, sua mãe havia tido essa conversa com ela.

— Por que os barões foram convidados? — perguntou Annie Ruth. — Por que trariam o convite, aliás?

— Não me consultaram sobre a lista de convidados, filhas — retrucou sua mãe. — Esta é a noite em que as alas se encontram. Todos os velhos rancores e ressentimentos são deixados de lado por um momento. Tudo em nome da festança e da fraternidade. Eu vinha todos os anos com minha mãe antes de ela se petrificar.

— Quem mais está aí, mãe? — sussurrou Bea.

— Todos os seres do mundo. As conjuradoras estarão com seus caldeirões, as fadas com suas frutas encantadas, as soucouyants com seu fogo, entre muitas outras. Esse lugar é um chamariz.

Bea sabia que outros tipos de seres peculiares vagavam pelo mundo, mas raras vezes os havia encontrado. Algumas de suas memórias mais antigas incluíam libertar um lobisomem de uma armadilha para urso em seu quintal na casa do Colorado, avistar uma bruxa que sua mãe pegou à espreita em seu guarda-roupa em Lowcountry e ver uma conjuradora que tinha vindo pedir sangue para usar em suas porções quando elas moravam em Kingston, Jamaica.

O coche aquático esperou sua vez para atracar. Um rapaz de smoking as ajudou a sair para o píer de mármore.

— Fiquem perto de mim. Vou dizer oi para alguns conhecidos e apresentá-las, depois sairemos. Nosso condutor ficará a postos — sua mãe instruiu.

— Nós nos vestimos para cinco minutos — resmungou Sora.

— O que você disse? — Os olhos de sua mãe se estreitaram.

— Nada. — Sora desviou os olhos. — Só estou comentando como você e minhas irmãs estão bonitas hoje.

— Assim é melhor. — Sua mãe alisou a frente do vestido, se empertigou, endireitou os ombros e deu meia-volta. — Fiquem perto. Especialmente você, docinho. — Ela apontou os olhos para Bea.

O salão de baile cavernoso estava transbordando com as pessoas mais lindas que Bea já tinha visto. Elas entravam e saíam dos salões de jogos suntuosos, dos salões de chá e das sacadas luxuosas. À primeira vista, todas pareciam excepcionalmente glamurosas, mas, ao examinar com mais atenção, entrevia seus detalhes excêntricos: muitas seguravam cálices de sangue e exibiam dentes pontudos ao gargalhar e sorrir; orelhas pontudas saíam debaixo de chapéus; muitos rostos tremeluziam enquanto alternavam entre formas variadas; penugens leves cobrindo os braços e pescoços de vários; e alguns andavam com pratos de comidas de festa flutuando ao seu lado. Bea tomou notas mentais para poder contar para May e Baby Bird todos os detalhes quando voltassem para casa.

Lamparinas brancas e pretas pendiam no alto, lançando feixes de luz dourada sobre todos, e uma fanfarra tocava uma música que fazia Bea querer dançar e encontrar alguém para quem sussurrar todas as suas perguntas.

A mãe foi entrando no salão. A multidão parecia abrir caminho, os olhos encontrando sua mãe e a cumprimentando com acenos de reconhecimento e respeito e, se Bea não estivesse enganada, medo.

"Como toda essa gente conhece minha mamãe?", Bea se perguntou, enquanto desciam o caminho aberto apenas para elas.

Os corpos formaram um longo corredor amplo, e um indivíduo se colocou na ponta.

Um medo puxou Bea com tanta força que ela pensou que suas pernas poderiam ceder. Os pelos em seus braços se arrepiaram em alerta. Seus dentes se alongaram, prontos para morder, e os espinhos de sua língua se salientaram. Todas as partes de seu corpo se prepararam para lutar ou fugir.

O homem que as aguardava usava a cartola mais alta que ela já tinha visto, com uma borda de caveiras entrelaçadas. Era um veludo dos mais ricos e pretos e combinava com sua pele linda. As caudas de seu casaco se arrastavam no chão atrás dele, e um charuto gordo estava em sua boca muito rosada, envolvendo-o em nuvens de fumaça. Seu papai diria que ele estava pronto para o caixão, com a elegância de quem iria ao mais glorioso dos funerais.

Bea sentiu a inspiração profunda emitida por sua mãe.

— Boa noite, meu grande amor — o homem disse entre uma baforada e outra de seu charuto. — Você é um colírio para os olhos. Calculo que faça cerca de quatrocentos anos.

"Grande amor... quem é esse homem?" Bea o observou. Mais perguntas brotaram dentro dela.

Sua mãe sugou os lábios.

— Talvez devessem ser quinhentos.

— E deixar você sentir minha falta? Jamais.

— Ainda cheio de lisonjas vazias, pelo que vejo. Os anos não cortaram sua língua. — Sua mãe se ajeitou de um lado para o outro, de um lado para o outro. — E onde está sua esposa?

— Cuidando das encruzilhadas enquanto estou fora. — Ele sorriu, o charuto se erguendo com o curvar de seus lábios, e seus olhos encontraram Cookie, Annie Ruth, Sora e Bea. Seus olhos escuros penetrantes e intensos. — Nem todos podemos nos libertar.

— Quando o rato sai, o gato faz a festa, ao que parece — retrucou sua mãe.

— E quem temos aqui? — O homem voltou a atenção para Bea e suas irmãs.

Sua mãe deu um passo para o lado.

— Gostaria de apresentá-lo a minhas filhas. Essas são Annie Ruth, Carmella, Sora e Bea. Meninas, esse é Jean Baptiste Marcheur.

— De volta às formalidades, minha Evangeline? — perguntou ele, depois se voltou para elas. — Quase todos me chamam de Fumaça. — Aros de vapor denso se ergueram de sua boca, dançando em círculos em volta delas. Seu olhar se intensificou, vasculhando seus rostos como se buscasse algo que Bea não conseguia discernir bem.

— Tenham cuidado com os encantos de um barão sombrio, meninas, pois eles são cheios de conversa mole — disse sua mãe.

—Tão fria você. Seu coração endureceu tanto assim sem mim? — Ele se virou e bateu no ombro de outra pessoa de cartola. — Já que estamos fazendo apresentações...

O menino que havia entregado o convite as fitou. Ele usava uma cartola mais curta que a de Fumaça, mas tinha o mesmo tom de pele negra e lindos olhos malandros.

— Meu filho caçula, Jacques Baptiste Marcheur — disse Fumaça com um floreio da bengala.

— Pode me chamar de J.B. — Ele cumprimentou com a cartola. Seus olhos encontraram Bea, e ele parecia guardar um segredo. Um que Bea estava desesperada para saber. — Boa noite.

Fumaça colocou a mão grossa no ombro dele, depois se voltou para a mãe delas.

— É uma pena que Anaïs não esteja conosco.

Sua mãe se eriçou.

— Quem é essa? — perguntou Bea.

Fumaça abriu um sorriso largo, erguendo as sobrancelhas.

— Hmmm... vejo que você continua igual.

— Não interessa — sua mãe disse a Bea. — Fumaça, uma palavrinha em particular?

— Tudo por você, chérie. Faz tanto tempo.

Sua mãe rangeu os dentes, havia raiva em seu maxilar, depois se voltou para Annie Ruth, Bea, Sora e Cookie.

— Fiquem aqui. Vou sair apenas por um momento, depois partiremos. Cookie, você é responsável até eu voltar. Sem confusão, estão me ouvindo?

Ela esperou pelo coro de "Sim, senhora" antes de sair com Fumaça.

Bea se voltou de um lado para o outro, ansiosa para conhecer outros homens e mulheres eternos no salão. Seres bem-vestidos atravessavam a multidão; colares de pérolas negras trançados em uma tapeçaria fascinante. Suas irmãs andaram até uma mesa próxima para pegar taças de champanhe com bolhas de sangue.

J.B. encarava Bea, e Bea o encarou de volta.

— O que está olhando? — perguntou ela.

—Você — respondeu ele com um sorriso presunçoso.

Ela tentou não corar.

— Por quê? Tem milhares de pessoas neste salão. — Seus olhos se estreitaram com falsa irritação, embora ela estivesse curiosa, curiosa demais sobre ele.

— Mas nunca conheci uma mulher eterna mais bonita. Meu pai diz que as Turner são as mais belas.

Bea tentou manter contato visual, igualando a intensidade do olhar dele, e se forçou a não erguer os olhos para as caveiras que se contorciam na aba de sua cartola. Elas abriam e fechavam as bocas como se tivessem uma mensagem para comunicar.

— Eu não deveria estar falando com você.

—Você não deveria estar fazendo muitas coisas. Provavelmente não deveria nem estar nesta cidade. Todos estão cochichando sobre as lindas mulheres negras na casa da Esplanade Avenue. Aquelas que ficaram fora por tanto tempo. Alguns querem vocês aqui, outros nem tanto.

— Não tenho medo de você, nem deles — blefou ela.

Ele sorriu.

—Também não tenho medo de você. Embora papai diga que vocês roubam corações.

— Só nossa irmã caçula, Baby Bird. Mas não se preocupe, não vou roubar o seu.

— E se eu quiser que você o leve?

Bea ergueu a sobrancelha.

— Por quê?

— Por que não? Dizem que, se amar uma mulher eterna e conseguir fazer com que ela também ame você, você terá boa sorte pelo tempo de mil vidas. Que isso lhe permitirá enganar as feridas e a morte. Basta um beijo.

—Você é um caminhante. Um barão. Você é a morte.

Um sorriso se abriu nos lábios dele.

— Esse é um estereótipo lamentável. Talvez eu possa lhe contar a verdade e você possa me dar sorte eterna.

— Não sou um par de sapatos para você experimentar em seu teste.

— E se você também me amar? — A presunção em sua voz fez um arrepio percorrer sua pele. Será que ele sabia do segredo dela? Sabia o que ela estava procurando? O que exatamente um barão poderia fazer, ler mentes e corações?

— Nunca amei ninguém.

— Ainda. — Ele tirou a cartola, fez uma reverência e desapareceu na multidão.

◆

Bea vagou pela festa, observando casais que se beijavam entrarem em cômodos fechados às escondidas ou passearem pelos corredores do casarão. Enquanto suas irmãs socializavam e experimentavam toda comida, ela explorou, espiando dentro de salões luxuosos e subindo escadarias sinuosas até encontrar um salão que saciasse sua curiosidade.

As paredes exibiam violetas e turquesas como um céu ansioso entrando no anoitecer. Os tetos floriam em rosas e tangerinas, uma cesta de frutas dos céus. As portas eram marchetadas de marfim. Tampos de mesa felpudos pontilhavam o salão, cada um exibindo caixas de jogos de porcelana incrustradas de ouro, diamantes, pedras preciosas e a decoração esmaltada de naipes de baralho. Os tetos se arqueavam em curvas e inclinações salientes. Chaises longues, poltronas de encosto alto e sofás vitorianos rodeavam as mesas de jogo. Cortinas de climas mais quentes balançavam ao longo da parede, exibindo uma série de portas esculpidas em vidro e o terraço para a qual elas levavam.

Ela passou pelas mesas de jogo para ver se tinham seu favorito, um chamado Carrom, que ela jogava com May quando moraram em Bombaim. Ela ficou contente ao encontrá-lo, escondido em um canto distante. Disquinhos vermelhos e pretos ficavam dentro de furos ao longo do perímetro do tabuleiro, e um quadrado belamente desenhado continha um círculo no centro.

Seus olhos se voltaram para a porta. Ela sabia que deveria voltar para a festa. Sua mãe estaria procurando por ela e com certeza levaria um sermão por sair vagando. Mas ela começou a limpar cada disco — eles exibiam pequenos pavões e pombas, e ela não conseguiu se conter. Alinhou cada fichinha de Carrom nas laterais como se May estivesse à frente dela. Apesar de ser mais jovem do que ela, May sempre ganhava, sendo a primeira a colocar dez discos nas caçapas.

Uma servente empurrou um carrinho de chá para dentro do salão.

— Gostaria de um chá?

Bea fez que sim.

Sobre a mesa de chá de sândalo, a mulher serviu tâmaras embebidas em sangue e uma carolina sanguínea polvilhada de açúcar. Erguendo a chaleira, serviu o líquido fumegante em um pequeno copo. Ela pegou um frasco. Sangue.

— Meio ou inteiro?

— Inteiro — respondeu Bea.

A servente abriu a caixa de especiarias e colocou colheradas de papoula, erva-doce e noz-moscada no frasco, com o objetivo de adoçar. Ela misturou o sangue temperado no líquido, que assumiu um tom preto como nanquim.

— Obrigada — Bea deu um gole, sua língua cintilando ao extrair o sangue.

A mulher assentiu e saiu do salão.

— Ora, ora — uma voz exclamou.

Bea ergueu os olhos para encontrar J.B.

— Não sabia que alguém estaria aqui — disse ele.

Bea o olhou com desconfiança, o repuxar de sua presença era forte, agora que eles estavam a sós.

— Já decidiu sobre minha proposta? — perguntou ele com um sorriso ardiloso, revelando duas covinhas. Ele se aproximou do tabuleiro. O chá se revirou na barriga de Bea. — Gostaria de apostar?

— O que você ouviu sobre as mulheres eternas é mentira — respondeu Bea. — Seria um desperdício.

— Como você sabe? — Sua sobrancelha se ergueu.

— Sou uma há duzentos anos. Acho que eu saberia sobre isso.

— Tem certeza? — Ele abriu um sorriso largo, revelando uma minúscula fresta entre os dentes da frente. — Como pode saber tudo?

— Como você pode ter tanta certeza?

— Nunca tenho certeza de nada. — Ele se sentou à frente dela. — Testemunhar a morte faz isso com você.

Todas as coisas que sua mãe havia dito sobre os barões sombrios se amontoaram uma em cima da outra, como uma torre de panquecas.

"Eles sempre guiam os eternos para o repouso."

"Eles deixam sua marca."

"Eles não conseguem resistir a arrebatá-las."

— Você tem medo — desafiou J.B.

— Não tenho.

— Então vamos jogar. — Ele apontou para o tabuleiro. — Se eu vencer, fazemos um teste. Um beijo. Se você vencer, pode me fazer uma pergunta. Consigo sentir que elas vibram em seu corpo.

Bea se sobressaltou como se ele pudesse ouvir o movimento das perguntas girando em sua cabeça. Ela mordeu o lábio inferior. Seus olhos se voltaram para a porta de novo, sabendo que deveria voltar para a festa, sabendo que suas irmãs e sua mãe deviam estar em pânico à procura dela. Mas seus olhos encontraram os dele mais uma vez, o desafio cintilando.

— Você deve ter dezenas de mulheres querendo beijá-lo. Até outras eternas. Não precisa de um beijo meu.

— Talvez. Mas nunca tive a chance de beijar alguém tão bela como você.

Ela corou.

— Suas lisonjas falsas não levarão a lugar nenhum.

— Nunca tive o prazer de conhecer uma Turner antes. Que dirá ganhar um beijo de uma. Preciso correr esse risco.

— Somos inimigos.

— Isso torna tudo ainda mais interessante. — J.B. tirou sua cartola e seus lindos dreads caíram sobre os ombros. — Mas nunca acreditei nisso de verdade. Sim, existimos em lados opostos de vida e morte. Você deveria estar morta. Posso levar você para a terra dos mortos a qualquer momento. Você consegue sentir isso.

Bea conseguia, mas não queria admitir. De tantos em tantos minutos, aquela força profunda a repuxava. O alerta palpitando em seu corpo. Ela levou a mão ao chá e o virou em um gole gigante e quente demais.

— Mas você também pode me afetar. Uma mordida e estou derrotado. Minhas capacidades perdidas.

Sua mãe nunca tinha lhe dito isso. Talvez ela mesma não soubesse.

— Os riscos são equilibrados, então você aceita?

Bea sabia que deveria dizer não. Sua boca se abriu para recusar, mas sua mão se estendeu.

— Se você insiste.

Um sorriso se abriu completamente no rosto dele. J.B. fez sinal para Bea começar primeiro.

Ela bateu uma de suas fichas de Carrom com facilidade em uma caçapa próxima e sorriu, triunfante.

— Sorte — disse ele.

— Você sabe que é possível que eu encaçape todos os meus homens antes mesmo de você fazer um movimento.

— Sim — respondeu ele. — Os perigos desse jogo: sequer ter uma vez ou uma chance de escolher seu próprio destino. Mas é improvável que você vença dessa forma. Você está sujeita a se distrair ou a perder a sorte. Meu pai disse que as mulheres Turner são venturosas, mas não disse que são infalíveis.

— Tenho um foco ferrenho quando estou determinada.

— Sou conhecido por impedir uma ou duas damas de fazer o que estavam decididas a fazer.

— Quanto champanhe foi necessário? — provocou Bea.

J.B. riu, e ela adorou aquele som grave e caloroso.

Ela sentiu o repuxar mais uma vez. Aquela força profunda e uma dor de cabeça que perfurava suas têmporas. O alerta.

— Meu pai foi apaixonado por sua mãe, sabia? — disse ele.

— Não. Não antes de hoje.

Ele continuou:

— Ele foi o primeiro amor dela. Apesar das regras. Apesar do ódio dos barões e dos seres eternos. Queria se casar com ela, mas ela não voltou a esta ala... nem a nenhuma outra... depois de encontrar seu pai.

— Eles nunca poderiam ter ficado juntos.

— Mas ficaram por muito tempo.

Os segredos de sua mãe caíram sobre ela. Ela nunca a havia imaginado com outro parceiro além de papai.

— Por que ela agiria de maneira tão irresponsável? Ou chegaria tão perto da morte? — Sua mãe não era uma mulher de apostas. — Ele poderia tê-la matado. Vocês sempre atraem os seres para as encruzilhadas. É da sua natureza. — Bea sentiu um frio na barriga enquanto mais e mais perguntas aumentavam o tornado das outras dentro dela. Sua mãe havia evitado todos os questionamentos detalhados sobre o tema ao longo dos anos, só lhes dando uma única mensagem penetrante: "Fiquem longe dos barões sombrios!"

— Meu pai é muito poderoso. Ele tem muito controle.

Bea cruzou os braços, confiante de que aquilo não demoraria muito. Ela o faria passar vergonha e o mandaria pastar. Ela rodeou o tabuleiro e mandou mais um disco para uma caçapa.

— Sua vez *de novo* — disse ele.

A ponta do seu dedo latejou pela picada dos discos. Ela parou para chupar o dedo.

— Precisa desistir por conta da dor?

Ela bufou.

— Vai sonhando.

— Bem que eu gostaria. Preciso saber se o que meu pai diz é verdade. Ele tem a sorte com que todos os caminhantes sonham. Que eu desejo. Ele é encantado, e acho que é tudo por causa da sua mãe.

— Talvez ele esteja mentindo. Talvez tudo não passe de um blefe.

— Seu apelido é Fumaça, mas ele não é bufão. É outra coisa.

Bea se debruçou sobre o tabuleiro de novo para estudar seu movimento seguinte. Ela se perguntou como poderia ser um beijo com ele. Ela havia tido muitos ao longo dos anos, mas nunca um tão perigoso. Um beijo com um inimigo. Um beijo capaz de matar. Ela lançou outro disco, mas a força da presença dele disparou uma dor aguda em seu corpo. Ela errou a caçapa e estremeceu.

Ela sentiu o sorriso dele e fechou a cara.

— Minha vez — disse ele, lançando uma de suas fichas de Carrom contra uma das dela e lançando dois de seus discos em caçapas opostas.

— Parece que já estamos empatados.

Bea fez uma careta. O que aconteceria se ela perdesse? Ela honraria sua aposta? Sua cabeça dizia que ela deveria voltar imediatamente para a festa. Ela deveria estar socializando e conhecendo outras pessoas, buscando alguém que pudesse se revelar como seu amor eterno. Mas seus pés estúpidos se recusavam a se mover. Ela havia caído em uma bolha estranha com J.B.; uma corrente elétrica a mantinha plantada na cadeira.

J.B. fez uma segunda jogada e lançou facilmente outra peça em uma caçapa.

— São três a dois agora.

— O jogo está longe de acabar, então eu não ficaria me achando.

Ele não tirou os olhos dela enquanto encaçapava todas as últimas peças com um único movimento do dedo.

Ela se recostou, em choque. Sua mente girou de surpresa.

— Ganhei. — Os olhos de J.B. brilharam de encantamento. — Uma aposta é uma aposta. Você me deve.

"Um único beijo não vai fazer nada", disse ela a si mesma. Sua curiosidade acalmando seus temores.

— Não vou morder — disse ele.

Ela riu.

Ele se aproximou dela.

— E não vou puxar.

Ela nunca tinha beijado um não mortal antes.

— Você promete não morder? — sussurrou ele.

— Sim — respondeu ela.

— Posso? — perguntou ele, estendendo a mão para ela.

As palavras pairaram entre eles como uma série de fogos de artifício prontos para explodir.

Ela fez que sim. As palmas das mãos dele roçaram o pescoço dela primeiro. O toque da pele dele fez o coração dela palpitar. Um formigamento com seu toque, uma lembrança da sensação de antes de seu coração parar. De perto, Bea conseguia ver os tons matizados de sua pele negra. Seus olhos varreram o rosto dela, e ela o sentiu absorver cada detalhe. Seu coração bateu tão alto que era o único barulho entre eles.

Olhar para ele era como descobrir algo novo no mundo que ela conhecia havia tanto tempo.

Ele se inclinou à frente.

Ela fechou bem os olhos.

Ele encostou os lábios nos dela, uma deliciosíssima curiosidade guiando sua língua.

# CAIXÕES

ou "Como descansar sua beleza?"

## Zoraida Córdova & Natalie C. Parker

Você provavelmente conhece a ideia de que vampiros dormem em caixões. Pelo menos, *alguns* vampiros — como o pai dos vampiros, o próprio conde Drácula — dormem em caixões. (Outros preferem mansões antigas assustadoras ou apartamentos no porão com o aluguel mais em conta.) Em alguns casos, o vampiro deve dormir em seu próprio caixão com a terra de sua própria cova ou vai enfraquecer e morrer. Em outros, é um meio para se manter longe da luz mortal do sol. E nada diz mais "Ei, sou um verdadeiro morto-vivo" que um vampiro saindo do caixão! Qualquer que seja o motivo, os vampiros que precisam de sua caixa de morte de confiança literalmente não podem viver sem ela. Eles não poderiam deixá-la para trás nem se quisessem! Na história de Dhonielle, ela reimaginou o caixão da maneira mais mágica possível — transformando-o em um boticário que se transporta para um lugar novo de tantos em tantos anos. Bea é ao mesmo tempo ligada à família e louca para se virar sozinha, mesmo que tenha de sofrer por isso.

Até onde você iria para ganhar sua independência?

# PRIMEIRA MORTE

## V. E. SCHWAB

## I
### [Sexta-feira]

Calliope Burns tem uma nuvem de cachos.

Essa é a primeira coisa que Juliette vê.

Há muitas outras, óbvio. Há a pele de Calliope, que é de um marrom aveludado sem defeitos, e os brincos prateados que cobrem suas orelhas, e o estrépito melodioso de seu riso — um riso que parece de alguém com o dobro do seu tamanho — e a maneira como ela esfrega a ponta do dedo de um lado para o outro do antebraço direito sempre que está pensando.

Jules também nota essas coisas, óbvio, mas a primeira que vê todos os dias na aula de inglês, quando se senta duas fileiras atrás da outra menina, são aqueles cachos. Ela passou o último mês olhando fixamente para eles, tentando conseguir algum vislumbre ocasional da bochecha, do queixo e do sorriso.

Começou como uma curiosidade boba.

Stewart High é uma escola enorme, um daqueles lugares onde era fácil que mudanças passassem despercebidas. Há quase trezentas pessoas na penúltima série, mas, neste ano, só quatro eram novas, apresentadas na assembleia do primeiro dia. Três dos transferidos eram desinteressantes e insossos, dois atletas de queixo quadrado e um menino tímido que nunca tirava os olhos do celular.

E então havia Calliope.

Calliope, que encarou a escola toda reunida, como se aceitasse algum desafio tácito. Calliope, que atravessa os corredores com a tranquilidade imperturbável de alguém que se sente à vontade em sua própria pele.

Juliette nunca se sentiu à vontade em sua própria pele, nem em nenhuma outra parte do seu corpo.

Duas fileiras à frente, a nuvem escura de cachos chacoalha quando a menina estala o pescoço.

— Srta. Fairmont. — A voz do professor corta a sala. — Olhos na prova.

A turma ri baixo, e Jules volta a baixar os olhos para o papel, o sangue preguiçoso corando suas bochechas pálidas. Mas é difícil se concentrar. O ar na sala parece parado. Sua garganta está seca. Alguém está usando perfume demais, e alguém está batendo o lápis, um metrônomo rítmico que vai dando nos nervos. Três pessoas mascam chiclete, e seis se agitam na cadeira, e ela consegue ouvir o algodão roçando contra a pele, o sopro suave das respirações, os sons de trinta estudantes simplesmente *vivendo*.

Seu estômago se revira, mesmo tendo comido no café da manhã.

Costumava ser o suficiente para ela atravessar o dia, aquela refeição. Costumava — mas agora sua cabeça está começando a latejar e sua garganta parece cheia de areia.

O sinal finalmente toca, e a turma mergulha em um caos previsível enquanto todos correm para o almoço. Mas Calliope não se apressa. E, quando chega à porta, olha para trás, o gesto tão casual, como quem olha por sobre o ombro, mas seu olhar pousa diretamente em Juliette, e ela sente seu sangue se revirar como um motor obstinado. A outra menina não sorri, não exatamente, mas os cantos de sua boca quase se erguem, e Jules abre um sorriso largo, e então Calliope sai e Jules desejaria poder se arrastar para debaixo do chão e morrer.

Ela conta até dez antes de ir atrás dela.

O corredor é uma maré de corpos.

À frente, o cabelo escuro de Calliope vai se afastando dela, e Juliette segue atrás, jura poder sentir o mel sutil da loção da outra menina, a baunilha de seu hidratante labial. Os passos dela são longos e lentos, a distância entre as duas diminui um pouco a cada passada, e Jules está tentando pensar em algo para dizer, algo engraçado ou inteligente, algo para tirar um daqueles raros risos graves, quando seus pés encostam em algo no chão.

Um bracelete, perdido, abandonado. Algo chique, frágil, e Jules se agacha sem nem pensar, os dedos envolvem a joia. Uma dor, súbita e quente, atravessa sua pele. Ela contém um grito e derruba o bracelete, um vergão vermelho já crescendo em sua pele.

Prata.

Ela silva, chacoalhando os dedos para se livrar do calor enquanto atravessa a maré em movimento do corredor e entra no banheiro mais próximo. Sua mão está latejando enquanto ela a coloca embaixo da torneira.

Ajuda. Um pouco.

Ela revira a bolsa, encontra o frasco de aspirina que não é aspirina, e joga duas cápsulas na palma da mão, as leva a boca. Elas se partem, um calorzinho momentâneo, um instante de alívio.

Ajuda como uma única respiração ajuda um homem que se afoga, ou seja, não muito.

A sede se alivia um pouco, a dor diminui, e o vergão em sua pele começa a desaparecer.

Ela ergue os olhos para o espelho, colocando mechas de cabelo loiro-claro atrás das orelhas. Ela é uma versão insossa da irmã, Elinor.

Menos fascinante. Menos charmosa. Menos bonita.

Apenas... menos.

Ela se aproxima, estudando as manchas verdes e castanhas em seus olhos azuis, os pontinhos espalhados em suas bochechas.

Que tipo de vampiro tem sardas?

Mas lá estão elas, espalhadas como tinta na pele pálida, embora ela tome cuidado para evitar o sol. Quando era pequena, ela passava até cerca de uma hora ao ar livre, jogando bola ou só lendo sob a sombra rajada do carvalho da família. Agora, sua pele começa a formigar em questão de minutos.

Só mais um item na lista crescente de coisas que sugam (ha ha) sua energia.

Seus olhos baixam para a boca. Não para seus dentes, por mais perfeitos que sejam, presas escondidas atrás dos caninos, mas para seus lábios. A coisa mais forte nela. A única coisa forte nela, na verdade.

Sua irmã falava que um bom batom é como uma armadura. Um escudo contra o mundo.

Ela revira a bolsa, tira um batom cor de amora chamado Cair da Noite.

Jules se aproxima do espelho, fingindo ser Elinor enquanto retoca o batom, traçando com cuidado a cor ao longo das linhas de sua boca. Quando termina, ela se sente um pouco mais forte, um pouco mais luminosa, um pouco *mais*.

E, em breve, ela *será* mais.

Em breve...

A porta do banheiro se abre, o cômodo se enche de risos enquanto um grupo de alunas do último ano entra.

Uma delas olha em sua direção.

— Cor bonita — comenta ela, com um tom de admiração sincera na voz. Jules sorri, mostrando um pouco os dentes.

Ao sair, o corredor está vazio, o bracelete desapareceu, resgatado por alguém. A maré de estudantes se transformou em um córrego fino, a corrente seguindo em uma direção — o refeitório — e Jules está pensando em pular o almoço ou, melhor, o fingimento, e se encolher em um canto da biblioteca com um bom livro, quando Ben Wheeler vem correndo na direção dela.

Ben, a pele clara bronzeada por um verão de corridas no parque, o cabelo castanho afetado pelo sol com um tom dourado de loiro-escuro.

## PRIMEIRA MORTE

Ela o escuta chegar. Ou talvez o sinta chegar. Sente a presença dele um segundo antes de ele trombar no ombro dela.

— Estou definhando! — ele geme. — Como um corpo em fase de crescimento pode sobreviver entre o café da manhã e o almoço? Os hobbits estavam certos.

Ela não comenta que o viu devorar um pacote de biscoitos entre o primeiro e o segundo tempo de aula, uma barra de cereais entre o segundo e o terceiro. Não aponta que ele está segurando uma barra de chocolate pela metade em uma mão enquanto caminham para o almoço. Ele é um corredor de longa distância, pura pele e osso e fome voraz.

Ela se recosta em Ben enquanto eles caminham.

Ele tem um cheiro bom. Não dá vontade de morder, mas é cativante, agradável, um cheiro de casa.

Eles são amigos há séculos.

No sétimo ano, eles tentaram ser mais do que isso, mas foi mais ou menos nessa época que Ben percebeu que preferia meninos e ela percebeu que preferia meninas, e agora eles brincam sobre quem fez quem virar...

Gay, é evidente. Não vampiro. Óbvio.

Ninguém a fez virar coisa nenhuma. Ela nasceu assim, vampira por causa da honrosa linhagem dos Fairmont. E, sobre todo o dom do sangue, Ben não sabe. Ela odeia que ele não saiba. Pensou umas cem mil vezes em contar. Mas os perigos eram grandes demais, medonhos demais, os riscos, grandes demais.

Eles chegaram ao refeitório, cheio de cadeiras raspando o chão, vozes berrando e o cheiro nauseado de comida rançosa e superaquecida. Jules inspira fundo, como se fosse mergulhar para debaixo da água, e o segue para dentro do lugar.

— Cal! — grita uma menina, acenando para Calliope do outro lado do salão.

*Cal.* É assim que os amigos de Calliope a chamam. Mas Cal é uma palavra dura, uma mão pesada em seu ombro, um som áspero em sua garganta. Juliette prefere Calliope. Quatro sílabas. Um toque musical.

—Vou jogar aqui uma ideia maluca — comenta Ben. — Em vez de sofrer em silêncio, que tal admitir que você tem um crush nela?

— Não é um crush — ela murmura.

Ben revira os olhos.

— Como você chamaria isso, então?

— É... — Juliette olha para a outra menina, e se sente de volta naquela manhã na cozinha, encurralada entre os pais, desejando poder entrar em um buraco.

— Não estamos tentando pressionar você — disse seu pai, uma mão deslizando pelo seu cabelo.

— É só que, um dia, você vai encontrar alguém — acrescentou sua mãe. — E, quando isso acontecer...

—Você está fazendo parecer que é muito importante — interrompeu ele. — Não precisa ser.

— Mas *deveria* ser — disse sua mãe, lançando um olhar de alerta na direção dele. — Quero dizer, é melhor se for...

— Ah, não, não a conversa — respondeu Elinor.

Sua irmã atravessou a cozinha como uma brisa quente, chegando em casa, e não saindo. Suas bochechas de porcelana estavam coradas, um brilho sonolento em sua pele que sempre parecia segui-la até em casa.

— A primeira vez é só uma primeira vez — disse ela, pegando o bule. Ela se serviu uma xícara, o conteúdo escuro e espesso. Juliette observou enquanto ela acrescentava uma dose de espresso. Um "reanimador de cadáver", ela chamava.

Juliette franziu o nariz.

— Como você consegue tomar isso?

Elinor sorriu, suave e prateada como o luar.

— Falou a menina que vive à base de cápsulas e gatos.

— Eu não bebo gatos! — retrucou ela, horrorizada. Era uma piada antiga, que foi perdendo a graça com o tempo.

Sua irmã estendeu a mão e passou a unha perfeita na bochecha dela.

—Você vai saber quando encontrar a pessoa certa. — Sua mão desceu para o espaço sobre o coração. —Você vai saber.

—Vai e morde logo.

Juliette pestaneja.

— Quê?

Ben aponta para o buffet de almoço.

— Falei: vai e pega logo. — A fila está ficando agitada atrás dele. Ela observa a seleção de sanduíches, pizzas, batatas fritas, não sabe por que se dá ao trabalho. Mas não é verdade. Ela faz isso porque é o que uma menina humana faria.

Ela pega um saco de batatas e uma maçã, e segue Ben até o fim de uma mesa vazia no canto do salão.

Ben olha para a montanha de comida em sua bandeja de almoço como se não conseguisse decidir por onde começar.

Jules abre o saco de batatinhas e oferece uma para ele antes de virar o saco na mesa entre eles.

Sua boca dói. Uma dor funda que atravessa suas gengivas. Sua garganta já está seca de novo e, de repente, ela sente uma sede desesperada que nenhuma fonte de água poderia resolver. Ela tenta engolir em seco, não consegue, vira mais duas cápsulas na palma da mão e as engole de uma vez.

— Você vai acabar ficando com uma úlcera — diz Ben enquanto as cápsulas estouram na boca dela, abrindo-se em sua língua. Um momento de calor acobreado que vem e passa.

A sede se alivia, apenas o suficiente para ela engolir, pensar.

Antigamente, os comprimidos funcionavam de verdade, davam horas em vez de minutos para ela. Mas, nos últimos meses, foi ficando pior, e ela sabe que, em breve, os comprimidos não serão suficientes para saciar a sede.

Jules aperta as palmas das mãos nos olhos. Mantém as duas ali até as manchas virem e passarem, deixando apenas a escuridão. Uma escuridão misericordiosa e fulminante.

— Você está bem?

— Enxaqueca — ela murmura, erguendo a cabeça. Ela deixa o olhar vagar duas mesas para a frente e uma para o lado, fica surpresa ao encontrar Calliope olhando bem na direção dela. Seu coração dá um salto.

— Você poderia falar com ela — diz Ben.

— Já falei — diz ela, e não é mentira.

Houve um momento na aula de inglês da semana anterior em que ela falou para Calliope que tinha derrubado a caneta. E aquela vez no corredor quando Calliope fez uma piada e Juliette riu, embora ela não estivesse falando com ela. E uma vez, na segunda semana de aula, quando estava *caindo o mundo* lá fora e Jules ofereceu uma carona e ela estava prestes a aceitar quando seus irmãos pararam a caminhonete e ela disse obrigada mesmo assim.

— Bom, você vai ter sua chance.

A atenção de Juliette volta de repente.

— Quê?

— A festa de Alex. Amanhã à noite. Todo mundo vai.

Alex é um jogador do time de futebol americano da escola, as Raposas de Dentes de Aço, e o atual crush de Ben, o que é uma pena porque, ao que tudo indica, Alex é hétero.

Ben faz que não se importa sempre que ela menciona isso.

— As pessoas não são heterossexuais — diz ele. — Só não sabem o que é melhor para elas. E então, festa?

Jules está prestes a dizer que não gosta de festas quando vê um reflexo distorcido na lata de refrigerante de Ben, uma tela em branco, um par de lábios cor de amora.

— Que horas?

— Busco você às 21h — diz Ben. — E é melhor você *agir*. Calliope Burns não vai esperar para sempre.

# II

## [Sábado]

Juliette para diante do quarto da irmã.

Ela está prestes a bater quando a porta se abre sob sua mão e Elinor aparece, é nítido que está de saída. Ela olha para Jules de cima a baixo, observando as meias-calças de estrelas, o vestido preto curto, o esmalte nas unhas já manchado porque ela nunca consegue esperar até ele secar.

— Está indo a algum lugar?

— Festa — diz Juliette. — Você pode, sei lá... — Ela aponta para si mesma como se Elinor tivesse alguma magia transformadora em vez de apenas bom gosto. — Me ajudar.

Elinor ri, um som baixo, sussurrado, não olha o relógio. Reggie vai esperar. Ela aponta para a penteadeira.

— Senta.

Jules se senta no banquinho acolchoado em frente ao espelho bem iluminado, examinando a fileira de batons equilibrados ao longo da borda preta, enquanto Elinor para atrás dela. As duas aparecem no reflexo, obviamente; ela nunca entendeu a lógica por trás desse mito. Juliette observa a irmã no reflexo — elas têm três anos de diferença e, quando ficam lado a lado, as diferenças são gritantes.

O cabelo de Elinor é loiro-prateado, seus olhos azul-escuros como noites de verão, enquanto o cabelo de Juliette tem um tom mais desbotado, mais palha do que luar, seus olhos de um azul lodoso. Mas é mais do que isso. Elinor tem o tipo de sorriso que faz você querer sorrir em resposta e o tipo de voz que faz você chegar mais perto para ouvir. Ela é tudo que Jules queria ser, tudo que espera se tornar. Depois.

Ela se lembra de Elinor antes, evidente; faz só alguns anos, e a verdade é que ela sempre foi delicada; bonita. Mas não há dúvida de que é *mais* agora. Como se aquela primeira morte tivesse pegado quem ela era e aumentado o volume, tornado tudo mais intenso, mais forte, mais vibrante.

Juliette se pergunta como vai ser com o volume maior, quais partes dela serão mais intensas. Tomara que não a voz dentro de sua cabeça, duvidando de tudo, nem a energia nervosa que parece percorrer seus membros. Não é de se duvidar com a sorte que tem.

Os dedos de Elinor atravessam seu cabelo, e ela sente seus ombros relaxarem, a tensão se desfazer. Ela não sabe se esse é um poder de vampiro ou apenas de irmã.

— El — diz ela, mordendo o lado de dentro da bochecha. — Como foi?

— Hum? — a irmã fala daquele jeito suave e amoroso enquanto toca no modelador de cachos, testando o calor.

— Sua primeira morte.

O momento não para de repente. O mundo não fica imóvel nem cai um silêncio. Elinor não para o que está fazendo. Diz apenas "Ah" como se tudo em Jules ficasse nítido de repente.

— É realmente tão importante assim?

Elinor considera, um dar de ombros lento reverberando pelo seu corpo.

— A importância quem dá é você. — Ela torce o cabelo de Jules, prende uma parte com um grampo — Alguns acreditam que é só uma porta de entrada, que não importa quem você escolhe, desde que passe por ela. — Ela vai fazendo sua magia, domando o cabelo de Jules em cachos longos. — Outros acham que a porta determina o lugar aonde você vai. Que isso molda você.

— O que *você* acha?

Elinor coloca o modelador de cachos de lado, vira Jules para ela, um dedo erguendo seu queixo.

— Acho que é melhor se significar alguma coisa.

Um pincel suave desliza pelo seu maxilar.

— Não significou nada para o pai — diz Jules, mas Elinor estala a língua.

— É óbvio que significou. Ele matou o melhor amigo.

O estômago dela se revira. Ela não sabia disso.

— Mas ele disse...

— As pessoas falam todo tipo de coisas. Não quer dizer que seja a verdade. — Elinor mergulha um pincelzinho em um pote de delineador líquido. — Feche os olhos. — Jules fecha, sente as cócegas do delineador ao longo de sua pálpebra. — A mãe seguiu um caminho diferente — continua Elinor. — Ela pegou um cara que não aceitava não como resposta. Essa foi sua última palavra enquanto morria. — Ela solta um riso baixo, suave, como se estivesse contando uma piada.

Juliette abre os olhos.

— E você?

Elinor sorri, seus lábios vermelhos perfeitos se abrindo um pouco.

## PRIMEIRA MORTE

— Malcolm — diz ela, com o ar sonhador. — Ele era bonito, e triste. — Ela olha para além de Jules no espelho. — Ele não resistiu, mesmo perto do fim, e parecia tão pacífico quando acabou. Como um príncipe adormecido. Algumas pessoas querem morrer jovens. — Ela pisca, voltando a si. — Outras resistem. O mais importante é nunca deixar que escapem.

Jules baixa os olhos para a fileira de batons na penteadeira, começa a pegar um coral, mas Elinor direciona os dedos dela dois tubos para a direita, até um tom escuro, nem vermelho nem azul nem roxo. Ela vira o tubo, lê o rótulo embaixo.

ENCANTA CORAÇÕES

Elinor pega o batom e o aplica com a mão habilidosa. Quando termina, ela recua, a cabeça inclinada para o lado como uma escultura de mármore.

— Pronto.

Juliette observa seu reflexo.

A menina no espelho está linda.

O cabelo caindo em ondas pálidas. Olhos azuis maquiados de preto, o corte abrupto na borda externa lhe dando um ar felino. O lábio escuro, algo mais feroz.

— Como estou? — pergunta ela.

Sua irmã abre um sorriso cheio de dentes.

— Pronta.

🜄

Tem um cartaz na porta que diz PODE ENTRAR, mesmo assim Ben precisa empurrá-la pela porta.

Festas são tudo que Juliette odeia.

Tem música alta e cômodos cheios, comida que ela não pode comer e bebida que não pode beber, e todas as regalias da vida normal que ela nunca vai ter. Mas ela tomou uma xícara cheia do bule antes de sair, e pelo menos o sol se pôs e levou consigo a maior parte da sua dor de cabeça. O mundo fica mais suave na escuridão, mais fácil de atravessar.

Mesmo assim, a única coisa que a faz entrar — além do obstinado, impossível Ben — é a ideia, o medo, a esperança de que Calliope esteja em algum lugar dessa casa.

Mas não há nem sinal dela.

— Ela vai aparecer — diz Ben, e ela quer acreditar nele, e quer ir para casa, e quer estar ali, e quer ser mais, e quer tomar um shot no bar, quer fazer alguma coisa, qualquer coisa, para acalmar seu coração nervoso.

Ela suga os lábios, sentindo o gosto da mancha vermelho-escura chamada Encanta Corações, e aceita ficar. Talvez ela encontre outra pessoa, talvez não importe, talvez uma primeira vez seja apenas uma primeira vez.

Dez minutos depois, uma dezena de pessoas migrou para um quarto no andar de cima, e Ben está guiando um jogo de Verdade ou Desafio, e ela não sabe se ele está fazendo isso por ela ou por si mesmo, porque ele parece bem triste quando Alex escolhe verdade, e então *ele* escolhe desafio, e agora está tomando uma cerveja enquanto planta bananeira, um ato que desafia as leis da física, e Jules está rindo e abanando a cabeça quando Calliope entra.

E, quando ela vê Jules, ela sorri. Não é o sorriso radiante de amigas se encontrando numa multidão. É algo sorrateiro e discreto, vem e passa, mas deixa seu coração batendo forte.

Ela para a poucos metros, de modo a ficarem do mesmo lado do quarto, lado a lado, e é melhor assim porque Jules não precisa olhar para ela, não precisa aguentar a força da outra menina olhando de volta.

Ben termina e ergue as mãos como um ginasta descendo diante de um salão cheio de aplausos.

E então ele olha para Jules e sorri.

— Juliette — diz ele, os olhos dançando com poder, ela sabe o que ele vai dizer, sabe os contornos pelo menos, e deseja que ele não diga, embora seu coração bata mais forte. — Desafio você a passar sessenta segundos no armário com Calliope.

O quarto assovia e bate palma, e ela está prestes a se recusar, a fazer alguma piada sobre já ter saído do armário, que, se ele quiser que elas se beijem, elas podem se beijar aqui mesmo, na frente de todo mundo, na segurança da luz. Mas não há tempo de falar nada disso, porque a mão de Calliope já está se fechando em volta da mão dela, puxando-a à frente para fora da roda.

—Vem, Juliette.

E o som de seu nome na boca da outra menina é tão certo, tão perfeito, que ela vai atrás, deixa que Cal a guie até o armário. A porta se fecha, mergulhando as duas na escuridão.

Escuridão. É uma coisa relativa.

A luz entra por baixo da porta, e os olhos de Juliette aproveitam a fresta, usam-na para pintar os detalhes do armário cheio. Os casacos ocupando noventa por cento do espaço, uma pilha de caixas em volta dos seus pés, os cabides batendo atrás da sua cabeça, e Calliope — não sua nuca nem olhares de esguelha, mas bem ali, a inclinação de sua bochecha e a curva de sua boca e aqueles olhos castanhos firmes, ao mesmo tempo calorosos e ferinos.

— Oi — diz ela, sua voz baixa e firme.

— Oi — sussurra Juliette, tentando soar como a irmã, com sua confiança leve, mas sai todo errado, menos como um murmúrio e mais como um assobio, um rangido.

Calliope ri, não *dela*, mas da situação. Do armário fechado. Da proximidade de seus corpos. E, pela primeira vez, a outra menina também parece nervosa. Tensa, como se estivesse segurando o ar.

Mas não se afasta.

Jules hesita e pensa que elas deveriam estar mais grudadas ou mais distantes.

Ben nunca disse o que elas deveriam fazer.

Sessenta segundos não é muito tempo.

Sessenta segundos é uma vida.

Calliope tem um cheiro bom, é lógico, mas não é sua loção nem seu hidratante labial.

É *ela*.

Os sentidos de Jules se intensificam e se filtram até que o único cheiro que consegue sentir é o da pele da menina, e seu suor, e seu sangue.

Sangue — e mais alguma coisa, algo que ela não consegue identificar e que dispara sinais graves de alerta em sua cabeça.

Mas então Calliope a beija.

Sua boca é tão suave, seus lábios se abrem entre os de Jules, e não há fogos de artifício. O mundo não para. Ela não tem gosto de magia nem de luz do sol. Ela tem gosto do refrigerante cítrico que estava tomando, de ar fresco e açúcar, e algo simples e humano, e as pessoas falam do mundo se desfazendo, mas a cabeça de Juliette está a mil, está aqui, consciente de todos os segundos, da mão de Calliope em seu braço, da boca dela em sua boca, do cabide de casaco apertando seu pescoço, e ela não entende como as pessoas podem simplesmente se beijar, como vivem no momento, mas chega a doer o quanto Jules está *presente*.

Há uma dor sutil em sua boca, o leve desejo de seus dentes deslizando para fora. E, nesse momento, entre as presas e a mordida, ela pensa que preferiria ir ao cinema, preferiria aproveitar o cheiro do cabelo de Calliope, o murmúrio de sua gargalhada, preferiria ficar nesse armário e continuar beijando essa garota.

Apenas duas meninas humanas enroscadas.

Mas ela tem tanta fome, e sua boca dói tanto, e ela não é humana, e ela quer ser mais.

A boca de Juliette desce para o pescoço da menina.

Seus dentes encontram a pele, que se perfura facilmente, e ela sente as primeiras gotas doces de sangue antes de sentir a ponta de uma estaca de madeira subir entre suas costelas.

# I

## [Sexta-feira]

A boca de Juliette é uma obra de arte.

Essa é a primeira coisa que Cal notou.

Não exatamente a tela, a maneira como seu lábio inferior se curva, as pontas gêmeas no alto, mas a maneira como ela a pinta. Hoje na escola, a boca dela era da cor de suco de amora, não exatamente roxo, não exatamente rosa, não exatamente azul. Ontem, era coral. Na semana passada, Cal contou bordô, violeta e, uma vez, até jade.

As cores se destacam contra o branco de sua pele.

Cal sabe que não deveria passar tanto tempo olhando para a boca da menina, pelo menos não para seus lábios, mas...

Um pãozinho acerta o lado da sua cabeça.

— Mas que droga! — resmunga ela.

— Morreu — anuncia Apolo.

Theo aponta sua faca.

— Agradeça por não estar com manteiga.

Cal olha feio para os irmãos mais velhos enquanto eles voltam a devorar a comida. Ela nunca viu ninguém comer como eles. Mas, enfim, eles têm o corpo dos deuses em homenagem a quem foram batizados. O corpo de heróis. O corpo do pai.

Ele está na estrada, em uma jornada longa — é como chamam uma caçada à distância. Além disso, ele é caminhoneiro. É um bom disfarce, mas ela sente falta dele. Seus braços largos, seus abraços de urso. A maneira como ainda consegue a erguer, assim como fazia quando ela era pequena. Como ela se sente segura cercada pelos braços dele. Cal traçava as faixas pretas que envolviam os antebraços dele, sentindo a pele realçada sob os dedos. Uma para cada morte. Costumava traçar linhas nos próprios antebraços com caneta permanente, e imaginava como seria quando ganhasse sua primeira marca. Sua primeira morte.

Ela não gosta quando ele passa tanto tempo longe. Sabe que sempre há o risco de...

Dessa vez ela vê o pão vindo, o pega no ar e se prepara para atirá-lo de volta, mas sua mãe pega seu punho. Calliope olha para o antebraço direito da mãe, envolto por linhas delicadas de tinta.

— Não à mesa — diz a mãe, tirando o pão dos dedos de Cal. E Cal nem se dá ao trabalho de apontar que um dos irmãos atirou primeiro, porque ela sabe que não importa. *Regra nº 3: Não seja pego.*

Theo pisca para ela.

— Onde está sua cabeça? — pergunta a mãe.

— Escola — diz Cal, e não é uma mentira.

— Está se adaptando? — questiona, mas Cal sabe que a mãe quer dizer "passando despercebida", o que é completamente diferente. Ela sabe que se mudar é parte do trabalho; ela já frequentou uma dúzia de escolas em meia dúzia de anos e, toda vez, os alertas eram os mesmos. Passe despercebida. Mas, no ensino médio, isso parecia contraditório.

Passar despercebida é chamar a atenção. É se conhecer, e ser dona de si, e Cal é, mas graças a deus está velha demais para apresentações na frente da turma porque ela tem quase certeza que a vara afiada e os fios de prata em sua bolsa não pegariam bem.

— Cal tem uma crush — diz Apolo.

— Não começa — ela murmura. Jules não é uma crush; é um alvo. E, beleza, talvez a primeira coisa que chamou sua atenção tenham sido aqueles lábios, a cor de sementes de romã. Talvez tenha havido, por um breve momento, o princípio de um crush, mas então ela notou a forma como a menina se mantinha nas sombras, recuando diante do mero sinal de sol entre as nuvens. A maneira como mexia a comida sem comer. Na semana passada, ela encontrou o frasco de cápsulas na bolsa da menina, abriu uma na pia do banheiro e viu a substância vermelho-escura escorrer pelo ralo. E, hoje, no corredor, deixou cair uma pulseira de prata, esperou no canto e observou quando a menina se abaixou para pegar, depois se encolheu quando a prata encostou em sua pele.

E agora ela tem certeza.

Juliette Fairmont é uma vampira.

Theo se levanta para limpar o prato.

— Come aí, magrela — diz ele, dando um chute na cadeira dela.

— Não me chame assim.

— Um peido de fantasma derrubaria você.

Os dedos de Cal se apertam em torno da faca.

— Teseu Burns — alerta a mãe, mas Apolo já se levantou também, e Cal consegue sentir a mudança na sala, a energia ficando tensa como um arame. — Aonde vocês vão? — ela pergunta.

— Caçar — responde Theo, como alguém poderia dizer *farmácia* ou *mercado* ou *shopping*. Como se não fosse nada demais. Uma noite como qualquer outra.

## PRIMEIRA MORTE

O coração de Cal se acelera. Ela sabe que não adianta perguntar se pode ir junto. Uma pergunta exige uma resposta, e a resposta normalmente é não. Melhor se ater a afirmações.

—Vou com vocês — diz Cal, já em pé, buscando as botas no corredor. Ela aprendeu a manter um conjunto de equipamentos no andar de baixo. Na última vez em que subiu correndo para buscar suas coisas, eles já tinham saído.

— Terminou a lição de casa? — pergunta a mãe.
— É sexta-feira.
— Não foi o que perguntei.

Cal não para de amarrar os cadarços. Seus irmãos estão saindo pela porta.

— Matemática e física sim, inglês não, mas vou fazer isso de manhãzinha. — Sua mãe hesita. A porta da frente vai se fechando. Cal balança de um lado para o outro.

Enfim, sua mãe suspira.

— Está bem. — E ela diz alguma outra coisa, algo sobre tomar cuidado, mas Cal mal dá ouvidos enquanto sai correndo pela porta. Um motor acelera, e ela pensa que vai ver os faróis traseiros se afastando.

Mas a caminhonete está lá, na garagem, e Cal sorri, porque eles esperaram.

— Tira esse sorriso da cara — diz Theo. — E entra logo.

◆

Na frente, Theo tamborila os dedos no volante e, na segurança do banco de trás, Cal observa as tatuagens que sobem pelo antebraço direito dele, espelhadas pelas faixas no bíceps de Apolo. Cal passa a ponta do dedo ao longo da parte interna do cotovelo, contando as semanas para quando fizer dezessete.

Apolo tinha quinze anos quando matou pela primeira vez, abateu um metamorfo com uma besta a dez metros de distância.

Theo tinha *doze*. Ela nunca vai esquecer da imagem dele, sorrindo atrás de uma camada de sangue oleoso enquanto seguia o pai de volta para o acampamento da viagem em família. Eles tinham saído, só os dois, para examinar as marcas na trilha e tinham se deparado com um wendigo adulto. Ele e a mãe tiveram uma grande briga por causa disso depois, mas Theo não parava de sorrir enquanto segurava uma garra monstruosa, um troféu que seu pai o fez jogar na fogueira. Ele tem uma regra rígida sobre guardar coisas como aquilo. Os únicos troféus que ele aprova são as tatuagens pretas, lembretes anônimos de vitórias do passado.

Seus corpos são como mapas. Um livro de registro.

E o dela ainda está em branco.

— Acorda, magrela.

Cal pisca enquanto Theo desliga o motor, apaga as luzes. Ela estreita os olhos na escuridão e contém um grunhido baixo ao ver os portões do cemitério.

Eles estão estacionados na frente do cemitério, o que elimina os monstros mais violentos que aparecem em florestas ou bares, lugares com comida a vontade. Também não é um ninho de vampiros — eles costumam se refugiar mais em mansões do que em mausoléus.

Não, um cemitério quer dizer que eles estão caçando *carniçais*.

Cal odeia carniçais.

Ela não curte muito seres mortos em geral. Zumbis, espectros, aparições — é o vazio, o oco que a incomoda. Theo diz que eles são os mais fáceis de caçar porque não imploram. Não suplicam. Não fazem você se importar.

Mas também não param.

Eles são vazios, insaciáveis, incansáveis. Não sentem dor nem medo. Não se cansam. Eles vêm, e continuam vindo.

Cal queria que estivessem correndo atrás de lobisomens, ou crianças trocadas — poxa, ela preferiria enfrentar um demônio a uma criatura morta, mas não isso não é como escolher uma graduação na faculdade.

Caçadores não se especializam.

Caçam o que precisa ser caçado.

"O que, não quem", a voz do seu pai ressoa em sua cabeça. Nunca pense neles como *quem*. Nunca pense neles como *eles*, apenas *coisas*, apenas alvos, apenas o perigo na escuridão.

Eles saem, e Theo joga para ela um colete à prova de balas e um par de ombreiras, o equivalente de caça a usar boias infantis em uma piscina. Então chega a hora dos equipamentos.

Pás, vigas, estacas de ferro — essas podem ser armazenadas na traseira da caminhonete, se fazendo passar por equipamentos comuns de fazenda.

O resto das ferramentas são mantidas em um compartimento secreto embaixo do banco.

O assento sai como a tampa de um caixão, revelando cruzes de prata e correntes de ferro, um garrote de aço e uma variedade de adagas, coisas que não se passariam tão facilmente por material de jardinagem. Ela se equilibra no estribo, olhando para o arsenal.

Cal está construindo seu próprio kit, escondido na carroçaria de seu carro surrado, uma caixa velha de ferramentas escondida sob uma pilha de sacolas de compra usadas, porque, se havia algo que seu pai ensinava, era para estar sempre preparada. Os caçadores trazem consigo um cheiro do trabalho, uma assinatura espectral que alguns monstros conseguem farejar.

Quanto mais você caça, mais as coisas que está caçando notam você.

O que não tem problema, se você estiver se usando como isca numa armadilha, mas não é o ideal se não estiver a trabalho.

Cada um pega um walkie-talkie. Theo escolhe uma espada de samurai, enquanto Apolo escolhe um machado que parece enorme, mesmo em sua mão, depois joga uma chave de roda para Cal.

A chave acerta sua mão com força suficiente para deixar uma marca, mas ela nem se crispa.

— Até onde sei — diz Cal —, a única forma de matar um carniçal é com um golpe na cabeça.

— Exato.

— Bom, mas uma chave de roda não é exatamente feita para decapitar.

— É óbvio que é — diz Apolo. — Se você bater com força suficiente.

— A chave é só uma precaução — diz Theo, entregando um par de binóculos para ela. — Você vai ficar de vigia.

*Vigia.* O equivalente dos caçadores a *fique no carro.*

— Poxa, Theo.

— Hoje não, Cal.

Apolo sorri.

— Ei, se você se comportar, vamos deixar você confirmar se estão mortos.

— Nossa, valeu — diz ela, seca, afinal, quem não gosta de cutucar crânios com uma barra de aço. Ela pega uma adaga do kit, a coloca no bolso de trás e segue atrás deles, sentindo-se como um cachorrinho mordendo seus calcanhares enquanto eles se dirigem à entrada. Apolo arromba o cadeado em segundos, e o portão de ferro se abre com um leve rangido.

A mente de Cal faz isso de sair do corpo e recuar até ela conseguir ver a cena toda de longe, e ela sabe que não parece coisa boa: três adolescentes negros vestindo armaduras improvisadas, entrando em um cemitério com estacas e espadas.

"Não, seu policial, está tudo certo. Só saímos para caçar monstros."

Seu pai tem um contato no departamento do xerife, um amigo da família que ele salvou em um acampamento quando eles eram crianças. Mas a memória é um laço fraco quando se está em maus lençóis, e ninguém quer testar a força atual dessa antiga ligação.

— Cal — diz Theo, que sempre consegue ver quando a mente dela está viajando. — Vai para um lugar alto.

Ela sobe em uma lápide, um daqueles anjos enormes que as pessoas compram quando querem se destacar das lápides menores.

"Como subir em uma árvore", ela pensa, encaixando a perna sobre a asa. Ela monta na velha escultura de pedra enquanto os irmãos se dispersam e esperam que ela vasculhe a escuridão. É uma noite sem vento, e o cemitério é extenso, cinza e parado, e ela leva apenas alguns segundos para notar o movimento à esquerda.

Um vulto macabro está sentado na beira de uma cova aberta, roendo uma panturrilha humana, a perna ainda envolta pelo tecido do terno.

Cal pensa que não deveria ter jantado.

Um segundo carniçal surge em seu campo de visão, arrastando os pés entre as covas. Ele parece humano ou, pelo menos, parece algo que já foi humano, mas se move com o passo cambaleante de uma marionete com cordões assimétricos. Os carniçais parecem cadáveres, roupas esfarrapadas sobre corpos secos — mas, evidentemente, não usam roupas, só restos de pele, carne e músculo descolando de ossos velhos.

Cal sussurra no walkie-talkie.

— Estou vendo eles.

A voz de Theo crepita.

— Quantos?

Ela engole em seco.

— Dois.

Ela os guia para a frente, cada um para seu alvo. Uma fileira à frente, duas covas para baixo, como um jogo de batalha naval, prende a respiração enquanto seus irmãos fecham o cerco. Eles chegam perto, mas os carniçais são mais espertos do que parecem. O que está se banqueteando se empertiga. Aquele que está à procura se vira, o movimento brusco, mas com uma rapidez impossível, e a luta começa.

Theo ergue a espada, mas o carniçal se esquiva e avança, as mãos retorcidas e os dentes abertos. Algumas fileiras à frente, Apolo ataca com o machado, mas está desequilibrado, e o golpe é baixo. Passa através da barriga do carniçal, se aloja em algum lugar em volta de sua coluna. Não — na lápide atrás dele. Ele puxa a lâmina para soltá-la, cai para trás com a força do movimento, e gira para se erguer em uma postura agachada.

Ela observa os irmãos, admirada com a elegância de Theo apesar do seu tamanho; com Apolo, um vulto de velocidade e força. Mas então um clarão de movimento chama sua atenção. Não de seus irmãos nem dos carniçais contra os quais estão lutando. O movimento vem das lápides à direita dela.

Um vulto maltrapilho se move rápido demais na escuridão.

E Cal percebe que estava enganada. Não havia dois carniçais no cemitério.

Havia três.

O terceiro tem o dobro do tamanho dos outros, uma bagunça de braços, pernas e dentes podres.

E está indo ao encontro de Theo.

Theo, que está ocupado demais tentando cortar seu próprio monstro para notar.

Cal nem pensa.

Ela salta da asa do anjo, caindo no chão com força, a dor sobe lancinante pelos tornozelos enquanto ela corre.

— Ei! — grita ela, e o carniçal se vira exatamente quando ela aponta a chave de roda para a cara dele. Ela acerta com um estalo o rosto da criatura, que recua um pouco enquanto a barra resvala seu crânio. E, por um segundo, apenas um segundo, o sangue de Cal se acelera do melhor jeito possível, e ela se sente uma caçadora.

Mas então o carniçal arreganha um sorriso horrível com o maxilar aberto.

Cal salta para trás, longe do alcance dele, e se lembra da adaga. Ela a saca do bolso, arranca a bainha com os dentes enquanto o carniçal se arrasta em sua direção.

Ela crava a lâmina no pescoço da criatura, mas a adaga não é longa o bastante para cortar a garganta dele. Fica presa em volta da clavícula, escapando de sua mão quando os dedos do carniçal arranham sua pele.

Ela cambaleia para trás, mas sua bota acerta uma lápide quebrada e ela cai, o carniçal salta em cima dela. De perto, ele fede a podridão, um cheiro doce repugnante, e o medo é súbito, devastador. Ele a derruba como uma onda e ela precisa resistir ao impulso de gritar.

O bicho range os dentes, fazendo um barulho trepidante terrível ao abrir e fechar o maxilar. Ela empurra a barra de ferro entre os dentes dele, forçando a cabeça dele para trás enquanto seus dedos esqueléticos a arranham, deixando rastros de sua última refeição. Ela chuta, tentando fazer com que ele recue, mas ele é forte, uma força impossível para algo feito de tendões e ossos, e o medo é uma sirene alta na cabeça dela, uma febre em seu sangue, sua mão escapa da barra e ela vai morrer, ela vai morrer, ela vai...

A espada de Theo corta o pescoço do monstro, a lâmina passa tão perto de Cal que ela sente a brisa no rosto.

A cabeça do carniçal rola na grama cheia de ervas daninhas.

## PRIMEIRA MORTE

O resto do carniçal cai em um monte de tendões e ossos, e então seus irmãos estão lá, ajoelhados diante dela, muralhas bloqueando o horror do mundo depois deles. Cal aperta a chave com força para suas mãos pararem de tremer.

— Você está bem, você está bem — Theo está dizendo, baixo e rítmico.

Apolo se levanta, segurando o machado, e caminha até a cabeça decapitada do carniçal.

Cal engole em seco.

— É lógico que estou bem — responde ela, enquanto Apolo enfia o machado no crânio do monstro. O crânio estoura como uma abóbora podre sob a lâmina.

Cal não vomita. O que é uma vitória.

Ou um fracasso.

Patética. Absolutamente patética.

Apolo se ajoelha para tirar a adaga de Cal do que restou da garganta do carniçal.

— Deveriam ter me dado uma espada — ela murmura enquanto Theo a levanta.

♦

Seus irmãos vibram durante todo o caminho de volta para casa.

Eles estão agitados, se sentindo nas alturas depois da caça, e Cal também está vibrando, mas pelos motivos errados. Por ter deixado de ver o terceiro carniçal na contagem, por ter enfrentado uma criatura morta com uma faca de treze centímetros e uma barra de ferro, por tropeçar, por se arrastar, por se deixar enroscar pelo medo.

Apolo não enche seu saco. Theo não dá sermão. Eles não deram um esporro. Não dizem *nada* sobre o que aconteceu, e talvez estejam tentando fazer com que ela se sinta melhor, mas não conseguem. Fazem com que ela se sinta como uma criancinha que foi deixada de lado, e ela passa o caminho todo se perguntando, feito uma criancinha, se vão contar para a mãe.

Ela está esperando por eles na sala.

— Como foi?

E Cal espera que eles a dedurem, que digam que correu tudo bem até terem que salvar a pele dela, mas Theo só assentiu, e Apolo sorriu e disse "Os bons e *velhos* carniçais", porque não consegue resistir a uma piada sem graça, e então sua mãe olha para Cal, como se pudesse ler a verdade na cara dela, mas Cal já aprendeu que a verdade não é algo que se sai exibindo por aí.

— Tudo bem — diz ela, as palavras como pedras em seu estômago.

E sua mãe sorri e volta a assistir seu programa, e Cal ruma para a escada, seguida pelos irmãos. Ela está no alto quando Theo pega seu cotovelo.

— Você está bem?

É tudo que ele diz. Tudo que vai dizer.

— Óbvio — responde ela, tentando soar entediada enquanto se solta e entra no quarto.

Alguns momentos depois, ela consegue ouvir o zumbido da agulha de tatuagem depois do corredor, os risos que seu irmão usa para disfarçar a dor.

Ela solta as fivelas e correias da armadura improvisada, faz uma careta quando vê o rasgo em seu jeans favorito. A culpa é dela, ela deveria ter se trocado, deveria ter vestido algo que não seria um problema perder. Cal se despe, buscando algum corte na pele, sinais de ferimento, mas não tem nada além de alguns arranhões, o começo de um hematoma.

"Sortuda", pensa ela.

"Burra", responde ela, olhando fixamente para as mãos, a terra da sepultura alojada no fundo de suas unhas. Ela entra no banheiro, tenta tirar o cemitério da pele. A água corre e, no ruído branco, ela revive tudo, o tombar para trás sobre o chão coberto de ervas daninhas, o coração batendo forte, o medo, o pânico, o choque dos ombros batendo na pedra e o impulso de erguer as mãos, não para lutar, mas para se esconder, para fugir.

Seu estômago se revira, a bile subindo por sua garganta.

Os Burns são caçadores, e caçadores não fogem.

Eles lutam.

As mãos de Cal estão em carne viva quando fecha a torneira.

Sua adaga está jogada no edredom, e ela sabe que sua mãe encheria seu saco por deixar armas fora do lugar, então ela a pega, se ajoelha ao lado da cama e puxa o baú de couro que fica embaixo. Ela deixa a adaga no meio das cruzes de prata, das lâminas finas, da coleção de estacas de madeira.

Cal passa as mãos nelas, parando em uma baqueta com uma ponta afiada. Ela a ergue, passando o polegar nas iniciais que entalhou na madeira.

JF.

Juliette Fairmont.

O zumbido da agulha de tatuagem no fim do corredor para. Os risos também cessam, e Calliope gira a estaca de madeira entre os dedos e decide que está pronta para ganhar sua primeira marca.

## II

## [Sábado]

Há monstros que dá para matar de longe, e há aqueles que é preciso enfrentar cara a cara.

Cal diz a si mesma que é por isso que está aqui, no armário. Diz a si mesma que é por isso que está nos braços da outra menina. É por isso que está beijando Juliette Fairmont.

Juliette, que não é uma menina, na verdade, mas um monstro, um alvo, um perigo na escuridão.

Jules, que tem gosto de noites e tempestades de verão. O crepitar do ozônio e a promessa de chuva. É uma das coisas favoritas de Cal. É essa a ideia, ela tem certeza, o truque. Porque não é real; é apenas mais uma forma de capturar presas.

Que é como Juliette a vê.

Presa.

"Lembre-se disso", adverte Theo.

"Essa é uma caçada", acrescenta Apolo.

E ela realmente não precisa das vozes dos irmãos na sua cabeça agora, não quando Juliette está encostada nela, tão quente quanto qualquer criatura viva. Seu coração se acelera, e ela diz a si mesma que é apenas a adrenalina da caça e não o calor da boca da menina nem o fato de que ela sonhou com essas duas coisas.

Em matar Juliette.

Em beijar Jules.

E, ao mesmo tempo em que seus dedos envolvem a estaca, ela se pergunta o que aconteceria se parassem por aí, se saíssem desse armário de mãos dadas. Se voltassem para a festa. Se, se, se. Ela não precisa fazer isso. Não é uma caça sancionada.

Sua família nunca vai saber.

Elas podem só... o quê? O que ela poderia fazer? Levar Juliette para jantar em casa? Apresentá-la para a família?

Não. Não existe futuro aqui. Não para elas.

Mas existe um para *ela*. Um em que ela ganharia sua primeira tatuagem. Em que ganharia seu lugar entre os irmãos. Em que seu pai voltaria para casa de sua caçada e veria a faixa preta fina sob o cotovelo dela e saberia que não teria mais que se preocupar.

E então a boca da outra menina desce para o pescoço dela, e lá está, a pressão sutil dos dentes, o lampejo brilhante de dor, e os ossos de Cal sabem o que fazer. Ela saca a estaca e encaixa a ponta entre as costelas da vampira.

Ela ouve o susto baixo e audível de Juliette, e Cal vacila. Apenas por um segundo, mas é tempo suficiente para a mão da vampira se erguer, para os dedos dela apanharem a estaca de madeira.

Juliette recua, a boca aberta de surpresa, e, mesmo na escuridão, Cal consegue ver os dentes.

— Acabou o tempo! — grita uma voz, e a porta se abre.

Elas se afastam, um espaço se abrindo entre elas pela luz súbita, e as presas de Juliette desaparecem, e Cal volta a esconder a estaca de madeira junto a seu antebraço e faz a única coisa que consegue.

Ela corre.

A sala se enche de gritos e vivas enquanto Cal sai em disparada do armário, passa pelo grupo e entra no corredor, o pulso batendo forte em seus ouvidos.

"Merda, merda, merda."

A primeira regra de caça, aquela que mais importa, é terminar o que você começou. E ela não terminou. A única coisa que tinha era a vantagem, o trunfo da surpresa.

Mas agora Juliette sabe.

Ela *sabe*.

🝆

Jules não sabe o que acabou de acontecer.

Ela estreita os olhos com a luz súbita, mas, quando consegue enxergar de novo, Calliope sumiu.

Calliope, que acabou de tentar matá-la.

Ela ainda consegue sentir a ponta da estaca de madeira entre suas costelas, afiada como uma pedra quebrando o vidro delicado de seu beijo. O beijo. E apenas um gostinho de sangue.

E agora Cal desapareceu, e a voz de sua irmã volta à sua mente.

"Nunca deixe que escapem."

Merda.

Jules sai do armário, uma das mãos pressionada em sua frente dela para esconder o rasgo na camisa, a outra sobre a boca embora suas presas já tenham se retraído. O quarto se encheu de assobios e gargalhadas e, sob o som estridente, ela consegue ouvir sangue. Sangue, pulsando dentro deles. Sangue, batendo como um tambor dentro de sua cabeça. O sangue de Cal, correndo sob a superfície da pele quente, tão perto que Jules conseguia sentir o gosto, o gosto dela…

E agora ela está escapando.

E sabe o segredo de Juliette.

Ela *sabe*.

— Preciso ir — diz ela, atravessando o grupo.

— Mas é sua vez! — grita Ben.

Mas Jules não para, não pode parar. Sai pela porta e entra no corredor, no patamar da escada, olhando para o mar de estudantes no primeiro andar, ela vasculha as cabeças aglomeradas, em busca daquela nuvem de cachos, e...

Lá.

Lá está ela, indo para a porta. Ela está com a mão na maçaneta, um pé no batente, quando para e volta os olhos para dentro da casa. Juliette aperta o corrimão de madeira quando o olhar da menina sobe para a escada e encontra o dela.

E encara.

E, por um momento, o som da festa desaparece, e tudo que ela ouve é sangue. O sangue dela, lento e obstinado, e o de Cal, estrondoso e rápido. Por um momento, elas estão de volta no armário, um emaranhado de lábios e braços e pernas, antes da coisa toda vir abaixo, antes do beijo virar caça.

Cal a encara através do espaço. Jules retribui o olhar, prendendo a respiração, e sabe que a outra menina está prendendo a dela também, sabe que as duas estão esperando para ver quem vai ceder, quem vai se mover, quem vai correr, quem vai perseguir.

A boca de Calliope se ergue em um sorriso de viés.

E Jules retribui o olhar, sorri em resposta, e pensa:

"Que comece a caça."

# BEIJA/CASA/MATA

ou "Os vilões que amamos amar"

## Zoraida Córdova & Natalie C. Parker

Embora nem todos os vampiros possam se dizer charmosos (veja, por exemplo, a figura decadente do Nosferatu), o encantamento romântico dos vampiros vem desde que o mundo é mundo. Eles são poderosos, sombrios, perigosos e, embora sua mordida possa matar, também pode extasiar. Eles são os bad boys originais. É meio difícil se imaginar construindo uma vida romântica com alguém que pode nunca envelhecer ou que pode, totalmente sem querer, beber o sangue da sua mãe ou coisa do tipo. Ainda assim, romance com vampiros é uma parte popular da mitologia. Contudo, por mais que sempre vejamos um romance se desenrolar entre um vampiro e um humano, ou um vampiro e um caçador, é muito raro encontrar um com um final feliz. Os caçadores, como os humanos, normalmente entram na relação com muito pouco poder, mas aqui, Victoria está complicando a ideia de que o vampiro é o vilão natural ao apresentar uma história com uma forte tradição familiar, colocando as duas em pé de igualdade — e letalidade.

O que você acha? Quem é o verdadeiro vilão: o caçador ou o vampiro?

# AGRADECIMENTOS

Esta antologia não teria sido possível sem os seres básicos da noite: os vampiros, que habitam a mente, o coração e a imaginação de tantos. Mas eles não podem levar todo o crédito. É por isso que também gostaríamos de agradecer a:

Lara Perkins, por ser uma defensora e uma agente incrível.

Nossa editora, Weslie Turner, por compartilhar de nossa visão para o projeto e abordar todas as fases com elegância e argúcia impecáveis.

Imprint/Macmillan e suas equipes fenomenais, que continuam a apoiar este trabalho, incluindo: Erin Stein, Hayley Jozwiak, Kayla M. Overbey, Cynthia Lliguichuzhca e muitos outros.

Adriana Bellet, também conhecida como Jeez Vanilla, pela capa que superou todas as nossas expectativas.

Nossos autores: Tessa, Dhonielle, Mark, Laura, Julie, Victoria, Samira, Heidi, Rebecca e Kayla. Suas histórias são tudo que queríamos quando começamos a montar esta coletânea.

Principalmente, a você, que acompanhou esta leitura, por compartilhar do nosso amor pelos mortos-vivos.

Saúde,
Zoraida & Natalie

# SOBRE OS AUTORES

**SAMIRA AHMED** é autora de best-sellers do New York Times como Love, Hate & Other Filters, Internment e Mad, Bad & Dangerous to Know. Seus contos e poemas apareceram em antologias como Take the Mic, Color Outside the Lines, Ink Knows No Borders, Who Will Speak for America, This is What a Librarian Looks Like e Universe of Wishes. Pós-graduada pela Universidade de Chicago, Samira leciona inglês para o ensino médio, trabalha em ONGs educacionais e vai às ruas participar de campanhas políticas. Ela nasceu em Bombaim, na Índia, e cresceu em Batavia, Illinois, em uma casa com cheiro de cebolas fritas, especiarias e pot-pourri. Ela já morou em Chicago, Nova York e Kauai, onde passou um ano em busca da manga perfeita. Você pode saber mais sobre ela no site samiraahmed.com, e no Twitter e no Instagram @sam_aye_ahm. O vampiro problemático favorito de Samira é o Spike, de Buffy, a Caça-Vampiros.

**DHONIELLE CLAYTON** é coautora da série Tiny Pretty Things e autora da série The Belles, best-seller do New York Times. Ela cresceu em Washington, DC, no bairro residencial próximo a Maryland e passava a maior parte do tempo embaixo da mesa da avó com uma pilha de livros. Ex-professora e ex-bibliotecária de uma escola de ensino fundamental, Dhonielle é cofundadora da CAKE Literary — uma empresa de desenvolvimento criativo que organiza livros muito diversos para uma variada gama de leitores — e diretora operacional da ONG We Need Diverse Books. Ela é viciada em viajar e adora passar tempo fora dos Estados Unidos, mas fez de Nova York sua casa, onde pode ser mais facilmente encontrada em busca da melhor fatia de pizza. Você pode saber mais sobre ela em dhonielleclayton.com, e no Instagram e no Twitter @brownbookworm. O vampiro favorito de Dhonielle é o Conde von Conde, da *Vila Sésamo*.

**ZORAIDA CÓRDOVA** é autora de muitos livros de fantasia para crianças e adolescentes, mais recentemente a premiada série Brooklyn Brujas e os livros *Incendiary* e *Star Wars: Galaxy's Edge: A Crash of Fate*. Ela é coapresentadora do podcast *Deadline City*. Zoraida nasceu no Equador e foi criada no Queens, um bairro de Nova York. Quando não está trabalhando em seu próximo romance, ela está planejando uma nova aventura. Você pode saber mais sobre ela em zoraidacordova.com. Seu vampiro favorito sempre será o Angel... mas Damon Salvatore vem logo em seguida.

**TESSA GRATTON** é autora dos romances adultos de ficção científica e fantasia *The Queens of Innis Lear* e *Lady Hotspur*, bem como de várias séries e contos que foram traduzidos para vinte e duas línguas. Seus livros YA mais recentes são os contos de fadas originais *Strange Grace* e *Night Shine*. Embora ela tenha vivido em várias partes do mundo, mora atualmente na beira de um prado com sua esposa. Você pode saber mais sobre ela em tessagratton.com. A vampira favorita de Tessa é Gilda, de *The Gilda Stories*, de Jewelle Gomez.

**HEIDI HEILIG** é escritora da aclamada série Girl From Everywhere, bem como da série Shadow Players. Seus livros entraram na Indies Next List e nas listas Andre Norton e Locus Recommended Reading Lists. Além disso, já atuou como autora de peças de teatro musical. Você pode saber mais sobre ela em heidiheilig.com, e no Twitter @heidiheilig. O vampiro favorito de Heidi é o personagem-título de *The Rime of the Ancient Mariner*, de Samuel Taylor Coleridge.

## SOBRE OS AUTORES

**JULIE MURPHY** vive no Norte do Texas com o marido, que a ama, o cachorro, que a venera, e o gato, que a suporta. Depois de muitos anos maravilhosos no mundo das bibliotecas, Julie agora é escritora em tempo integral. Quando não está escrevendo ou revivendo seus tempos gloriosos atrás do balcão de uma biblioteca, ela pode ser encontrada assistindo a filmes feitos para a TV, buscando a fatia perfeita de pizza de queijo e planejando sua próxima grande viagem de aventura. Ela é a autora de *Side Effects May Vary*, *Ramona Blue*, *Dear Sweet Pea*, *Faith Taking Flight*, *Puddin'* e *Dumplin': Cresça e apareça. Faça e aconteça!*, que foi adaptado para filme pela Netflix. Você pode visitar Julie em imjuliemurphy.com. Ela pode ser encontrada no Twitter e no Instagram @andimjulie. O vampiro favorito de Julie é Edward Cullen, e ela nem tem vergonha disso.

**MARK OSHIRO** é autore premiade de *Anger Is a Gift* e *Each of Us a Desert*. Quando não está escrevendo, editando ou viajando, elu organiza o universo Mark Does Stuff e está tentando fazer carinho em todos os cachorros do mundo. Elu pode ser encontrade em markoshiro.com, e no Twitter e no Instagram @MarkDoesStuff. Os vampiros favoritos de Mark são Blade e Angel.

**NATALIE C. PARKER** é autora e editora de diversos livros para jovens adultos, incluindo a aclamada trilogia Seafire. Seu trabalho foi incluído na lista NPR Best Books, na Indies Next List e na TAYSHAS Reading List, bem como nas seleções da Junior Library Guild. Natalie cresceu em uma família da marinha, morando em cidades litorâneas de Virgínia e do Japão. Agora ela vive com a esposa na pradaria do Kansas. Você pode saber mais sobre ela em nataliecparker.com. Sua vampira favorita é a Caroline Forbes, de *Diários do Vampiro*.

**REBECCA ROANHORSE** é autora de best-sellers do *New York Times* e vencedora dos prêmios Hugo, Nebula, Locus e Astounding. Seus romances incluem *Trail of Lightning*, *Storm of Locusts*, *Star Wars: Resistance Reborn*, e o romance de infantojuvenil *Race to the Sun*. Seu mais recente romance adulto, *Black Sun*, foi publicado no final de 2020. Seus contos YA podem ser encontrados em *Hungry Hearts*, *A Phoenix First Must Burn* e *A Universe of Wishes*. Ela mora no norte do Novo México com o marido e a filha. Ela pode ser encontrada em rebeccaroanhorse.com, e no Twitter @RoanhorseBex. O vampiro favorito de Rebecca é Jean-Claude da série Anita Black: A caçadora de vampiros, mas os Garotos de Blood River são uma homenagem aos seus favoritos da adolescência, Michael e David de *Garotos perdidos*.

**LAURA RUBY** escreve ficção para crianças, adolescentes e adultos, incluindo o romance YA *Bone Gap*, que foi finalista do National Book Award e ganhou a Printz Medal. Ela faz parte do corpo docente do programa MFAC da Universidade Hamline. Você pode saber mais sobre ela em lauraruby.com, e no Twitter e no Instagram @thatlauraruby. A vampira favorita de Laura é a menina de *Garota sombria caminha pela noite*.

**V. E. SCHWAB** é autora de mais de vinte títulos que chegaram ao topo da lista de best-sellers do *New York Times* e de títulos indie, incluindo *Vilão*, a série Tons de Magia e *Melodia feroz*. Sua obra foi aclamada pela crítica, em publicações como *Entertainment Weekly* e *New York Times*, traduzida para mais de vinte línguas, e teve seus direitos cedidos para a TV e o cinema. O *Independent* se refere a ela como a "sucessora natural de Diana Wynne Jones". Você pode saber mais sobre ela em veschwab.com e no Twitter @veschwab. O vampiro favorito de Victoria é, obviamente, Lestat.

**KAYLA WHALEY** é ensaísta e romancista. Seu trabalho foi publicado em *Catapult*, *The Toast* e *Michigan Quaterly Review* e nas antologias *Here We Are: Feminism for the Real World* e *Unbroken: 13 Stories Starring Disabled Teens*. Ela é mestre pela Universidade de Tampa e foi editora-sênior da Disability in Kidlit. Você pode saber mais sobre ela em kaylawhaley.com, e no Twitter @PunkinOnWheels. A vampira favorita de Kayla é Claudia, especialmente quando foi interpretada por Kirsten Dunst.

Este livro foi composto na tipologia Joanna MT Std,
em corpo 11,5/15,3, e impresso em papel off-white
no Sistema Cameron da Divisão Gráfica
da Distribuidora Record.